BRITT-MARIE ESTUVO AQUÍ

FREDRIK BACKMAN

Traducción de Carmen Montes Cano

 HarperCollins *Español*

Los libros de HarperCollins Español pueden ser adquiridos para propósitos educativos, empresariales o promocionales. Para más información, envíe un correo electrónico a SPsales@harpercollins.com.

Título original: *Britt-Marie var här*

Publicado originalmente en sueco por Partners in Stories en Suecia en 2014.

PRIMERA EDICIÓN

Diseño de Leah Carlson-Stanisic

Copyright de la traducción de HarperCollins Publishers

Traducción: Carmen Montes Cano

Este libro ha sido debidamente catalogado en la Biblioteca del Congreso de los Estados Unidos.

ISBN 978-0-06-293071-2

22 23 24 25 26   LSC   10 9 8 7 6 5 4 3 2 1

*Para mi madre, que siempre procuró que tuviese
el estómago lleno y libros en la estantería.*

Borg es un pueblo imaginario: cualquier parecido a un pueblo real es pura coincidencia.

1

Tenedores. Cuchillos. Cucharas.

En ese orden.

Britt-Marie no es de esas personas que juzgan a los demás. Para nada. Pero ¿a qué persona civilizada se le ocurriría ordenar los cubiertos en el cajón de una manera distinta a como debe hacerse? ¿Acaso somos animales?

Es un lunes de enero y Britt-Marie está sentada frente a una de las mesas de la oficina de desempleo. Es verdad que no hay cubiertos a la vista, pero piensa en ellos porque reflejan todo lo que ha ido mal últimamente. Los cubiertos deben colocarse como siempre, porque la vida debe continuar de manera inalterada. La vida normal es presentable. En la vida normal, limpias la cocina y ordenas el balcón y cuidas a los niños. Da mucho trabajo, mucho más de lo que uno imaginaría. En la vida normal, no te encuentras un día en la oficina de desempleo.

La joven que trabaja aquí lleva el pelo cortísimo, piensa Britt-Marie, como un chico. Y no tiene nada de malo, por supuesto. Sin duda es... moderno. La joven señala un formulario y sonríe con prisa.

—Sólo tiene que rellenar las casillas de nombre, número de la seguridad social y domicilio, por favor.

Quieren fichar a Britt-Marie. Como si fuera una delincuente. Como si hubiera ido allí a robar un trabajo en lugar de encontrarlo.

—¿Leche y azúcar? —pregunta la joven mientras le sirve café en un vaso de plástico.

Britt-Marie no juzga a nadie, para nada, pero ¿quién hace las cosas así? ¡Un vaso de plástico! ¿Es que estamos en guerra? A Britt-Marie le gustaría preguntarle eso a la joven, pero, como Kent siempre la urge a que sea «más sociable», le sonríe diplomáticamente y espera a que le ofrezca un posavasos.

Kent es el marido de Britt-Marie. Es un emprendedor de muchísimo éxito. Hace negocios con Alemania y es extremadamente sociable.

La joven le da dos cápsulas de leche, de las que no hay que conservar en el refrigerador. Luego le ofrece un vaso de plástico del que sobresalen muchas cucharillas, también de plástico. Britt-Marie no se habría espantado más si le hubieran ofrecido un animal atropellado.

Ella niega con la cabeza y pasa una mano por la mesa como si estuviera recogiendo migas invisibles. Hay papeles por todas partes, todos revueltos. Es evidente que la joven no tiene tiempo para ordenarlos: estará demasiado ocupada con su carrera profesional, deduce Britt-Marie.

—Bien, sólo falta que escriba aquí su dirección y listo.

La joven vuelve a mirar el formulario y sonríe.

Britt-Marie extraña su hogar y su cajón de los cubiertos. Extraña a Kent porque él es el que suele rellenar los formularios.

Cuando la joven está a punto de hablar otra vez, Britt-Marie la interrumpe:

—Se le he ha olvidado ofrecerme un posavasos —dice sonriendo con toda la diplomacia que logra reunir—. No quiero dejar marcas en la mesa, como comprenderá. ¿Le importaría darme algo para apoyar mi… taza de café?

Britt-Marie usa un tono distintivo al que recurre cuando se ve obligada a reunir toda la bondad de su corazón para llamar «taza» a un vaso de plástico.

—¡Bah, no pasa nada! Déjela ahí mismo.

Como si la vida fuera tan sencilla. Como si no importara nada utilizar posavasos o colocar los cubiertos en el orden correcto. La joven, que al parecer no entiende el valor de los posavasos, ni de las tazas como Dios manda (ni de los espejos, a juzgar por su peinado) le da golpecitos con su bolígrafo al formulario, junto a la casilla de «domicilio».

—Pero estará de acuerdo conmigo en que no se pueden dejar las tazas así nomás sobre la mesa. ¡Dejan marcas!

La joven le echa un vistazo a la mesa, que se ve como si uno grupo de niños hubiera tratado de comer papas de ella. Con horquetas. A oscuras.

—¡De verdad que no importa! Ya está muy vieja y rayada —le dice sonriendo.

Britt-Marie grita por dentro.

—Supongo que no se ha detenido a pensar que eso se debe a que no usa posavasos —señala, aunque para nada de manera «pasivoagresiva», como escuchó que la llamaban los hijos de Kent un día en que pensaban que no podía oírlos. Britt-Marie no es pasivoagresiva. Es considerada. Tras escuchar a los hijos de Kent llamarla así, fue especialmente considerada durante semanas.

La joven parece algo incómoda.

—Bueno… ¿Cómo ha dicho que se llama? Britt, ¿verdad?

—Britt-Marie. La única que me llama Britt es mi hermana.

—En fin, Britt-Marie: sería tan amable de rellenar el formulario. Por favor.

Britt-Marie ojea el impreso que exige que certifique quién es y dónde vive. Hoy en día se requiere una cantidad absurda de papeleo para ser alguien. El nivel de burocracia necesaria para que la sociedad te permita formar parte de ella es ridículo. Al final rellena de mala gana su nombre, número de la seguridad social y número de teléfono, pero deja la casilla de domicilio en blanco.

—¿Qué estudios tiene, Britt-Marie?

Britt-Marie sujeta su bolso con fuerza.

—Debe saber que mi formación es excelente.

—¿Así que no tiene ninguna educación formal?

—Permítame que le diga que resuelvo cantidades inauditas de crucigramas, y eso es algo que no puede hacerse sin una buena formación.

Britt-Marie bebe un sorbito de café: no sabe ni de lejos como el café de Kent. Él prepara un café riquísimo, todo el mundo lo dice. Ella se ocupa de los posavasos y Kent del café.

—Mmmm… ¿Y qué tipo de experiencia vital tiene?

—Mi último empleo fue de mesera. Me dieron una carta de recomendación extraordinaria.

La joven parece esperanzada.

—¿Y eso cuándo fue?

—En 1978.

—Ah… ¿Y desde entonces no ha vuelto a trabajar?

—Desde entonces he trabajado todos los días ayudando a mi marido con su empresa.

La joven parece recobrar la esperanza momentáneamente.

—¿Y cuáles eran sus funciones en la empresa?

—Cuidaba de los niños y procuraba que nuestro hogar estuviera presentable.

La joven sonríe para disimular su decepción como suele hacer la gente que no entiende la diferencia entre «una casa» y «un hogar». El tiempo que le dedicas es lo que hace la diferencia. Gracias a eso existen posavasos y tazas de verdad y camas con sábanas tan estiradas que Kent bromea con sus amigos y dice que «si te caes al entrar al dormitorio, es más fácil partirte la pierna cayendo sobre las sábanas que al suelo». Britt-Marie odia cuando habla de esa manera. Las personas civilizadas levantan los pies al cruzar un umbral, ¿no?

Cuando viajan, Britt-Marie le echa bicarbonato al colchón durante veinte minutos antes de hacer la cama. El bicarbonato absorbe la suciedad y la humedad y el colchón queda como nuevo. Según la experiencia de Britt-Marie, el bicarbonato sirve para casi todo. Kent siempre se queja de que llegan tarde, pero Britt-Marie se agarra las manos sobre el vientre y dice: «Es imperativo que me dejes hacer la cama antes de irnos, Kent. ¡Imagínate si nos morimos!».

De hecho, éste es el motivo por el que Britt-Marie odia viajar. La muerte. Ni siquiera el bicarbonato te sirve de nada contra la muerte. Kent dice que exagera, pero la realidad es que la gente se muere cada dos por tres cuando viaja. ¿Qué pensaría el propietario si tiene que forzar la cerradura del apartamento para encontrarse con un colchón sucio? ¿Que Kent y Britt-Marie vivían inmersos en su propia mugre?

La joven mira su reloj.

—Mmm… de acuerdo —dice.

Britt-Marie percibe un tono crítico en su respuesta.

—Los niños son gemelos y tenemos balcón. Los balcones dan más trabajo de lo que se cree.

La joven asiente dubitativa.

—¿Qué edad tienen sus hijos?

—Son los hijos de Kent. Tienen treinta.

—¿O sea, que ya se han independizado?

—Por supuesto.

—¿Y usted tiene sesenta y tres?

—Sí —responde Britt-Marie como si fuera algo totalmente irrelevante.

La joven carraspea dando a entender que el detalle sí que es, de hecho, relevante.

—Mire, Britt-Marie, sinceramente, con la crisis económica y todo eso, hay pocos trabajos para alguien en su… situación.

La joven pronuncia «situación» como si la palabra no hubiese sido su primera opción. Britt-Marie sonríe pacientemente.

—Kent dice que la crisis económica terminó. Es emprendedor y, como comprenderá, entiende cosas que quizá queden un poco fuera de su área de conocimiento.

La joven pestañea durante un largo rato. Mira su reloj. Parece estresada, cosa que irrita a Britt-Marie, quien decide halagarla para mostrar su buena fe. Mira a su alrededor en busca de algo que alabar y le dice con su mejor sonrisa:

—Su peinado es muy moderno.

—¿Cómo? Ah. Gracias —le responde pasándose dubitativa una mano por el pelo.

—Es de valientes llevar el pelo así de corto con una frente tan grande.

Britt-Marie se pregunta por qué parece haberla ofendido: ¡esto es lo que pasa cuando uno trata de ser sociable con la juventud de hoy en día! La joven se levanta de su asiento.

—Gracias por venir, Britt-Marie. Ya está registrada en nuestra base de datos. ¡La llamaremos!

La joven le tiende la mano para despedirse, pero Britt-Marie se pone de pie y le da su vaso de plástico.

—¿Y cuándo será eso?

—Pues es difícil saberlo…

—Supongo que pretende que espere su llamada sentada —responde Britt-Marie con su sonrisa más diplomática— como si no tuviera nada mejor que hacer.

La joven traga saliva.

—Bueno, mi compañero se pondrá en contacto con usted para un curso sobre cómo buscar trabajo, y…

—Yo no quiero hacer un curso. Quiero un trabajo.

—Claro, pero es difícil saber cuándo surgirá algo…

Britt-Marie saca una libreta del bolsillo.

—¿Mañana le parece bien?

—¿Cómo?

—¿Que puede que tengan un puesto para mí mañana?

La joven carraspea.

—A ver, no es imposible, quiero decir…

Britt-Marie saca un lápiz de su bolso y mira con desaprobación primero el lápiz y después a la joven.

—¿Podría pedirle un sacapuntas?

—¿Un sacapuntas? —repite la joven como si le hubiera pedido un artefacto mágico de mil años de antigüedad.

—Tengo que anotar nuestra cita en la lista.

Hay personas que no entienden el valor de las listas, pero Britt-Marie no es una de ellas. Tiene tantas listas que necesita una lista aparte para llevar la lista de todas las listas. Si no, podría ocurrir cualquier cosa. Podría morirse. O, peor, olvidarse de comprar bicarbonato.

La joven le ofrece un bolígrafo y dice algo así como «de hecho, yo mañana no tengo tiempo», pero Britt-Marie está demasiado ocupada juzgando el bolígrafo para escuchar lo que está diciendo.

—No pretenderá que escriba mi lista *a bolígrafo* —exclama.

—Es lo único que tengo. —La joven dice de modo terminante—. ¿Puedo ayudarla con algo más, Britt-Marie?

—Ja —responde tras una pausa.

Britt-Marie dice «Ja» muy a menudo. Y no es un «ja» a modo de risa, sino el «ajá» que pronuncias cuando estás particularmente decepcionada. Como cuando te encuentras una toalla mojada tirada en el suelo del cuarto de baño.

«Ja». Britt-Marie siempre aprieta los labios después de decirlo para señalar que es lo último que piensa decir sobre algo en particular, aunque rara vez lo es.

La joven titubea. Britt-Marie sostiene el bolígrafo como si estuviera pegajoso. Observa la lista titulada «martes» en su libreta, y, arriba del todo, antes de «Limpiar» y «Hacer la compra», escribe «Me llamará la oficina de desempleo».

Le devuelve el bolígrafo.

—Pues... encantada de conocerla —dice la joven maquinalmente—. ¡La mantendremos al tanto!

—Ja —responde Britt-Marie.

Sale de la oficina de desempleo y la joven, por supuesto, cree que será su último encuentro. Aún no sabe que Britt-Marie cumple con sus listas al pie de la letra. Está claro que nunca ha visto el balcón de Britt-Marie.

Es un balcón asombrosamente presentable.

Afuera hace un frío invernal de enero, pero no hay ni un copo de nieve en el suelo que demuestre que la temperatura está bajo cero. Es la peor época del año para las plantas de balcón.

Tras salir de la oficina de desempleo, Britt-Marie va a un supermercado que no es el suyo habitual y compra todo lo que está en su lista. No le gusta hacer la compra sola porque no le gusta llevar el carrito. Siempre lo lleva Kent y Britt-Marie camina a su lado, aferrada del borde. Y no es porque ella quiera dirigir el carrito, sino porque le gusta agarrar cosas que también está agarrando él para sentirse como si los dos estuvieran yendo juntos al mismo sitio.

Ella cena frío todos los días a las seis en punto. Está acostumbrada a pasarse la noche en vela esperando a Kent, así que procura guardar su plato en el refrigerador. Pero el único que hay aquí está lleno de botellitas de licor. Britt-Marie se deja caer en una cama que no es suya y se frota el dedo anular, una mala costumbre que tiene cuando se pone nerviosa.

Hace unos días estaba sentada en su cama girando su anillo de casada después de haber limpiado a fondo el colchón con bicarbonato. Ahora se frota la marca blanca del dedo donde solía llevar el anillo.

Este edificio tiene una dirección postal, pero no es, bajo ningún concepto, una casa ni un hogar. En el suelo hay dos cajas alargadas de plástico para plantas de balcón, pero la habitación de la pensión no tiene balcón. Britt-Marie no tiene a quién esperar sentada toda la noche.

Y aun así espera.

2

La oficina de desempleo abre a las nueve, pero Britt-Marie espera hasta las nueve y dos para entrar porque no quiere parecer testaruda.

—Me iban a llamar hoy —dice sin ninguna testarudez cuando la joven abre la puerta de la oficina.

—¿Cómo? —exclama la joven con la cara libre de cualquier asomo de emoción positiva. Está rodeada de personas con vasos de plástico en la mano vestidas como ella—. Eh… verá, estamos a punto de empezar una reunión…

—Ah, por supuesto. Supongo que es una reunión importante, ¿no? —pregunta Britt-Marie mientras se alisa un pliegue en la falda que sólo ella ve.

—Bueno, sí, es…

—Pero yo no soy importante, claro.

La joven se retuerce como si su ropa hubiera cambiado de talla repentinamente.

—Disculpe, pero ayer le dije que la llamaría si surgía algo, no dije que fuera a llamarla hoy mism…

—Lo tengo anotado en la lista —dice Britt-Marie sacando su libreta y señalándola con determinación—. Como comprenderá, no lo habría anotado en la lista si no me lo hubiera dicho. ¡Hasta me obligó a escribirlo a bolígrafo!

La joven suspira.

—Mire, siento mucho que haya habido un malentendido, pero tengo que volver a la reunión.

—¿Quizá tendría más tiempo para encontrarle trabajo a la gente si no se pasara los días reunida? —señala Britt-Marie mientras la joven cierra la puerta.

* * *

Britt-Marie se queda a solas en el pasillo y ve que en la puerta de la joven hay dos pegatinas bajo el picaporte, a la altura en la que las hubiera pegado un niño. Representan balones de fútbol. Eso le recuerda a Kent. A Kent le encanta el fútbol. Le encanta el fútbol como ninguna otra cosa en la vida. Le encanta el fútbol más de lo que le encanta contarle a la gente cuánto cuesta algo que acaba de comprar.

Cuando hay partidos importantes, en lugar del suplemento de crucigramas reciben una sección especial sobre el fútbol. A partir de ese momento es casi imposible sacarle una palabra sensata a Kent. Si Britt-Marie le pregunta qué quiere para cenar, él le responde murmurando que le da igual, sin siquiera apartar la vista del suplemento.

Britt-Marie nunca le ha perdonado eso al fútbol. Ni quitarle a Kent ni el suplemento de crucigramas.

Se frota la marca blanca del dedo anular. Recuerda la última vez que sustituyeron el suplemento de crucigramas por el de fútbol porque ese día leyó el periódico cuatro veces con la esperanza de encontrar un pequeño crucigrama escondido que se les hubiera pasado por alto. No lo encontró, pero sí leyó un artículo sobre una mujer de su misma edad que había muerto. Y no ha podido olvidarlo. La mujer llevaba muerta varias semanas cuando la encontraron después de que los vecinos se quejaran del hedor que emanaba su apartamento. Y Britt-Marie no deja de pensar en ello porque no deja de pensar en lo humillante que sería que los vecinos se quejaran del mal olor. La muerte había sido «natural». Un vecino aseguró que «la cena de la mujer seguía en la mesa cuando el propietario entró en el apartamento».

Britt-Marie le preguntó a Kent qué creía que había comido la mujer. A ella le parecía horroroso morir en plena cena, como si la comida hubiese estado espantosa. Kent murmuró que eso no importaba y le subió el volumen a la televisión.

Britt-Marie recogió la camisa sucia que él había dejado en el suelo del dormitorio y la metió en la lavadora. Luego la lavó y reorganizó su rasuradora en el cuarto de baño. Por las mañanas, Kent gritaba «¡Briiiitt-Mariiiiie!» cuando no encontraba la rasuradora y decía que ella se la «escondía», pero ella no escondía nada. Ella reorganizaba las cosas. No es lo mismo. A veces, reorganizaba porque hacía falta y, a veces, porque le encantaba escucharlo gritar su nombre por las mañanas.

* * *

Media hora más tarde, un grupo de gente sale del despacho. La joven se despide de ellos y sonríe con entusiasmo hasta que ve a Britt-Marie.

—Ah, sigue ahí… Mire, Britt-Marie, lo siento mucho, pero no tengo tiempo p…

Britt-Marie se levanta y se sacude unas migas invisibles de su falda.

—Veo que le gusta el fútbol —la interrumpe, señalando las pegatinas de la puerta—. Seguro que lo disfruta mucho.

La joven sonríe.

—¡Sí! ¿A usted también?

—En absoluto.

—Ah… —La joven mira su reloj de reojo y después al otro que está en la pared. Como es evidente que intenta sacar a Britt-Marie de ahí, ésta sonríe con paciencia y decide decir algo agradable.

—Hoy lleva el peinado distinto.

—¿Cómo?

—Está distinto a como estaba ayer. Supongo que es moderno.

—¿Qué? ¿El peinado?

—No tener que decidirse nunca —Y, sin detenerse, añade—: Claro que eso no tiene nada de malo. De hecho, me parece muy práctico.

En realidad, le parece cortísimo y puntiagudo, como cuando alguien derrama jugo de naranja en una alfombra. A Kent siempre se le derramaba un poco cuando lo bebía mezclado con vodka durante los partidos, hasta que un día Britt-Marie se hartó y movió la alfombra al cuarto de invitados. De eso hace ya trece años, pero ella lo recuerda a menudo. Eso tienen en común las alfombras y los recuerdos de Britt-Marie: son muy difíciles de lavar.

La joven carraspea.

—Mire, me encantaría seguir charlando, pero, como le he estado diciendo, ahora mismo no tengo tiempo.

—¿Y cuándo tendrá tiempo? —pregunta Britt-Marie abriendo su libreta y revisando una de sus listas detenidamente—. ¿A las tres?

—Estoy ocupada todo el día.

—También puedo a las cuatro, o incluso a las cinco —ofrece Britt-Marie tras consultarlo consigo misma.

—Cerramos a las cinco —responde la joven.

—Quedemos a las cinco, entonces.

—¿Qué? No, cerramos a esa ho…

—De ninguna manera podemos agendarlo después de las cinco —advierte Britt-Marie.

—¿Qué? —dice la joven.

Britt-Marie sonríe con mucha, muchísima, paciencia.

—En ningún caso quisiera montar una escena aquí. Pero, querida, lo cierto es que los seres civilizados cenan a las seis, así que reunirse más tarde de las cinco es algo tarde, ¿no le parece? ¿O pretende que nos reunamos mientras cenamos?

—No... Quiero decir... ¿Qué?

—Ja. Bien. En ese caso, procure no llegar tarde. Que las papas se enfrían.

Y luego escribe en su lista: «Cena. 18:00.».

La joven trata de decirle algo mientras sale, pero Britt-Marie ya se ha ido, porque no tiene tiempo para estar ahí parada todo el día.

3

Son las 16:55. Britt-Marie está sola en la calle delante de la oficina de empleo, ya que sería de mala educación llegar antes de tiempo a una cita. La brisa le agita suavemente el pelo. En esos momentos echa tanto de menos su balcón que tiene que cerrar los ojos hasta que le duelen las sienes. Suele trabajar en el balcón por las noches, mientras espera a Kent. Él siempre dice que no lo espere despierta. Ella lo espera de todos modos. A menudo ve llegar el carro desde el balcón y, cuando Kent entra por la puerta, ya tiene la comida caliente encima de la mesa. Cuando se duerme en su cama, ella recoge la camisa del suelo del dormitorio y la mete en la lavadora. Si el cuello está sucio, lo frota primero con vinagre y bicarbonato. A la mañana siguiente, muy temprano, Britt-Marie se levanta, se recoge el pelo y limpia la cocina, esparce bicarbonato en los maceteros del balcón y limpia todas las ventanas con Faxin.

Faxin es la marca de limpiavidrios de Britt-Marie. Es incluso mejor que el bicarbonato. No se siente una persona completa a no ser que tenga como mínimo una botella a mano. Podría pasar cualquier cosa si se quedara sin Faxin. Así que escribió «Comprar Faxin» en su lista de la compra para esta tarde (pensó en añadir puntos de exclamación en rojo para subrayar la seriedad de la cuestión, pero logró contenerse). Fue al supermercado que no es su supermercado de siempre, en el que nada está ordenado como de costumbre. Le preguntó al joven que trabajaba ahí por el Faxin. Ni siquiera sabía lo que era. Cuando Britt-Marie le explicó que era su marca de limpiavidrios, se encogió de hombros y le sugirió que comprara otra marca. Llegado a ese punto, Britt-Marie se enfadó tanto que sacó su lista y añadió un punto de exclamación.

El carrito de la compra se resistía tanto que se atropelló con él. Cerró los ojos mientras se mordía las mejillas por dentro y echaba de menos a Kent. Encontró salmón de rebajas y compró también papas y verduras. De un estante no muy grande con el letrero MATERIAL DE OFICINA, eligió un lápiz y dos sacapuntas, y los puso en el carro.

—¿Es usted socia? —le preguntó el joven cuando se acercó a la caja.

—¿De qué? —dijo Britt-Marie con suspicacia.

—El salmón está rebajado sólo para socios —dijo él.

Britt-Marie sonrió pacientemente.

—Ésta no es mi tienda habitual, ¿comprende? En mi tienda habitual, el socio es mi marido.

El joven le ofreció un folleto.

—Puede hacerse socia con esto, es rapidísimo. Sólo tiene que escribir aquí su nombre, su dirección y lue…

—¡De ninguna manera! —interrumpió Britt-Marie.

Hasta ahí podíamos llegar. ¿Va a tener una que inscribirse con nombre y dirección, igual que una terrorista, sólo para comprar salmón?

—Bueno, entonces tendrá que pagar el salmón a su precio habitual.

—Ja.

El joven parecía algo inseguro.

—Si no lleva dinero suficiente, pued…

Britt-Marie abrió los ojos de par en par. Tenía unas ganas locas de levantar la voz, pero sus cuerdas vocales no quisieron cooperar.

—Mi querido hombrecito, tengo dinero más que suficiente. De

sobra —dijo tratando de gritar y de plantar de golpe la cartera sobre la cinta, aunque todo quedó en un susurro y un empujoncito.

El joven se encogió de hombros y le cobró. Britt-Marie quería aclararle que su marido es empresario y que ella puede permitirse comprar salmón sin necesidad de ningún descuento. Pero el joven ya había empezado a atender al siguiente cliente.

Como si ella no importara nada.

A las cinco de la tarde en punto, Britt-Marie llama a la puerta de la joven. Ésta le abre con el abrigo ya puesto.

—¿Adónde va? —pregunta Britt-Marie. La chica parece advertir un tono recriminatorio en su voz.

—Yo... pues vamos a cerrar por hoy... como le comenté, tengo...

—¿Cuándo vuelve? ¿A qué hora?

—¿Qué?

—Necesito saber cuándo poner las papas.

La joven se frota los párpados con los nudillos.

—Ah... Lo siento, Britt-Marie. Pero, como he tratado de decirle, no teng...

—Esto es para usted —dice Britt-Marie, y le da el lápiz.

Cuando la joven ya lo tiene en la mano, Britt-Marie le da también los sacapuntas, uno azul y otro rosa.

—Ya sabe, como hoy en día no es fácil saber cuál prefieren ustedes, compré uno de cada color.

La joven no parece totalmente segura de a quién se refiere Britt-Marie al decir «ustedes».

—Pues... gracias. Supongo.

—Y ahora quisiera que me indicara dónde está la cocina, si no es mucha molestia, porque, si no, se me hará tarde para las papas.

Por un momento, parece que la joven vaya a decir «¡¿La cocina?!», pero se contiene en el último momento y, como un niño al lado de la bañera, comprende que las protestas no harán sino prolongar el proceso y hacerlo aún más doloroso. De modo que sencillamente se rinde, señala la cocina del personal y libera a Britt-Marie de la bolsa de comida. Britt-Marie la sigue y para corresponder a su amabilidad decide hacerle un cumplido.

—Es un abrigo muy elegante.

Sorprendida, la joven se lleva la mano al tejido del abrigo.

—¡Gracias! —le responde con sinceridad y abre la puerta de la cocina.

—Es muy valiente por su parte vestirse de rojo en esta época del año. ¿Dónde están los utensilios?

La joven, con una paciencia cada vez más limitada, abre un cajón. En una mitad hay un caos de utensilios de cocina. La otra es un compartimento de plástico para los cubiertos. Un único compartimento. Tenedores, cuchillos, cucharas. Todo revuelto.

La cara de irritación de la joven se transforma en cara de sincera preocupación.

—¿Se... encuentra bien? —le pregunta a Britt-Marie.

Britt-Marie ha ido a sentarse en una silla y parece a punto de desmayarse.

—Bárbaros —susurra, y se muerde las mejillas por dentro.

La joven se deja caer en una silla frente a ella. Parece indecisa. Finalmente, su mirada se posa en la mano izquierda de Britt-Marie, que, incómoda, se frota con la yema de los dedos la mancha blanca de la piel, como si fuera la cicatriz que deja la amputación de un miembro del cuerpo. Cuando advierte que la joven la está observando, esconde la mano debajo del bolso, como si la hubieran estado espiando en la ducha.

La joven levanta despacio las cejas.

—Perdone que pregunte... Pero dígame... En fin, ¿a qué ha venido aquí en realidad, Britt-Marie?

—Quiero encontrar trabajo —responde Britt-Marie, y revuelve

en el fondo del bolso en busca de un pañuelo con el que limpiar la mesa.

La joven se acomoda varias veces, algo desorientada, en un intento fallido de encontrar una postura cómoda.

—Sin ánimo de ofender, Britt-Marie, lleva sin trabajar cuarenta años. ¿Por qué le parece tan importante ahora?

—Esos cuarenta años he estado trabajando. Me he encargado de llevar un hogar. Por eso ahora es importante —responde Britt-Marie, y retira de la mesa unas migas imaginarias.

Al ver que la joven no responde, añade:

—Leí en el periódico un artículo sobre una mujer que estuvo varias semanas muerta en su apartamento, ¿entiende? Decían que había fallecido de muerte «natural». La cena aún estaba sobre la mesa. Y lo cierto es que eso no tiene nada de natural. Nadie supo que había muerto hasta que el hedor empezó a molestar a los vecinos.

La joven juguetea con su cabello.

—Ajá... o sea... quiere un trabajo para... —balbucea.

Britt-Marie resopla con muchísima paciencia.

—Esa mujer no tenía ni hijos, ni marido, ni trabajo. Nadie sabía que estaba allí. Si uno tiene un trabajo, alguien se da cuenta de que no está.

La joven, que todavía no ha salido de la oficina mucho después de haber terminado de trabajar, se queda mirando un rato, un buen rato, a la mujer que la mantiene ahí. Britt-Marie está sentada con la espalda muy recta, tal como solía sentarse en el balcón a esperar a Kent. Nunca se iba a la cama antes de que Kent llegara a casa, porque no le gustaba dormirse sin que nadie supiera que ella estaba allí.

Se muerde las mejillas. Se frota la mancha blanca.

—Ja. Pensará usted que es ridículo, claro. Lo cierto es que soy muy consciente de que conversar no es mi punto fuerte. Mi marido dice que soy socialmente inepta.

Las últimas palabras son un susurro. La joven traga saliva y señala el lugar del anillo que Britt-Marie ya no lleva en el dedo.

—¿Qué le pasó a su marido?

—Le dio un infarto.

—Lo siento. No sabía que hubiera muerto.

—No ha muerto —susurra Britt-Marie.

—Ah, yo cre...

Britt-Marie la interrumpe poniéndose de pie y empezando a ordenar los cubiertos como si éstos hubieran cometido un delito.

—Yo no uso perfume, así que siempre le pedía que metiera la camisa directamente en la lavadora cuando llegaba a casa. Y nunca lo hacía. Luego me regañaba porque la lavadora hacía mucho ruido por las noches.

Ahí guarda silencio de pronto para señalarle al horno que sus botones están mal ubicados. El horno parece avergonzado. Britt-Marie continúa:

—Fue ella quien me llamó del hospital cuando le dio el infarto.

La joven se levanta para tratar de echar una mano. Vuelve a sentarse despacio cuando ve que Britt-Marie ha sacado del cajón un cuchillo de filetear.

—Cuando los hijos de Kent eran pequeños y pasaban con nosotros los fines de semana alternos, yo solía leerles cuentos. Mi favorito era *El sastrecillo valiente*. Es un cuento, ya me entiende. Los niños querían que me inventara mis propios cuentos, pero yo no entiendo qué sentido tendría hacer eso cuando los hay ya inventados, escritos por un profesional. Kent decía que era porque no tengo imaginación, pero ¡lo cierto es que yo tengo una imaginación extraordinaria!

La joven no responde. Britt-Marie enciende el horno para que se vaya calentando. Mete el salmón en una fuente para horno. Se queda ahí de pie.

—Requiere de una imaginación extraordinaria fingir que una no se entera de nada un año tras otro cuando le lavas todas las camisas y tú no usas perfume —dice en un susurro.

La joven vuelve a levantarse. Con cierta torpeza, le pone a Britt-Marie la mano en el hombro.

—Yo… Lo siento… —comienza a decir.

Guarda silencio sin que nadie la haya interrumpido. Britt-Marie cruza las manos sobre el vientre y se queda mirando el horno.

—Quiero trabajar porque considero que no es adecuado molestar a los vecinos con malos olores. Quiero que haya alguien que sepa que estoy aquí.

No hay nada que responder a eso.

Cuando el salmón está listo, se sientan a la mesa y comen sin mirarse.

—Es una mujer muy guapa. Es joven. Yo a él no se lo reprocho, de verdad que no —dice finalmente Britt-Marie.

—¡Seguro que es una golfa! —suelta la joven en un impulso repentino de querer apoyarla.

—¿Y eso qué significa? —pregunta Britt-Marie, incómoda.

—Pues… o sea… bueno, es algo malo.

Britt-Marie clava la vista en el plato.

—Ja. Es usted muy amable.

Parece querer corresponderle ella también con algo amable, así que, con cierto esfuerzo, logra añadir:

—Hoy tiene usted… Quiero decir… Hoy tiene el pelo muy bonito.

La joven sonríe.

—¡Gracias!

Britt-Marie asiente.

—Hoy no se le ve tanto la frente como ayer.

La joven se rasca la frente bajo el flequillo. Britt-Marie baja la vista hacia el plato y trata de reprimir el instinto de ir a la encimera y servirle una ración a Kent. La joven dice algo. Britt-Marie levanta la vista y murmura:

—¿Perdón?

—El salmón, que estaba riquísimo —dice la joven.

Sin que Britt-Marie haya tenido que preguntar.

4

Y entonces Britt-Marie encontró trabajo. Concretamente en un lugar llamado Borg. Así que, dos días después de haber invitado a la joven de la oficina de empleo a comer salmón, es ahí donde se dirige Britt-Marie en el carro. Por eso ahora deberíamos hablar un poco de Borg.

Borg es una población construida al borde de una carretera. Y, en realidad, eso es lo más amable que puede decirse de Borg. No es un lugar que pueda describirse como uno entre un millón, sino más bien como uno igual a millones más. Tiene un campo de fútbol cerrado y una escuela cerrada y una farmacia cerrada y una licorería cerrada y un centro de salud cerrado y un supermercado cerrado y un centro comercial cerrado y una carretera que se aleja de allí en los dos sentidos.

Es verdad que hay un centro cívico que todavía no ha cerrado, pero se debe exclusivamente a que no les ha dado tiempo. Es evidente que cerrar un pueblo entera es un proceso largo, así que el centro cívico ha tenido que esperar su turno. Además de eso, las dos únicas cosas reseñables de Borg son el fútbol y una pizzería, porque tienden a ser las dos últimas cosas que abandona la humanidad.

El primer contacto de Britt-Marie con la pizzería y el centro cívico se produce ese día de enero, cuando detiene su carro blanco delante del aparcamiento de grava entre ambos. Su primer contacto con el fútbol se produce cuando recibe un balonazo monumental en la cabeza.

Esto sucede inmediatamente después de que su carro explote.

Podría resumirse el asunto diciendo que la primera impresión mutua de Borg y Britt-Marie no fue enteramente positiva.

Si uno quiere ponerse pedante al respecto, la explosión tiene lugar cuando Britt-Marie está entrando en el aparcamiento. Del lado del acompañante. Britt-Marie es clara con esto: si tuviera que describir el sonido, fue como un ¡BUM! Como cabría esperar, se asusta y suelta tanto el freno como la palanca de velocidades, con lo que el carro suelta un quejido patético. Después de dar unos cuantos vaivenes dramáticos entre los charcos congelados, se para en seco delante del edificio en cuyo letrero se lee «PIZZ R A», con letras de neón parcialmente averiadas. Britt-Marie sale del carro de un salto, muerta de miedo, con la expectativa (más que razonable, dadas las circunstancias) de que empiece a arder. Pero no es así. Lo que sí ocurre es que Britt-Marie se queda sola en el aparcamiento, en medio de ese silencio que sólo existe en los pueblos aislados.

Es un tanto irritante. Se alisa la falda y agarra el bolso con fuerza.

Un balón de fútbol aparece rodando tranquilamente por la grava, alejándose del carro de Britt-Marie, y desaparece detrás de un edificio que Britt-Marie asume es el centro cívico. En el mismo momento en que el balón desaparece tras la esquina, se escuchan unos golpes desconcertantes. Decidida a no distraerse de las tareas pendientes, saca una lista de su bolso. Lo primero que tiene escrito es «Manejar hasta Borg». Tacha esa tarea. La siguiente es «Recoger la llave en la oficina de correos».

Saca el celular que Kent le dio hace cinco años y lo usa por primera vez.

—¿Hola? —dice la joven de la oficina de empleo.

—¿Así es como se contesta ahora el teléfono? —pregunta Britt-Marie. Atenta. No crítica.

—¿Qué? —dice la joven, por unos instantes aún felizmente ignorante de que el que Britt-Marie abandonara la oficina de empleo no significa necesariamente que haya abandonado también su vida.

—Ya estoy en el sitio éste, Borg. Hay algo haciendo un estruendo muy molesto y mi carro ha explotado. ¿A qué distancia está la oficina de correos?

—¿Britt-Marie? ¿Es usted?

—¡Apenas puedo oírla!

—¿Ha dicho *explotar*? ¿Está bien?

—¡Por supuesto que lo estoy! Pero ¿qué va a pasar con el carro?

—Yo no sé nada de carros —dice la joven.

Britt-Marie exhala de forma extremadamente paciente.

—Me dijo que la llamara si tenía alguna duda —le recuerda. Britt-Marie no considera lógico esperar que ella lo sepa absolutamente todo sobre carros. Sólo ha conducido unas cuantas veces desde que Kent y ella se casaron, puesto que ella nunca va en carro sin Kent, y Kent es un conductor extraordinario.

—Me refería a preguntas sobre el *trabajo*.

—Ja. Eso es lo único que importa, claro. Hacer carrera. Si yo muero en una explosión no tiene importancia, claro —declara Britt-Marie—. De hecho, mucho mejor si muero. Así quedará un trabajo libre.

—Por favor, Britt-Mar...

—¡La oigo muy mal! —grita consideradamente Britt-Marie antes de colgar. Luego se queda allí sola mordiéndose las mejillas por dentro. Algo retumba nuevamente desde el otro lado del centro cívico, que sólo sigue ahí porque en la junta municipal celebrada el diciembre pasado había muchas otras cosas programadas para cerrarse. Los miembros de la junta estaban preocupados de que se los obligase a aplazar la cena anual de Navidad. Puesto que la cena se consideró inaplazable, se dejó el cierre para finales de enero, respetando las vacaciones de los miembros de la junta. Lógicamente, el responsable de comunicación del municipio debería haberse responsabilizado de comunicárselo al personal, pero, desafortunadamente, se encontraba de vacaciones, lo cual también se olvidó de comunicar. De modo que la sección de personal se percató de que había un edificio sin encargado y una vacante para la posición de conserje del centro cívico que se anunció en la oficina de empleo a principios de enero. Así de sencillo fue. Y así de complicado.

En cualquier caso, el puesto no sólo está insólitamente mal pagado, sino que además es temporal y sujeto a la resolución del cierre del centro cívico en la junta municipal que se celebrará dentro de tres semanas. Además, el centro está en Borg. De modo que un número limitado de personas solicitaron el puesto.

Pero dio la casualidad de que la joven de la oficina de empleo que, muy a su pesar, había comido salmón con Britt-Marie anteayer, le prometió que trataría de encontrar un trabajo para ella. Al día siguiente, Britt-Marie llamó a la puerta de la joven a las 9h02 para ver cómo avanzaba aquel asunto. La joven tecleó unos instantes en su computadora y al final dijo:

—Hay uno. Pero se encuentra en una localidad que no aparece ni en el mapa y está tan mal pagado que, si cobra el subsidio por desempleo, seguramente perdería dinero al aceptarlo.

—Yo no recibo ningún *subsidio* —respondió Britt-Marie, como si se tratase de alguna enfermedad.

La joven volvió a suspirar e intentó hablarle sobre «cursos de reinserción» y «gestiones» que podría ofrecerle en lugar del trabajo, pero Britt-Marie le dejó muy claro que a ella no hacía falta gestionarla de ninguna manera.

—Britt-Marie, por favor, es un trabajo de tres semanas, no es la clase de empleo que buscaría alguien de su... edad. Además, tiene que ir hasta ese sitio...

Y ahora Britt-Marie se encuentra en Borg y su carro ha explotado. Podría decirse que no ha sido el mejor primer día en un nuevo trabajo. Vuelve a llamar a la chica.

—¿Dónde se supone que puedo encontrar los materiales de limpieza? —pregunta Britt-Marie.

—¿Qué? —pregunta la joven.

—Dijo que la llamara si tenía preguntas sobre el trabajo.

La joven masculla algo ininteligible, su voz resuena como si saliera del interior de una lata.

—Escúcheme atentamente, querida. Pretendo acudir a la oficina de correos y recoger las llaves del centro cívico, ¡pero no pienso poner un pie en el centro cívico hasta que me notifique dónde está el equipo de limp…!

Otra vez se ve interrumpida por el balón de fútbol que se acerca rodando por el aparcamiento. A Britt-Marie le disgusta ese balón. No es nada personal, no ha elegido precisamente ese balón para que le disguste, es que le disgustan todos los balones de fútbol. Sin prejuicios de ningún tipo.

El balón rueda perseguido por dos niños. Están particularmente sucios; los tres, si incluimos el balón.

Los niños llevan los *jeans* rotos a la altura de los muslos. Cuando alcanzan el balón, le dan una patada hacia el lado contrario y vuelven a desaparecer detrás del centro cívico. Uno de ellos pierde el equilibrio, se apoya en la ventana y deja en el cristal una huella negra.

—¿Qué pasa? —pregunta la joven.

—¿Esos niños no tendrían que estar en el colegio? —exclama Britt-Marie, mientras piensa que debe añadir en la lista otro signo de exclamación a «¡Comprar Faxin!». Si es que en este pueblo hay alguna tienda.

—¿Qué? —dice la joven.

—Por favor, querida, deje de decir «¿qué?» todo el tiempo, hace que parezca poco inteligente.

—¿Qué?

—¡Hay *niños* aquí!

—De acuerdo, pero, Britt-Marie, por favor, ¡yo no sé nada de Borg! ¡No he estado nunca allí! Y la oigo muy mal, creo que... ¿segura que no tiene el teléfono bocabajo?

Britt-Marie lanza al teléfono una mirada crítica. Le da la vuelta.

—Ja —dice hablando ahora al micrófono, como si la culpa de todo fuera de la persona al otro lado de la línea.

—Bien, ahora la oigo perfectamente —dice la joven con entusiasmo.

—Es que nunca había usado este teléfono. Hay gente que tiene otras cosas que hacer que pasarse los días hablando por teléfono, como comprenderá.

—Ah, no se preocupe, a mí me pasa igual cada vez que cambio de teléfono.

—¡Por supuesto que no me preocupo! Y desde luego que el teléfono no es nuevo, tiene cinco años —corrige Britt-Marie—. Nunca lo había necesitado hasta ahora. He tenido cosas que hacer, ¿sabe? Yo no llamo a nadie más que a Kent, y lo llamo desde el teléfono fijo, como una persona civilizada.

—Pero ¿y si está fuera? —pregunta la joven sin pensar, incapaz de imaginar cómo era el mundo antes de que uno pudiese localizar a cualquiera en cualquier momento.

—Querida —explica Britt-Marie con paciencia—, si estoy fuera es que estoy con Kent.

Probablemente Britt-Marie pretendía añadir algo más, pero en ese momento ve la rata, grande como una maceta mediana, correteando entre los montículos de nieve que salpican la grava del aparcamiento. En retrospectiva, Britt-Marie está convencida de que quiso gritar muy fuerte, pero, por desgracia, no tuvo tiempo, porque todo se volvió negro y su cuerpo quedó inconsciente en el suelo.

El primer contacto de Britt-Marie con el fútbol en Borg se produce cuando un balón le da bien fuerte en la cabeza.

5

Britt-Marie se despierta en un suelo. Alguien está inclinado sobre ella y le dice algo, pero lo primero en lo que piensa es en el suelo. Le preocupa que pueda estar sucio, y que la gente crea que está muerta. Ese tipo de cosas ocurren constantemente: la gente se cae y muere. Sería espantoso, piensa Britt-Marie. Morir en un suelo sucio. ¿Qué iba a pensar la gente?

—¿Eh, hola? ¿Estás… cómo se dice… fallecida? —pregunta Alguien, pero Britt-Marie sigue pensando en el suelo—. ¡Eh, señora! ¿Estás… ya sabes… estás muerta? —repite una voz con un silbido.

A Britt-Marie le disgusta que la gente silbe. Además, le duele la cabeza.

El suelo huele a pizza. Sería terrible morir con dolor de cabeza y oliendo pizza.

A ella no le entusiasma nada la pizza porque Kent olía mucho a pizza cuando llegaba tarde a casa de las reuniones con Alemania. Britt-Marie recuerda todos sus aromas. Sobre todo el de la habitación del hospital. Estaba llena de arreglos florales (es costumbre: cuando a uno le da un infarto, le envían arreglos florales), pero Britt-Marie podía oler el aroma a perfume y a pizza de la camisa en el borde de la cama.

Kent dormía y roncaba suavemente. Ella le tomó la mano una última vez sin que él se despertara. Luego dobló la camisa y la guardó en el bolso. Cuando llegó a casa, limpió el cuello con bicarbonato y vinagre y la lavó dos veces antes de colgarla. Luego, limpió las ventanas con Faxin, repasó el colchón con bicarbonato y metió en casa los maceteros del balcón. Después, hizo la maleta y, por primera vez en toda su vida, encendió el celular. Por primera vez en toda su vida juntos. Pensó que los chicos llamarían para preguntar cómo estaba Kent. No lo hicieron. Enviaron un mensaje de texto cada uno.

Poco después de la adolescencia, hubo un periodo en que los dos aún seguían prometiendo que irían a visitarlos por Navidad. Luego, empezaron a fingir que tenían un motivo para no ir. Al cabo de un par de años, dejaron de fingir que lo tenían. Al final, dejaron de fingir que pensaban ir a verlos. Así fueron las cosas.

A Britt-Marie siempre le ha gustado el teatro, porque le gusta que a los actores los aplaudan al final por haber fingido. El infarto de Kent y la voz de la joven y guapa mujer le arrebataron a Britt-Marie el aplauso que merecía. No se puede seguir fingiendo que alguien no existe cuando te habla por teléfono. Así que Britt-Marie se fue de la habitación del hospital con una camisa que olía a perfume y con el corazón roto.

A nadie le regalan flores por eso.

—Carajo, ¿estás… como que… muerta? —pregunta Alguien con impaciencia.

A Britt-Marie le parece de muy mala educación que la interrumpan mientras se está muriendo. Sobre todo, con esa forma de hablar tan horrenda. Ciertamente, existe una gran variedad de alternativas mejores que «carajo», si es que fuera preciso expresar ese sentimiento. Levanta la vista hacia ese Alguien, que se ha inclinado sobre ella.

—¿Puedo saber dónde me encuentro? —pregunta Britt-Marie, aturdida.

—¡Buenas! En el centro de salud —dice Alguien alegremente.

—Huele a pizza —consigue articular Britt-Marie.

—Sí, ya sabes, el centro de salud es también pizzería —explica Alguien.

—No suena particularmente higiénico —logra murmurar Britt-Marie.

Alguien se encoge de hombros.

—Primero pizzería. Luego, pues eso, cerraron el centro de salud. Crisis económica. Todo a la mierda. Así que ahora, ya sabes, hacemos lo que podemos. Pero tranquilidad. ¡Tengo primeros auxilios!

Ese Alguien que, de hecho, parece ser una mujer, señala jovialmente hacia una cajita de plástico con una cruz roja en la tapa y la leyenda «Primeros Auxilios». Luego, se pone a agitar una botella que apesta.

—Y estos… ya sabes… ¡segundos auxilios! ¿Quieres?

—¿Disculpe? —gime Britt-Marie con la mano en el doloroso chichón en su frente.

Alguien, que, visto con mayor detenimiento, no está de pie e inclinada sobre Britt-Marie, sino más bien sentada sobre ella, le ofrece un vaso.

—Cerraron la licorería, así que hacemos lo que podemos. ¡Toma! Vodka de Estonia o alguna mierda de ésas. Unas letras rarísimas, ya sabes. Quizá no vodka, pero la misma mierda. Quema un poco en la lengua, pero te acostumbras. Bueno para, ¿cómo se dice…? ¿Ampollas en la boca?

Atormentada, Britt-Marie menea la cabeza y, en ese momento, ve las manchas rojas que tiene en el abrigo.

—¿Estoy sangrando? —estalla, y se incorpora aterrada.

Sería horriblemente irritante haber dejado manchas de sangre en el suelo de Alguien, esté limpio o no.

—¡No, no! Nada de esa mierda. A lo mejor te sale un chichón por el disparo, eh, pero eso es sólo salsa de tomate, ya sabes —dice Alguien a voces y trata de limpiarle las manchas con una servilleta.

Britt-Marie se da cuenta de que Alguien va en silla de ruedas. Es difícil no darse cuenta de algo así. Alguien, además, parece ebria. Britt-Marie se basa en el hecho de que Alguien huele a vodka y no es capaz de atinar con la servilleta. Pero no tiene prejuicios al respecto.

—Esperaba aquí a que dejaras de parecer fallecida, eh. Me entró hambre, sabes, y almorcé —dice Alguien con una sonrisita, y señala hacia una pizza a medio comer en un banco.

—¿Almorzar? ¿A estas horas? —murmura Britt-Marie, pues ni siquiera son las once.

—¿Tienes hambre? ¡Come pizza! —explica Alguien.

Y entonces, por primera vez, Britt-Marie cae en la cuenta de lo que le han dicho.

—¿Qué quiere decir con lo del chichón por «el disparo»? ¿Me han disparado? —exclama, y se palpa el cuero cabelludo en busca de algún agujero.

—A ver, a ver. Un balón de fútbol en la cabeza, ya sabes —asegura Alguien, y salpica de vodka la pizza.

Britt-Marie pone cara de preferir una pistola a una pizza. Supone que las pistolas están menos sucias.

Alguien, que parece tener unos cuarenta años, la ayuda a levantarse ayudada por una niña apenas adolescente que aparece a su lado. Alguien lleva el peor peinado que Britt-Marie ha visto en su vida, como si se hubiera peinado con un animal muerto de miedo. El peinado de la niña es más decente, pero lleva los *jeans* rasgados por el muslo, de arriba abajo. Probablemente sea moderno.

Alguien sonríe con desenfado.

—Malditos mocosos, sabes. Condenado fútbol. Pero no te enojes, ¡no te apuntaban a ti!

Britt-Marie se toca el chichón de la frente.

—¿Tengo la cara sucia? —pregunta tan angustiada como molesta.

Alguien menea la cabeza y vuelve rodando con la silla hasta donde tiene la pizza.

La mirada de Britt-Marie se detiene avergonzada en dos hombres con barbas y gorras sentados en una mesa en la esquina, tomando café y leyendo el diario de la mañana. Le parece terrible estar ahí tumbada tras un desmayo delante de unas personas en medio de una cafetería, pero ninguno de los hombres le dedica siquiera una mirada.

—Sólo te desmayaste un poco —dice Alguien despreocupadamente mientras engulle la pizza.

Britt-Marie saca del bolso un espejito y se frota la frente. Le parece de lo más mortificante haberse desmayado, pero ni la mitad de mortificante que la idea de haberse desmayado estando sucia.

—¿Y cómo sabe que no me apuntaban a mí? —pregunta con tan sólo un poquito de crítica.

—¡Te dieron! —se ríe Alguien levantando los brazos—. Cuando apuntan, no aciertan. Esos niños juegan mal del carajo, eh.

—Ja —dice Britt-Marie.

—En verdad no somos tan malos… —protesta ofendida la adolescente a su lado.

Britt-Marie observa que tiene el balón en las manos. Sostenerlo parece ser la única forma que tiene de no estar pateándolo.

Alguien le hace un gesto de ánimo a la chica.

—Soy Vega. ¡Trabajo aquí!

—¿Y tú no deberías estar en la escuela? —pregunta Britt-Marie sin apartar la vista del balón.

—¿Y tú no deberías estar en el trabajo? —responde Vega, sin apartar los ojos del balón.

Britt-Marie se agarra más fuerte al bolso.

—Deja que te diga algo: ahí me dirigía cuando me han golpeado en la cabeza. Debes saber que soy la conserje del centro cívico. Y hoy es mi primer día.

Vega abre la boca con asombro. Como si, en cierto modo, aquello lo cambiara todo, pero no dice nada.

—¿Conserje? ¡Por qué no lo has dicho antes, señora! Aquí tengo una... ¿cómo se llama? ¡Carta certificada! ¡Con la llave! —exclama Alguien.

—Estoy informada de que debo recoger las llaves en la oficina de correos.

—¡Aquí están! ¡Cerraron la oficina de correos, ya ves! —grita Alguien, y va hasta detrás de la barra, aún con la botella de vodka en la mano.

Se produce un breve silencio. Lo interrumpen el tintineo de la puerta y unas botas sucias cruzando el suelo sin fregar. Alguien saluda:

—¡Buenas, Karl! ¡Tengo un paquete para ti, espera!

Britt-Marie se da la vuelta y casi es derribada al suelo al chocar contra su hombro. Levanta la vista y advierte que una barba espesa debajo de una gorra insólitamente sucia le devuelve la mirada.

Un gruñido entre la gorra y la barba:

—Mira por dónde vas.

Britt-Marie, que estaba inmóvil y en silencio, se queda totalmente perpleja. Agarra más fuerte su bolso y dice:

—Ja.

—¡Pero si fuiste *tú* quien chocó con *ella*! —replica Vega a su espalda.

Aquello a Britt-Marie no le gusta nada. Se desconcierta cuando alguien la defiende: no ocurre a menudo.

Alguien aparece con el paquete de Karl, que mira a Vega con enojo y a Britt-Marie con hostilidad. Luego saluda con un gruñido a los dos hombres en la mesa de la esquina. Ellos le devuelven el gruñido. La campanilla de la puerta emite un alegre tintineo cuando Karl la cierra al salir.

Alguien le da a Britt-Marie una palmadita alentadora en el hombro.

—Ni caso a ese pendejo. Karl tiene un... cómo se dice... un limón en culo, ya sabes. Está encabronado, sabes, con la vida y el universo y todo. A la gente de por aquí no les gustan los visitantes de la ciudad —le dice a Britt-Marie, y al decir «gente» señala a los hombres de la mesa. Leen el periódico y toman café como si ninguna de las mujeres estuviera allí.

—¿Y cómo supo que soy de la ciudad?

Alguien pone los ojos en blanco:

—¡Ven! Te enseñaré el centro cívico, ¿sí? —le dice Alguien, rodando hacia la puerta.

Britt-Marie mira hacia la parte del local que se extiende al otro lado de la pizzería-centro de salud-oficina de correos. Está llena de estantes de alimentos. Como si fuera un minisúper.

—¿Puedo preguntar si esto es una tienda?

—Cerraron el supermercado, ya sabes. ¡Hacemos lo que podemos!

Britt-Marie recuerda las ventanas sucias del centro cívico.

—¿Puedo preguntar si aquí venden Faxin? —pregunta.

Britt-Marie nunca ha utilizado otra marca que no sea Faxin. Cuando era niña, veía el anuncio en el periódico de su padre cada mañana. Una mujer miraba de pie por una ventana limpia y, debajo, se leía: «FAXIN LE PERMITE VER EL MUNDO». A Britt-Marie le encantaba aquella foto. Cuando fue lo bastante mayor para tener sus propias ventanas, empezó a limpiarlas con Faxin todos los días y continuó haciéndolo toda su vida, y nunca tuvo ningún problema para ver el mundo.

Pero el mundo no la veía a ella.

—Sé lo que es, sabes, pero ya no hay Faxin, ¿sabes? —dice Alguien.

—¿Qué quiere decir con eso? —pregunta Britt-Marie con un tono sólo sensiblemente acusador.

Alguien se encoge de hombros.

—Faxin está... ¿cómo se dice? ¡Descontinuado! No rentable, ya sabe.

Britt-Marie abre los ojos de par en par y dice jadeante:

—¿Y es... legal hacer algo así?

—No rentable —responde Alguien encogiendo los hombros.

Como si eso fuera una respuesta.

—Pero la gente no puede hacer eso, ¿o sí? —estalla Britt-Marie.

Alguien se encoge de hombros.

—Aunque no importa, ¿eh? ¡Tengo otra marca! ¿Quieres marca rusa? Buena mierda. Está por aquí... —comienza Alguien, y le hace un gesto a Vega para que vaya a buscarlo.

—¡Por supuesto que no! —interrumpe Britt-Marie, que se dirige a la puerta y suelta echando chispas—: ¡Usaré bicarbonato!

Y es que no puede cambiarse la forma de ver el mundo de Britt-Marie. Porque una vez que Britt-Marie ha tomado una posición respecto al mundo, no hay nada que la cambie.

6

Britt-Marie tropieza en el umbral. Como si no sólo la gente de Borg tratara de repelerla, sino también los edificios. Está en la rampa para sillas de ruedas que lleva a la puerta de la pizzería. Flexiona los dedos del pie, que queda como un puño minúsculo dentro del zapato, y así atenúa el dolor. Por la carretera pasa un tractor en una dirección y un camión se aleja en dirección contraria. Después, la carretera queda desierta. Britt-Marie nunca había estado en un pueblo tan pequeño, sólo los había atravesado sentada junto a Kent en el carro. Kent siempre despreciaba los pueblos.

Britt-Marie recupera la compostura, agarra más fuerte el bolso cuando baja de la rampa y accede al gran aparcamiento de grava. Camina rápido, como si alguien la persiguiera. Y Alguien la sigue en la silla de ruedas. Vega carga el balón y sale corriendo en dirección a un grupo de niños que llevan los *jeans* rotos por los muslos. Tras dar unos pasos, mira de reojo a Britt-Marie y susurra:

—Siento que te haya dado el balón en la cabeza. No te apuntábamos a ti —después, se dirige enojada a Alguien—. ¡Pero le hubiéramos dado si quisiéramos!

Voltea y patea el balón por delante de los chicos hacia una valla entre el centro cívico y la pizzería. Uno de los chicos alcanza el balón y dispara contra la misma valla una vez más. Y, en ese momento, Britt-Marie comprende por qué en Borg se oye ese aporreo constante. Uno de los chicos apunta claramente hacia la valla, pero lo que consigue es que el balón vuelva directo hacia

Britt-Marie, lo que, teniendo en cuenta el ángulo, es un fracaso impresionante.

El balón llega rodando despacio hasta Britt-Marie. Parece que los niños esperan que ella lo devuelva de una patada. Britt-Marie se aparta como si el balón hubiera tratado de escupirle. Pasa rodando delante de ella. Vega se acerca corriendo.

—¿Por qué no lo has pateado? —pregunta sin entender nada.

—¿Por qué querría hacer eso?

Las dos se miran furiosas, cada una con la convicción de que la otra está completamente loca. Vega lanza el balón de nuevo a los chicos y se aleja corriendo. Britt-Marie se sacude el polvo de la falda. Alguien toma un trago de vodka.

—Condenados mocosos, ya sabes. Una mierda en el fútbol. No serían capaces de darle al agua desde... ¿cómo se dice...? ¡Un barco! Pero no tienen dónde jugar, sabes. Vaya mierda. El municipio cerró el campo de fútbol. Vendió el terreno, están construyendo departamentos. Luego llegó la crisis económica y esa mierda, y ahora, ni departamentos ni campo de fútbol.

—Kent dice que la crisis económica ya está superada —informa Britt-Marie con amabilidad.

Alguien resopla.

—A lo mejor ese tipo, Kent, tiene... ¿cómo se dice...? La cabeza metida en el culo, ¿no?

Britt-Marie no sabe si le resulta más ofensivo no saber qué significa la expresión o lo que cree que significa.

—Me parece que Kent sabe más que usted sobre el asunto. Es emprendedor, para que lo sepa. Muy exitoso. Hace negocios con Alemania —le aclara Britt-Marie.

Alguien la mira impasible. Señala a los niños con la botella de vodka:

—Cerraron el equipo de fútbol cuando cerraron el campo. Los buenos jugadores se fueron a equipos de mierda en la ciudad.

Y señala la carretera, hacia lo que Britt-Marie debe suponer que es «la ciudad», y luego señala de nuevo a los niños.

—La ciudad. A veinte kilómetros por ahí, ¿eh? Y estos son los chicos que se quedaron. Como el... ¿cómo se llama? ¡Faxin! Los descontinuaron. Hay que ser rentable. Así que ese tal... Kent, ¿no?, puede que tenga el culo lleno de cabeza, eh. La crisis económica se habrá ido de la ciudad, sabes, pero Borg le gusta. ¡Ahora vive aquí, la perra!

Britt-Marie observa que distingue claramente al decir «la ciudad» que se encuentra a veinte kilómetros y la ciudad de la que viene Britt-Marie. Son distintos grados de desprecio. Alguien toma un trago tan grande que se le llenan los ojos de lágrimas, y continúa:

—En Borg todo mundo conducía un camión, ya sabes. Aquí había... ¿cómo se llama? ¡Una empresa de transportes! Y entonces, ya sabes, la perra crisis económica. Más gente en Borg que camiones, y más camiones que trabajo.

Britt-Marie agarra el bolso con más fuerza y, sin tener del todo claro por qué, siente la necesidad de defenderse.

—Aquí hay ratas —explica sin la menor antipatía.

—Las ratas tienen que vivir en alguna parte, ¿no?

—Las ratas son sucias. Viven en su propia suciedad.

Alguien se rasca el oído. Se observa llena de curiosidad la punta del dedo. Bebe más vodka. Britt-Marie asiente y añade de lo más considerada:

—Si se dedicaran un poco más a mantener Borg limpia, a lo mejor no sufrirían tanto la crisis económica.

Alguien no da exactamente la impresión de haberla escuchado.

—Es uno de esos... ¿cómo se dice? ¿Mitos? Las sucias ratas. Es un mito, eh. Son... ¿cómo se dice...? ¡Aseadas! Se lavan como gatos, ya sabes, con la lengua. Los ratones son sucios, se cagan por todas partes, pero las ratas tienen sus baños. Siempre cagan en mismo sitio, eh.

Señala con la botella el carro de Britt-Marie.

—Deberías moverlo de ahí. Le van a dar con el balón de fútbol, eh.

Britt-Marie menea la cabeza pacientemente.

—No puede moverse de ninguna manera, explotó mientras lo estacionaba.

Alguien se ríe. Rodea el carro con la silla y observa la abolladura con forma de balón en la puerta del acompañante.

—Ah. Piedra voladora —dice con una risita.

—¿Y eso qué significa? —pregunta Britt-Marie, que la sigue, aunque a disgusto, y mira fijamente la abolladura con forma de balón.

—Piedra voladora. Cuando el taller llame a aseguradora, eh. Entonces el taller dirá: «Piedra voladora» —dice Alguien con una sonrisita.

Britt-Marie rebusca en su bolso para localizar la lista.

—Ja. ¿Y puedo saber dónde se encuentra el mecánico más próximo?

—Aquí —responde Alguien.

Britt-Marie la mira con escepticismo. A Alguien, por supuesto, no a la silla de ruedas. Britt-Marie no es de esa gente que juzga a los demás.

—No me lo diga. Aquí también reparan carros, ¿verdad?

Alguien se encoge de hombros.

—Cerraron el taller, eh. Hacemos lo que podemos. ¡Pero eso al carajo ahora! Te enseño centro cívico, ¿sí?

Le ofrece el sobre con las llaves. Britt-Marie lo guarda, lanza una mirada a la botella de vodka de Alguien y agarra bien el bolso.

Entonces, menea la cabeza.

—Está bien, gracias. No quiero molestar a nadie.

—Para mí, ninguna molestia —dice Alguien y echa a rodar la silla como si nada, adelante y atrás.

Britt-Marie sonríe condescendiente.

—No me refería a molestarla a usted.

Dicho esto, se da media vuelta con rapidez y cruza el aparcamiento para que Alguien no crea que quiere que la siga. Saca del maletero las maletas y los maceteros y los lleva como puede hasta el centro cívico. Abre la puerta con la llave, entra, cierra otra vez y echa la llave. No porque le desagrade esa tal Alguien. En absoluto.

Es sólo que el olor a vodka le recuerda a Kent.

Mira alrededor. Desde afuera están aporreando la pared y hay huellas de rata en el polvo que cubre el suelo. De modo que hace lo que siempre hace en las situaciones vitales más difíciles: se pone a limpiar. Limpia las ventanas con un trapo mojado en agua con bicarbonato y las seca con papel de periódico humedecido en vinagre. Quedan casi tan bien como con Faxin, pero la sensación no es la misma. Limpia el fregadero con bicarbonato y agua y luego friega los suelos, mezcla bicarbonato y jugo de limón para limpiar los azulejos y las llaves del baño y luego mezcla bicarbonato y pasta de dientes para abrillantar el lavabo. Esparce bicarbonato en los maceteros; de lo contrario, los invaden los caracoles.

Parece que los maceteros sólo contienen tierra, pero las flores reposan debajo, aguardando la primavera. El invierno exige a quien riega que tenga confianza, que crea que lo que parece no ser nada encierra un potencial ilimitado. Britt-Marie ya no sabe si tiene confianza o sólo esperanza. Quizá ninguna de las dos.

El empapelado del centro cívico la observa con indiferencia, cubierto como está de fotografías de personas y de balones de fútbol.

Balones de fútbol por todas partes. Cada vez que Britt-Marie ve uno por el rabillo del ojo, frota un poco más fuerte con la esponja. Sigue limpiando hasta que cesa el aporreo de la pared, y los niños y el balón se han ido a casa. Sólo cuando ya se ha puesto el sol se da cuenta de que las luces del interior del edificio no funcionan, salvo en la cocina. Así que allí se queda varada, en una islita de luz artificial, fluorescente, de un centro cívico a punto de cerrar.

La cocina está casi totalmente ocupada por un escurridor de platos, un refrigerador y dos bancos de madera. Abre el refrigerador, cuyo único contenido es un paquete de café. Se maldice por no haber echado en el equipaje un poco de extracto de vainilla. Si mezclas extracto de vainilla con bicarbonato, el refrigerador huele a limpio.

Duda ante la cafetera. Parece moderna. Hace muchos años que no prepara café, puesto que Kent hace un café riquísimo y a Britt-Marie siempre le parece que lo mejor es esperarlo a él. Pero esta cafetera tiene un botón con una lucecita que brilla, y eso es lo más maravilloso que ha visto Britt-Marie en mucho tiempo, así que trata de abrir la tapa donde supone que debe ponerse el café. No se mueve. El botón empieza a parpadear indignado.

Britt-Marie se siente profundamente ofendida por ello. Jalonea la tapa con frustración, con lo que el parpadeo se intensifica, y Britt-Marie jalonea con tal fuerza que el aparato se vuelca. La tapa se suelta y una mezcla de café molido y agua salpica el abrigo de Britt-Marie.

* * *

Dicen que las personas cambian cuando salen de viaje, por eso Britt-Marie siempre ha detestado viajar. Ella no quiere cambios.

Así que debe de ser por culpa de este viaje, pensará luego, que, en este momento, pierde completamente los estribos como no lo había hecho nunca. Excepto aquella vez, al principio de su matrimonio, cuando Kent pisó el suelo de parqué con los zapatos de golf.

Toma el trapeador y empieza a golpear con el mango la cafetera tan fuerte como puede. Algo cruje. La luz de la cafetera deja de parpadear. Britt-Marie la golpea hasta que empiezan a temblarle los brazos y sus ojos ya no distinguen el contorno de la encimera. Al final, sin aliento, busca en su bolso una toalla. Apaga la luz de la cocina. A oscuras, se sienta en uno de los bancos de madera y se echa a llorar con la cara hundida en la toalla.

No quiere que las lágrimas caigan al suelo. Pueden quedar manchas.

7

Britt-Marie se pasa la noche despierta. Está acostumbrada. Uno se acostumbra cuando ha estado toda la vida viviendo para otra persona.

Está sentada a oscuras, claro; si no, ¿qué pensaría la gente cuando, al pasar, viera que tiene la luz encendida en plena noche, como una delincuente?

Pero no duerme, porque recuerda lo densa que era la capa de polvo que había en el suelo del centro cívico antes de que ella limpiara y, si se muere mientras duerme, no tiene la menor intención de arriesgarse a quedar allí tumbada el tiempo suficiente como para terminar oliendo mal y cubierta de polvo. Dormir en uno de los sofás que hay en cualquiera de los rincones del centro cívico no es una opción, porque estaban tan sucios que Britt-Marie ha tenido que ponerse dos guantes de goma antes de cubrirlos con bicarbonato. Quizá habría podido dormir en el carro. Claro, si fuera un animal.

La joven de la oficina de empleo insistió en que había un hotel en la ciudad, a veinte kilómetros, pero Britt-Marie no puede ni pensar en pasar otra noche en un lugar donde otros hayan hecho su cama. Sabe que hay personas que no hacen otra cosa que soñar con viajar y vivir cosas diferentes, pero ella sueña con estar en casa y que todo sea como siempre. Quiere hacerse la cama ella misma.

Cuando se aloja con Kent en un hotel, ella siempre pone en la puerta el cartel de NO MOLESTAR y hace la cama y arregla la habitación. No es que se dedique a juzgar a la gente, en absoluto, es que sabe que el personal de limpieza puede ser perfectamente la clase de gente que juzga a los demás y Britt-Marie no quiere arriesgarse a que se reúnan por la tarde y comenten lo espantosamente sucia que estaba la habitación 423.

En una ocasión, Kent se equivocó con la hora del vuelo de vuelta a casa tras unos días en un hotel —aunque él sigue afirmando que «esos idiotas no son capaces ni de indicar bien la hora en el dichoso boleto»— y tuvieron que salir a medianoche sin poder siquiera ducharse. De modo que, justo antes de salir a toda prisa, Britt-Marie entró corriendo al baño y encendió la ducha unos segundos para que hubiera agua en el suelo cuando llegara el personal de limpieza, no fueran a creer que los huéspedes de la 423 se habían ido cubiertos de su propia mugre.

Kent resopló y le dijo que siempre se preocupaba demasiado por lo que la gente pensara de ella. Britt-Marie se pasó todo el trayecto hasta el aeropuerto gritando por dentro. Y es que lo que le importaba era lo que la gente pensara de Kent.

No sabe cuándo dejó de preocuparse él por lo que la gente pensara de ella.

Sabe que hubo un tiempo en que sí le importaba. Cuando aún la miraba y la veía. Es difícil decir cuándo florece el amor; de repente, nos despertamos un día y ahí lo tenemos. Ocurre lo mismo cuando se marchita: de pronto, un buen día ya es demasiado tarde. En ese sentido, el amor tiene mucho en común con las plantas de balcón. A veces no sirve ni el bicarbonato.

Britt-Marie no sabe cuándo se le escapó de las manos su matrimonio. Cuándo se gastó y se malogró, por más posavasos que ella pusiera. Hubo un tiempo en que solían dormir de la mano y ella soñaba los sueños de él. No porque Britt-Marie no tuviera sueños propios, sino porque los de él eran más grandes, y el que tiene los sueños más grandes es el que gana siempre en este mundo. Eso es algo que ella ha aprendido. Así que se quedó en casa para cuidar de sus hijos, sin soñar con tener unos propios. Se quedó en casa unos años más para mantener un hogar presentable y apoyarlo en su carrera profesional, sin soñar con hacer una propia. Descubrió que los vecinos la llamaban «vieja gruñona» cuando ella se preocupaba por lo que pensarían los alemanes si había basura en el portal o si olía a pizza en la escalera. No pudo hacer amigas, sólo conocidas, por lo general casadas con los socios de negocios de Kent.

Una de ellas se ofreció en una ocasión a ayudar a Britt-Marie a acomodar la cocina después de una cena, y organizó el cajón de los cubiertos en cuchillos-cucharas-tenedores. Cuando Britt-Marie le preguntó estupefacta qué hacía, la conocida se echó a reír como si se tratara de una broma y dijo: «¿Qué más da?». A partir de entonces, dejaron de relacionarse. Kent le dijo que era socialmente incompetente, así que Britt-Marie se quedó en casa unos años más para que él pudiera socializar por los dos. De ese modo, unos pocos años resultaron ser muchos, y muchos años resultaron ser todos. Los años funcionan así. No fue que Britt-Marie optara por no tener expectativas, simplemente se levantó una mañana y se dio cuenta de que era demasiado tarde para tenerlas.

Los hijos de Kent la querían, cree, pero los niños se hacen adultos y los adultos llaman «vieja gruñona» a las mujeres como Britt-Marie. Hubo épocas en que en su edificio vivían otros niños. De vez en cuando, Britt-Marie les preparaba la cena si estaban solos en casa. Pero esos niños siempre tenían sus propias madres y abuelas que, tarde o temprano, volvían a casa. Luego, se hacían adultos y Britt-Marie se convertía en una vieja gruñona. Kent seguía diciendo que era socialmente incompetente y ella suponía que debía de ser cierto. Así que al final sólo deseaba un balcón y un marido que no anduviese por el suelo de parqué con los zapatos de golf; que, de vez en cuan-do, pusiera la camisa en el cesto de la ropa sucia sin que ella tuviera que decirle nada y que, alguna que otra vez, le dijera que la comida estaba rica sin que ella le preguntara. Un hogar. Hijos que, aunque no fueran suyos, vinieran a casa por Navidad, pese a todo. O que, al menos, trataran de fingir que tenían algún motivo para no ir a casa por Navidad. Un cajón de los cubiertos organizado correctamente. Ventanas a través de las que pudiera verse el mundo. Alguien que notara que Britt-Marie se había arreglado el pelo con más esmero que de costumbre. O que, al menos, fingiera que le importaba. O que, al menos, le permitiera a Britt-Marie seguir fingiendo.

Alguien que llegara a casa para encontrar el suelo recién fregado y una comida caliente y que, de vez en cuando, se diera cuenta de que se había esforzado. Quizá a una sólo se le acaba rompiendo el corazón tras abandonar una habitación de hospital dejando tras de sí una camisa que huele a pizza y a perfume, pero seguro que se rompe con mucha más facilidad si ya tenía unas cuantas costuras abiertas.

* * *

Britt-Marie enciende la luz de la cocina a las seis de la mañana siguiente. No porque le haga falta luz, sino porque la gente puede haber visto que tenía la luz encendida anoche y, si se han dado cuenta de que Britt-Marie ha pasado la noche en el centro cívico, no deben creer que sigue durmiendo a estas horas de la mañana.

Junto a los sofás hay un viejo televisor que habría podido encender para sentirse menos sola, pero no lo enciende porque seguro que hay fútbol. Hoy en día siempre hay fútbol en televisión y, la verdad, Britt-Marie prefiere estar sola. El centro cívico la atrapa en un silencio sepulcral. La cafetera sigue volcada en el suelo, pero la luz ya no parpadea. Britt-Marie está sentada frente a ella en un banco y recuerda cuando los hijos de Kent dijeron que era «pasivo-agresiva». Kent se rió como siempre que bebía vodka con naranja mientras veía un partido de fútbol, de modo que la barriga subía y bajaba y la risa le salía a pequeños borbotones por los agujeros de la nariz, y respondió:

—Qué diablos, no es pasivo-agresiva, ¡es agresivo-pasiva!

Y luego se echó a reír y salpicó la alfombra.

Fue esa noche cuando Britt-Marie se hartó y se llevó la alfombra al cuarto de invitados sin decir una palabra. No porque fuera pasivo-agresiva, naturalmente. Sino porque hay límites.

No le molestó que Kent dijera aquello, porque lo más probable era que ni él mismo supiera lo que había dicho. Sin embargo, se sintió humillada de todos modos, porque ni siquiera se había molestado en comprobar si estaba lo bastante cerca como para oírlo.

Mira la cafetera. En un fugaz instante de desenfado, se le ocurre que quizá podría repararla, pero recobra el juicio y olvida la idea. No ha reparado nada desde que se casó. Le parecía que siempre era mejor esperar a que Kent volviera a casa. Kent siempre decía que «las mujeres no son capaces ni de montar un mueble de IKEA» cuando se ponían a ver la tele y había algún programa de mujeres que construían o reformaban casas. «La cuota», llamaba Kent a aquello. Britt-Marie solía sentarse a su lado en el sofá a resolver crucigramas. Siempre lo bastante cerca del control remoto como para sentir las yemas de sus dedos contra su rodilla cuando lo buscaba a tientas para cambiar de canal y ver un partido de fútbol.

Agarra el bicarbonato y limpia otra vez todo el centro cívico. Acaba de rociar otro poco sobre los sofás cuando llaman a la puerta. A Britt-Marie le lleva un buen rato abrir, porque es lo que tarda en ir al cuarto de baño y arreglarse el pelo frente al espejo porque no tiene buena luz y el proceso es complicado.

Alguien está sentada delante de la puerta con un cartón de vino en la mano.

—Ja —le dice Britt-Marie al cartón.

—Buen vino, ¿sabes? Barato. Se cayó de un camión, ¿sabes? —dice Alguien satisfecha.

Britt-Marie no sabe lo que significa eso.

—Pero, ya sabes, tengo que echar en botella con etiqueta y todo eso por si Hacienda pregunta —dice Alguien—. Si Hacienda pregunta, se llama «el tinto de la casa» en mi pizzería, ¿sí? —continúa Alguien, y le lanza el cartón a Britt-Marie antes de colarse dentro, cruzar estrepitosamente el umbral con la silla de ruedas y quedarse mirando a su alrededor.

Britt-Marie observa la mezcla de nieve derretida y grava que las ruedas dejan a su paso en el suelo con un espanto sensiblemente menor al que le habría causado si fueran excrementos.

—¿Puedo preguntar cómo avanzan los trabajos de reparación de mi vehículo? —pregunta Britt-Marie.

Alguien asiente exaltada.

—¡Condenadamente bien! ¡Condenadamente bien! Oye, deja que pregunte una cosa, Britt-Marie: ¿el color es importante?

—¿Disculpe?

—Mira, tengo la puerta, eh. Una puerta condenadamente linda, ¿no? Pero a lo mejor no el mismo color que el carro. A lo mejor más… amarillo.

—¿Qué le ha pasado a mi puerta? —pregunta horrorizada Britt-Marie.

—¡Nada! ¡Nada! Es sólo una pregunta, ¡eh! ¿Puerta amarilla? ¿Mal? Está… cómo se dice… ¡oxidada! Puerta vieja. Ya casi no amarilla. Casi blanca.

—¡Por supuesto que no pienso tolerar que le pongan una puerta amarilla a mi carro blanco!

Alguien levanta las palmas para tranquilizarla.

—De acuerdo, de acuerdo, de acuerdo, ya sabes. Calma, calma, calma. Busco puerta blanca. Ningún problema. Vamos, nada de limón en culo. Pero puerta blanca tiene… ¿cómo se dice…? ¡Plazo de entrega!

Señala el vino, despreocupada.

—¿Le gusta el vino, Britt?

—No —responde Britt-Marie. No porque no le guste, sino porque si dices que te gusta el vino, la gente asume que eres alcohólica.

Britt-Marie no quiere que la gente asuma nada.

—¡A todo el mundo le gusta el vino, Britt!

—Me llamo Britt-Marie. Sólo mi hermana me llama Britt.

—¿Hermana, eh? ¿Hay… cómo se dice…? ¿Más como tú? ¡Mejor para el mundo!

Alguien sonríe como si aquello fuera una broma. A costa de Britt-Marie, supone ella.

—Mi hermana murió cuando éramos niñas —informa sin apartar la vista del cartón de vino.

—Ah… qué mierda… yo… ¿cómo se dice? Lamento —responde Alguien apenada.

Britt-Marie flexiona con fuerza los dedos de los pies en los zapatos.

—Ja. Muy amable —responde en voz baja.

—El vino está bien pero un poco… ¿cómo se dice? ¡Turbio! Hay que colarlo varias veces con un filtro de café, ¿eh? ¡Y todo bien! —explica Alguien con maestría, antes de mirar la maleta y los maceteros de Britt-Marie en el suelo. Su sonrisa se vuelve más amplia:

—Pensaba dártelo, ya sabes, como regalo por nuevo empleo. Pero ahora veo que es más como, ¿cómo se dice? ¡Regalo de mudanza!

Britt-Marie sostiene el cartón de vino ante sí algo ofendida, como si fuera una bomba.

—Debo recordarle que yo no vivo aquí.

—¿Y dónde has dormido esta noche?

—No he dormido —responde Britt-Marie, con cara de querer lanzar el cartón por la puerta y taparse los oídos.

—Pues hay hotel, ya sabes —dice Alguien.

—Ja. Imagino que también tiene un hotel en su establecimiento. Pizzería y taller y correos y tienda y hotel, ¿no? Debe de ser muy cómodo no tener que decidirse nunca.

La cara de Alguien se arruga en un gesto de genuina sorpresa.

—¿Hotel? ¿Por qué iba yo a tener hotel? No, no, no, Britt-Marie. Yo limito a mi… ¿cómo se llama…? ¡Actividad principal!

Britt-Marie cambia indecisa el peso del pie derecho al izquierdo y, al final, se dirige al refrigerador y guarda el cartón de vino.

—A mí no me gustan los hoteles —declara, y cierra la puerta de golpe.

—¡No, carajo! ¡No pongas el vino en el refri! Se hacen grumos —grita Alguien enseguida.

Britt-Marie la fulmina con la mirada.

—¿Es necesario maldecir continuamente como si fuéramos una horda de salvajes?

Alguien se acerca rodando en la silla y va abriendo los cajones de la cocina hasta que encuentra los filtros para el café.

—¡Mierda, Britt-Marie! Yo muestro. Hay que colar. Y queda bien. O, ya sabes, mezclarlo con Fanta, si quieres. ¡La Fanta es de China!

Se detiene cuando ve la cafetera. O, más bien, los restos de la cafetera. Britt-Marie junta las manos con fuerza sobre el vientre en un gesto bastante incómodo, como si quisiera limpiar unos restos invisibles de polvo de la entrada de un agujero negro para poder hundirse en él.

—¿Qué… ha pasado? —pregunta Alguien mirando primero el trapeador y luego las marcas del mango que se aprecian en los restos de la cafetera. Britt-Marie se queda callada unos instantes con las mejillas encendidas. Es posible que esté pensando en Kent. Finalmente, se aclara la garganta, yergue la espalda y mira a Alguien directamente a los ojos al responder:

—Piedra voladora.

Alguien la mira. Mira la cafetera. Mira el trapeador.

Luego, se echa a reír. Fuerte. Luego a toser. Luego a reír más fuerte. Britt-Marie se siente profundamente humillada. No era su intención ser graciosa. No cree serlo. Que ella recuerde, hace años que no dice nada con la intención de ser graciosa. Así que aquella risa le resulta humillante porque presupone que Alguien se ríe de ella, no de lo que le ha resultado gracioso. Es lo que se presupone cuando alguien ha pasado el tiempo suficiente junto a un hombre que siempre trata de ser gracioso. No había lugar para más gracias que las suyas en aquella relación. Kent era gracioso y Britt-Marie se iba a la cocina a lavar. Así era como se habían distribuido la vida.

Sin embargo, allí está Alguien muerta de risa hasta el punto de que la silla de ruedas casi vuelca. Esto infunde en Britt-Marie cierta inseguridad, y su reacción natural a la inseguridad es la irritación. Se dirige con gesto ostensivo a la aspiradora para emplearse con los sofás cubiertos de bicarbonato.

La risa de Alguien se convierte en una risita y luego en un murmullo sobre piedras voladoras.

—Eso ha sido muy gracioso, eh. Escucha, ¿sabes que hay un paquete gigante en tu carro?

¿Cómo no iba a saberlo? Britt-Marie todavía percibe rastros de risa en la voz de Alguien.

—Soy perfectamente consciente de ello —dice Britt-Marie sin darse la vuelta. Escucha cómo Alguien se dirige a la puerta.

—¿Quieres, ya sabes, ayuda para meterlo?

En respuesta, Britt-Marie enciende la aspiradora. Alguien grita para hacerse oír pese al ruido.

—¡No es molestia, Britt-Marie!

Britt-Marie pasa el tubo de la aspiradora lo más fuerte que puede sobre la tela del sofá.

Una y otra vez, hasta que Alguien se rinde y grita:

—¡Bueno, ya sabes, tengo de esa Fanta si la quieres para vino! ¡Y pizza!

Luego se cierra la puerta. Britt-Marie para la aspiradora. No pretende ser desagradable, pero no quiere ayuda con el paquete. En estos momentos, nada es más importante para Britt-Marie que su rechazo a recibir ayuda con el paquete.

Porque dentro hay un mueble de IKEA.

Y Britt-Marie piensa montarlo sola.

8

De vez en cuando pasa un camión por Borg y todo el centro cívico se pone a temblar. «Como si estuviera entre dos placas tectónicas», piensa Britt-Marie. Las placas tectónicas suelen aparecer en los crucigramas, así que es la clase de cosa de la que ella sabe. También sabe que Borg es el tipo de lugar que su madre habría descrito como «donde el viento da la vuelta», porque así era como la madre de Britt-Marie describía el campo.

Pasa otro camión con un ruido atronador. Uno verde. Tiemblan las paredes.

Borg era un pueblo al que los camiones llamaban hogar, pero ahora sólo lo pasan de largo. El camión la hace pensar en Ingrid. Recuerda haberlo visto un momento por la ventanilla del asiento trasero cuando era niña; el último día que recuerda haberlo sido. Aquel también era verde.

Todos estos años se ha preguntado lo mismo incontables veces: si tuvo tiempo de gritar. Si hubiera cambiado algo. Su madre le había dicho a Ingrid que se pusiera el cinturón, puesto que nunca se lo ponía y, precisamente por eso, ese día tampoco lo llevaba. Empezaron a discutir. Por eso no lo vieron. Britt-Marie sí lo vio porque ella siempre llevaba puesto el cinturón, porque quería que su madre viera que llevaba el cinturón. Algo que su madre, lógicamente, nunca veía, puesto que a Britt-Marie no había que verla porque siempre lo hacía todo sin que tuvieran que decírselo.

Llegó por la derecha. Verde. Es uno de los pocos detalles que recuerda Britt-Marie. Llegó por la derecha y hubo cristales y sangre por todas partes en el asiento trasero del carro de sus padres. Lo último que recuerda antes de perder el conocimiento es que quería limpiarlo todo. Dejarlo bien. Así que, cuando se despertó en el hospital, se levantó y eso fue lo que hizo. Limpió. Lo dejó todo bien. Cuando enterraron a su hermana y una serie de desconocidos vestidos de negro vinieron a tomar café al apartamento de sus padres, Britt-Marie puso posavasos debajo de todas las tazas, lavó todos los platos y limpió todas las ventanas. Y, cuando su padre empezó a trabajar jornadas cada vez más largas y su madre dejó de hablar de manera definitiva, Britt-Marie siguió limpiando. Y limpió, y limpió y limpió.

Tenía la esperanza de que su madre, tarde o temprano, se levantara de la cama y dijera: «¡Qué bien lo has dejado todo!», pero eso no sucedió jamás. Nunca hablaban del accidente y, como nunca hablaban del accidente, tampoco podían hablar de ningún otro tema. Alguien había sacado a Britt-Marie del carro; no sabe quién, pero sí sabe que su madre, muda de ira, nunca le perdonó que salvara a la hija equivocada. Tal vez Britt-Marie tampoco se lo haya perdonado. Porque salvaron una vida que, desde entonces, ella dedicó a temer a la muerte y a su olor. Un día, leyendo el periódico de su padre, vio un anuncio de una marca de limpiavidrios. Así pasó la vida.

Ahora tiene sesenta y tres años y está donde el viento da la vuelta, mirando Borg a través de las ventanas de la cocina del centro cívico. Extraña el Faxin y su visión del mundo.

Naturalmente, se ha colocado lo bastante lejos de la ventana como para que nadie pueda mirar desde fuera y ver que ella también está mirando. ¡Qué iban a pensar! Como si ella se pasara los días mirando por la ventana como una delincuente. Pero su carro sigue en el aparcamiento de grava. Ha olvidado las llaves dentro y la caja de IKEA sigue en el asiento trasero. No sabe exactamente cómo conseguirá meterla en el centro cívico, puesto que pesa muchísimo. Y no sabe exactamente por qué pesa tanto, puesto que no sabe exactamente lo que contiene. La idea era comprar un taburete similar a los dos que hay en la cocina del centro cívico, pero, cuando llegó al almacén de autoservicio de IKEA y buscó el estante, resultó que el de los taburetes estaba vacío.

Britt-Marie había invertido toda la mañana en decidir que iba a comprar y montar un banco, de modo que aquel momento anticlimático la dejó tanto tiempo allí de pie, paralizada, que empezó a preocuparse por si alguien se fijaba en ella y le parecía sospechosa. ¿Qué iban a pensar? Que planeaba robar algo, probablemente. En cuanto aquella idea se arraigó en su cabeza, Britt-Marie entró en pánico y, con una fuerza sobrehumana, logró meter la caja más cercana en su carrito, tratando por todos los medios de aparentar que era precisamente aquello lo que andaba buscando. No recuerda cómo llegó a meterla dentro del carro. Supone que fue lo mismo que les ocurre a esas madres de las que hablan en televisión que levantan rocas gigantescas bajo las que han quedado aplastados sus hijos. Britt-Marie adquiere a veces esa clase de fuerza cuando empieza a preocuparle que personas a las que no conoce sospechen que es una delincuente.

Se aparta algo más de la ventana, por si acaso. A las doce en punto, pone la mesa junto a los sofás para almorzar. No es que sea una gran mesa, ni tampoco un gran almuerzo, es una lata de cacahuetes y un vaso de agua, pero la gente civilizada almuerza a las doce y, sin lugar a duda, Britt-Marie es una persona civilizada. Extiende una toalla sobre el sofá antes de sentarse, pone los cacahuates en un plato. Tiene que obligarse a no tratar de comerlos con cuchillo y tenedor. Luego, lava los platos y limpia todo el centro cívico otra vez, tan a fondo que casi se acaba todo el bicarbonato que tiene.

Hay un pequeño cuarto con lavadora y secadora. Britt-Marie

limpia las dos máquinas con el último resto de bicarbonato, como un náufrago en una isla desierta lanza su último hilo de pescar.

No es que piense lavar ropa, sino que no soporta saber que están ahí, sucias. En un rincón detrás de la secadora encuentra una bolsa llena de camisetas blancas, cada una con un número. Camisetas de fútbol, supone. Todo el centro cívico está cubierto de fotografías de personas con camisetas como ésas. Con manchas de pasto en todas, por supuesto. A Britt-Marie le resulta inconcebible que alguien quisiera practicar un deporte al aire libre cuando las camisetas del equipo son blancas. Pura barbarie. Se pregunta si en el supermercado/pizzería/taller mecánico/oficina de correos será posible que vendan bicarbonato.

Va en busca de su abrigo. Justo delante de la puerta, junto a un grupo de fotos de balones de fútbol y personas a quienes no se les ocurre nada mejor que hacer que darles patadas, hay colgada una camiseta amarilla donde se lee «Bank» sobre el número 10. Debajo, hay una foto de un hombre mayor que sostiene en alto esa misma camiseta con una sonrisa de orgullo.

Britt-Marie se pone el abrigo. Tras la puerta hay una persona que claramente estaba a punto de llamar en ese preciso momento. Esa persona tiene una cara y esa cara está cubierta de rapé. Se mire por donde se mire, es un pésimo comienzo de la brevísima relación existente entre aquella cara y Britt-Marie, puesto que ella detesta el rapé. Al cabo de veinte segundos, la relación termina cuando la cara con rapé se aleja refunfuñando algo que claramente suena a «vieja gruñona».

Britt-Marie saca entonces el celular y llama al único número al que ha llamado en la vida. La joven de la oficina de empleo sigue sin responder. Britt-Marie vuelve a llamar, puesto que el teléfono no es algo que uno pueda decidir no responder sin más.

—¿Sí? —dice la joven finalmente, con la boca llena de comida—. Perdón. Estoy almorzando.

—¿Ahora? —exclama Britt-Marie, como si la joven bromeara—. Querida, no estamos en guerra, ¿verdad? No creo que sea necesario almorzar a la una y media, ¿no le parece?

La joven mastica con fuerza. Hace un valeroso intento por cambiar de tema.

—¿Ha pasado por ahí el operario de control de plagas? Me he pasado varias horas llamando hasta encontrar uno que prometiera acudir de urgencia, y…

—Operaria. Consumía rapé —le cuenta Britt-Marie, como si eso lo explicara todo.

—Ah. ¿Y se ha encargado de la rata? —pregunta la joven.

—Pues no, de la rata no se ha encargado —señala Britt-Marie—. Ha venido con los zapatos sucios y yo acababa de fregar el suelo. Además, inhalaba rapé. Ha dicho que iba a poner veneno, así lo ha dicho, y una no puede hacer eso así nomás. ¿Cree usted que esas son maneras? ¿Poner veneno así nomás?

—Pues… ¿no? —aventura la joven.

—¡No! Claro que no se puede. ¡Alguien podría morir! Y así se lo he dicho. Entonces, se ha quedado allí plantada, poniendo los ojos en blanco con sus zapatos sucios y su rapé, y ha dicho que entonces pondría una trampa con Snickers. ¡Chocolate! ¡En mi suelo recién fregado! —dice Britt-Marie con el tono de alguien que está gritando por dentro.

—Muy bien —dice la joven, arrepintiéndose enseguida al comprender que las cosas no están para nada bien.

—Así que le he dicho que tendría que ser veneno. ¿Y sabe lo que me ha contestado? ¡Escuche esto! Me ha dicho que, si la rata se traga el veneno, es imposible saber dónde terminará muriendo. Puede ir a morirse dentro de una pared, ¡y quedarse allí, apestando! ¡Es inaudito! ¿Es consciente de que me ha enviado a una mujer que consume rapé y que piensa que es perfectamente normal dejar que un animal muerto se pudra dentro de una pared y lo apeste todo?

—Yo sólo intentaba ayudar —dice la joven.

—Ja. Vaya ayuda. Algunos de nosotros tenemos otras cosas que hacer más que pasarnos los días hablando de controladoras de plagas —dice Britt-Marie con la mejor intención.

—No podría estar más de acuerdo —dice la joven.

* * *

Hay cola en la tienda. O la pizzería. O la oficina de correos. O el taller mecánico. O lo que sea. En cualquier caso, hay cola. En pleno día. Como si la gente de este lugar no tuviera nada mejor que hacer a esta hora.

Los hombres de barba y gorra están tomando café y leyendo el diario en una de las mesas. El tal Karl es el primero de la fila. Recoge un paquete. Debe de estar muy a gusto, piensa Britt-Marie, con todo ese tiempo libre. Delante de Britt-Marie hay una mujer en forma de cubo de unos treinta años y con las gafas de sol puestas dentro del local. Es moderno, claro.

Lleva un perro de color blanco. Britt-Marie piensa que eso no puede ser higiénico. La mujer compra un paquete de mantequilla, seis cervezas con nombre extranjero que Alguien saca de detrás del mostrador, cuatro paquetes de tocino y más galletas de chocolate de las que, a juicio de Britt-Marie, podría necesitar cualquier persona civilizada. Alguien le pregunta a la mujer si quiere pagar a crédito. Ella asiente irritada y mete todo de prisa en una bolsa. A Britt-Marie jamás se le ocurriría considerar «gorda» a la mujer, porque ella no es, de ninguna manera, una persona que vaya por ahí etiquetando de ese modo a la gente, de modo que piensa que para la mujer debe de ser estupendo ir por la vida con una despreocupación tan manifiesta por su nivel de colesterol.

—¿Está ciega o qué? —ladra la mujer cuando se da la vuelta y choca contra Britt-Marie.

Britt-Marie la mira atónita con los ojos como platos. Se atusa el pelo.

—Desde luego que no. Veo perfectamente. Es una cuestión que he comentado con mi óptico. «Ves perfectamente, Britt-Marie», me dijo, ¡para que lo sepa! —le dice Britt-Marie a la mujer, para que lo sepa.

—Entonces podrías quitarte de en medio, ¿no? —gruñe la mujer, y la amenaza blandiendo un bastón.

Britt-Marie mira el bastón. Mira al perro y las gafas de sol. Murmura «¡Ja! ¡Ja! ¡Ja!» y asiente a modo de disculpa antes de darse cuenta de que lo de asentir no sirve de nada. La mujer ciega y el perro pasan más por encima de ella que a su lado. La campanilla de la puerta resuena alegremente a su espalda. Es lo único que sabe hacer una campanilla.

Alguien pasa con la silla por delante de Britt-Marie y le hace un gesto con la mano para animarla.

—Ningún caso. Es como Karl. Limón en culo, ya sabes.

Alguien gesticula con el brazo, representando lo que Britt-Marie supone debe indicar hasta dónde Karl y la señora tienen metido lo primero en lo segundo, y coloca sobre el mostrador una pila de cajas de pizza vacías. Britt-Marie se recoloca el pelo, se recoloca la falda y recoloca instintivamente la primera caja de pizza, que ha quedado torcida, y trata de recolocar de paso su dignidad. Después, en un tono profundamente considerado, dice:

—Me gustaría que se me informara de cómo están avanzando los trabajos de reparación de mi carro.

Alguien se rasca el pelo.

—Claro, claro, claro, ese carro, sí. Bueno, mira, tengo cosas que preguntarte, Britt-Marie: ¿la puerta es importante para Britt-Marie?

—¿La puerta? ¿Qué…? ¿Qué pretende decirme? —pregunta Britt-Marie aterrada.

Alguien se encoge de hombros.

—Ya sabes, yo sólo pregunto. Color: importante para Britt-Marie. Lo entiendo. Puerta amarilla no vale. Así que pregunto, Britt-Marie: ¿la puerta es importante para Britt-Marie? Si no importante, la reparación del carro de Britt-Marie está, ¿cómo se dice…? ¡Terminada! Si la puerta es importante… ya sabes. Quizá… ¿cómo se dice…? ¡Plazo de entrega más largo!

Alguien parece satisfecha. Britt-Marie no parece satisfecha.

—Pero ¡por favor! ¡Es imperativo que el carro tenga puerta! —exclama irritada.

Alguien se defiende gesticulando con las manos.

—Claro, claro, claro, no te enfades. Simple pregunta. Puerta: ¡un poco más de tiempo!

Alguien muestra unos centímetros entre el índice y el pulgar para ilustrar lo poco que es «un poco más de tiempo».

Britt-Marie entiende que esta mujer tiene el control de las negociaciones. Ojalá Kent estuviera allí, porque a él le encanta negociar. Siempre dice que es importante hacerle algún cumplido a la persona con la que se negocia. Así que Britt-Marie se calma un poco y dice:

—Parece que en Borg todo el mundo tiene tiempo de ir a hacer la compra en pleno día. Debe de ser estupendo para ustedes disponer de tanto tiempo libre.

Alguien enarca las cejas.

—¿Y tú? ¿Estás muy… cómo se dice…? ¿Ocupada?

Britt-Marie se pone una mano sobre la otra con suma paciencia.

—Estoy tremendamente ocupada. Muy, muy ocupada. Mucho. Pero resulta que se me ha terminado el bicarbonato. ¿Venden bicarbonato en esta… tienda?

Dice «tienda» con una indulgencia divina.

—¡Vega! —vocifera Alguien al instante, de modo que Britt-Marie da un salto y casi vuelca la pila de cajas de pizza.

La niña de ayer aparece detrás del mostrador. Aún lleva el balón de fútbol en la mano. A su lado, hay un niño casi idéntico a ella, pero con el pelo más largo. Será moderno, seguro.

—Bicarbonato para la señora —dice Alguien con una exagerada reverencia teatral hacia Britt-Marie, que ésta no aprecia en absoluto.

—Es ella —le susurra Vega al chico.

Entonces, el chico la mira como si Britt-Marie fuera una llave extraviada. Echa a correr hacia el almacén y vuelve dando traspiés con dos botellas bajo el brazo. Es Faxin. Britt-Marie se queda sin aliento.

Britt-Marie supone que lo que experimenta acto seguido es lo que en las pistas de los crucigramas llaman «experiencia extracorpórea». Por unos instantes, olvida que existen a su alrededor la tienda de comestibles y la pizzería y los hombres con barba y tazas de café y periódicos vespertinos. El corazón le late en el pecho como si acabara de ser liberado de su cautiverio.

El chico coloca las botellas en el mostrador como un gato que hubiera atrapado a una ardilla. Las yemas de los dedos de Britt-Marie las rozan antes de que su dignidad logre ordenarles que no lo hagan. Se siente como en casa.

—Yo… creí entender que lo habían descontinuado —le susurra a Alguien.

Es el chico el que responde:

—¡Tranqui! ¡Omar lo consigue todo! —se señala a sí mismo con entusiasmo—. ¡Omar soy yo! —Señala con más entusiasmo aún las botellas de Faxin—. ¡Todos los camiones extranjeros paran en la gasolinera del pueblo! ¡Y yo los conozco a todos! ¡Puedo conseguirle lo que quiera!

Alguien asiente, aleccionadora.

—Cerraron gasolinera de Borg. No rentable, ya sabes.

—Pero yo le consigo bidones de gasolina, si los necesita. ¡Se los llevo a casa gratis! ¡Y puedo conseguirle más Faxin, y lo que quiera! —exclama el chico.

Vega pone los ojos en blanco.

—Fui yo quien te dijo que Britt-Marie necesitaba Faxin —le gruñe al chico, y deja en el mostrador el bote de bicarbonato.

—¡Y yo lo conseguí! —insiste el chico, sin apartar la vista de Britt-Marie.

—Éste es Omar, mi hermano pequeño —le dice Vega a Britt-Marie con un suspiro.

—¡Nacimos el mismo año! —protesta Omar.

—Sí, ¡en enero y en diciembre! —resopla Vega.

—Yo soy el gran solucionador de Borg. Un maestro, vaya. Da igual lo que necesite, yo se lo consigo —le dice Omar a Britt-Marie, y le lanza un guiño sin hacer caso de su hermana, que le da una patada en la espinilla.

—Payaso —suspira Vega.

—¡Perra! —responde Omar.

Britt-Marie no sabe si sentirse consternada u orgullosa de saber que eso son malas palabras, pero no le da tiempo de reflexionar gran cosa antes de ver a Omar en el suelo con la mano sobre el labio. Vega sale por la puerta con el balón de fútbol en una mano y la otra todavía cerrada en un puño.

Alguien le sonríe a Omar, burlona.

—Tienes… ¿cómo se dice? ¡El cerebro hecho papilla! No aprendes nunca, ¿verdad?

Omar se limpia el labio y parece que decide olvidarse del asunto, como un niño pequeño que se olvida de llorar por el helado que se le acaba de caer porque ha visto un balón de goma brillante.

—Si quiere llantas nuevas para el carro, se las puedo conseguir. O lo que sea. Champú o un bolso o lo que sea. ¡Se lo consigo!

—¿Curitas, quizá? —grita Alguien malévola, señalándole el labio.

Britt-Marie mantiene el bolso bien agarrado y se atusa el pelo, como si el chico los hubiera ofendido a ambos; al bolso y al pelo.

—En absoluto necesito ni champú ni bolso nuevo.

Omar señala las botellas de Faxin.

—Cuestan treinta coronas cada una, pero se las puede llevar a crédito.

—¿A *crédito*?

—En Borg todo el mundo compra a crédito.

—¡De ninguna manera voy a comprar a crédito! Imagino que, aquí en Borg, les cuesta entender algo así, ¡pero algunos podemos pagar lo que compramos! —le responde Britt-Marie echando chispas.

Esto último se le ha escapado. No pretendía decirlo así.

Alguien ha dejado de sonreír. Tanto el chico como Britt-Marie tienen la cara roja, cada uno por una vergüenza distinta. Britt-Marie deja rauda el dinero en el mostrador y el chico se lo guarda enseguida y sale de allí corriendo. Enseguida se vuelve a oír el aporreo en la pared. Britt-Marie sigue allí de pie, tratando de evitar la mirada de Alguien.

—No me ha dado el recibo —constata Britt-Marie en voz baja y nada acusadora.

Alguien menea la cabeza y chasquea la lengua.

—¿Es que le has visto cara de IKEA o qué? Él no es... ¿cómo se llama? Ninguna sociedad anónima, sabes. Sólo chico con bici.

—Ja —dice Britt-Marie.

—¿Algo más? —pregunta Alguien, ahora en un tono claramente menos amable, metiendo en una bolsa el bicarbonato y las botellas de Faxin.

Britt-Marie sonríe con tanta consideración como puede.

—Tendrá que comprender que es preciso que me den el recibo. De lo contrario, es imposible demostrar que no es uno un ladrón —explica Britt-Marie.

Alguien pone los ojos en blanco. A Britt-Marie le parece innecesario. Alguien pulsa unos botones de la caja. Se abre el cajón donde está el dinero, aunque no contiene precisamente mucho dinero, y el aparato escupe un trozo de papel amarillo pálido.

—Son seiscientas setenta y tres coronas y cincuenta céntimos —dice Alguien.

Britt-Marie se la queda mirando atónita, como si se le hubiera atascado algo en la garganta al tragar.

—¿Por un poco de bicarbonato?

Alguien señala la puerta.

—Por la abolladura del carro. He hecho... ¿cómo se llama? ¡Una inspección superficial! No quiero... ¿cómo se dice? ¡Ofenderte, Britt-Marie! Así que no tendrás crédito. Seiscientas setenta y tres coronas y cincuenta céntimos.

A Britt-Marie casi se le cae el bolso. La situación es así de crítica.

—Sólo llevo... Quién... pero ¡por favor...! Ningún ser civilizado se pasea por ahí con tanto dinero en el bolso.

Eleva la voz para que la oigan todos los que están en el establecimiento, por si alguno fuera un delincuente. Naturalmente, allí sólo están los hombres de barba que toman café y ninguno de ellos se ha dignado levantar la vista siquiera, pero, aun así... Los delincuentes pueden llevar barba. Y es que Britt-Marie no tiene prejuicios de ninguna clase.

—¿Aceptan tarjeta? —pregunta mientras le sube el rubor a las mejillas.

Alguien menea la cabeza enérgicamente.

—No, Britt-Marie, aquí sólo aceptamos pago en metálico.

—Ja. En ese caso, ruego que me indique la dirección del cajero más cercano —pide Britt-Marie.

—En el centro —dice Alguien con frialdad, cruzándose de brazos.

—Ja —dice Britt-Marie.

—Cerraron el cajero de Borg. No rentable —dice Alguien, enarcando las cejas y señalando el recibo.

Britt-Marie pasea la mirada por las paredes con desesperación, tratando de desviar la atención de sus mejillas, que se han puesto totalmente coloradas. En la pared hay colgada una camiseta amarilla, exactamente igual que la del centro cívico. En la espalda, «Bank» sobre el número 10.

Alguien ve que Britt-Marie está mirando, así que cierra la caja, anuda la bolsa del bicarbonato y el Faxin y la empuja sobre el mostrador.

—Sabes, aquí no es vergüenza el crédito, eh, Britt-Marie. Quizá sea vergüenza en el lugar de donde eres tú, pero no en Borg —dice.

Britt-Marie se lleva la bolsa sin saber muy bien dónde poner los ojos. Alguien toma un trago de vodka y señala la camiseta amarilla de la pared.

—El mejor jugador de Borg. Lo llamaban Bank, ya sabes, porque, cuando Bank jugaba por el Borg, era como… ¿cómo se dice? ¡Victoria segura, como dinero en el banco! Hace mucho. Antes de la crisis económica. Luego, ya sabes: Bank enfermó, sabes. Fue otra clase de crisis. Bank se mudó. Ya no está aquí, eh.

Alguien señala la puerta. Un balón aporrea la valla.

—El padre de Bank entrenaba a los niños, sabes. Los mantenía vivos. Mantenía vivo a todo Borg, ya sabes. ¡Era amigo de todos! Pero Dios, ya sabes, Dios calcula como una mierda, sí. El muy cerdo manda infartos a las personas útiles y a las inútiles. El padre de Bank murió hace un mes.

Las paredes de madera crujen y resuenan a su alrededor. Como las casas y las personas viejas. Uno de los hombres que leen el diario y toman café va al mostrador a llenar su taza. Vaya, aquí el segundo café es gratis, observa Britt-Marie.

—Lo encontraron en… esto… ¡el suelo de la cocina! —añade Alguien.

—¿Perdón? —dice Britt-Marie.

Alguien señala la camiseta amarilla. Se encoge de hombros.

—Al padre de Bank. En el suelo de la cocina. Una mañana. Muerto, sin más.

Chasquea los dedos. Britt-Marie se sobresalta. La idea de que la encuentren en el suelo de la cocina se le mete en el cuerpo. Piensa en el infarto de Kent. Él siempre ha sido muy rentable. Britt-Marie agarra más fuerte la bolsa con el Faxin y el bicarbonato. Se queda callada tanto tiempo que Alguien empieza a poner cara de preocupación.

—¡Eh, oye! ¿Necesitas algo más? Tengo… ¿cómo se llama? ¡Baileys! ¡Licor de chocolate! O, bueno, ya sabes, es una copia, pero se mezcla polvo de cacao y vodka y, ya sabes, ¡se puede beber! Si… bueno, ya sabes… ¡si bebes rápido!

Britt-Marie menea rauda la cabeza. Se dirige hacia la puerta, pero hay algo en la idea del suelo de la cocina que la hace dudar… Así que da media vuelta despacio, antes de arrepentirse y darse vuelta nuevamente.

Britt-Marie no es en absoluto una persona espontánea. Eso es algo que hay que tener muy claro. «Espontáneo» es sinónimo de «irracional», ésa es la firme opinión de Britt-Marie. Y ella no es irracional de ninguna manera. De modo que esto no le resulta nada fácil. Pero, al final, termina dando media vuelta, luego se arrepiente y da media vuelta otra vez para, finalmente, estar de cara a la puerta y, en voz baja, preguntar, con tanta espontaneidad como logra reunir:

—No venderán aquí Snickers, por casualidad, ¿verdad?

* * *

En Borg anochece temprano en enero. Britt-Marie regresa al centro cívico y se sienta sola en uno de los taburetes de la cocina con la puerta de la calle abierta. El frío no le afecta. Tampoco la espera. Está acostumbrada. Una se acostumbra. Tiene tiempo de sobra para pensar en si lo que está atravesando en estos momentos es algo así como una crisis vital. Algo ha leído al respecto. La gente las sufre cada dos por tres.

La rata entra por la puerta abierta a las seis y veinte. Se queda en el umbral y observa con gran atención el Snickers que hay en el plato, sobre una toallita. Britt-Marie le lanza una mirada severa a la rata y, con gesto resuelto, pone una mano sobre la otra.

—En lo sucesivo, cenaremos a las seis. Como personas civilizadas. —Tras cierta reflexión, añade—: O como ratas civilizadas.

La rata mira el Snickers. Britt-Marie ha retirado el envoltorio, ha dejado el chocolate en medio del plato y ha puesto al lado una servilleta de papel pulcramente doblada. Mira a la rata. Carraspea un poco.

—Ja. No se me da particularmente bien iniciar este tipo de conversaciones. Soy socialmente incompetente, según dice mi marido. Él es muy sociable, lo dice todo el mundo. Emprendedor, ya le digo. —Al ver que la rata no responde, añade—: De mucho éxito. Pero mucho éxito, muchísimo.

Sopesa rápidamente la posibilidad de contarle a la rata su crisis vital. Se dice que le gustaría explicarle que es difícil saber quién es una cuando está sola, cuando siempre ha existido para otra persona. Pero no quiere importunar a la rata. Así que se alisa un pliegue de la falda y dice en un tono muy formal:

—Tengo un acuerdo que proponerle. Por lo que a usted se refiere, implicaría que tendrá la cena servida aquí todas las tardes, a las seis —señala el chocolate para ilustrar sus palabras—. El acuerdo, si es que lo considera ventajoso para las dos partes, implicaría que yo no la dejaré ahí olvidada y apestando en el interior de la pared si usted se muere. Y que usted hará lo mismo por mí. O sea, para que alguien sepa que estamos aquí.

La rata da unos pasitos cautos hacia el chocolate. Alarga el cuello y lo olisquea. Britt-Marie se retira unas migas invisibles de la rodilla.

—Es que el bicarbonato de sodio desaparece cuando uno se muere, ¿comprende? Por eso empieza uno a oler. Lo leí cuando murió Ingrid.

Los bigotes de la rata tiemblan de escepticismo. Britt-Marie se aclara un poco la garganta, como excusándose.

—Ingrid era mi hermana, ¿comprende? Y murió. A mí me preocupaba que empezara a oler. Así fue como descubrí lo del bicarbonato de sodio. El cuerpo produce bicarbonato para neutralizar los ácidos del estómago. Cuando morimos, el cuerpo deja de producir bicarbonato, así que los ácidos lo corroen todo, atraviesan la piel y caen al suelo. Eso es lo que huele, ¿comprende?

Se plantea por un instante si añadir que siempre le ha resultado razonable pensar que el alma humana resida en el bicarbonato. Cuando el alma abandona el cuerpo, no queda nada. Sólo los vecinos, que empiezan a quejarse. Pero no dice nada. No quiere molestar.

La rata se come la cena, pero no dice si le ha gustado.

Britt-Marie tampoco pregunta.

9

El verdadero comienzo es esta noche.

Es un invierno suave, la nieve se convierte en lluvia en su trayecto del cielo a la tierra. Los niños juegan al fútbol en la oscuridad, pero ni la falta de luz ni la crudeza del tiempo parecen molestarles. La luz sólo alcanza ciertas partes del aparcamiento, allí donde la emite el neón de la pizzería o la ventana tras cuya cortina se esconde y los observa Britt-Marie; pero, en honor a la verdad, casi todos ellos parecen tan malos jugando al fútbol que la luz del día mejoraría muy poco su capacidad de darle al balón.

La rata se ha ido a casa. Britt-Marie ha cerrado con llave y ha fregado los platos y limpiado el centro cívico otra vez. Ahora está junto a la ventana mirando el mundo. De vez en cuando, el balón se aleja rebotando por los charcos y sigue alejándose hasta la carretera. Cuando ocurre, los niños se juegan a piedra, papel o tijera cuál de ellos tiene que ir a buscarlo. Cuando David y Pernilla eran pequeños, Kent solía decirles que Britt-Marie no podía jugar porque «no sabe». Pero eso no es verdad. Britt-Marie sabe perfectamente cómo se juega a piedra, papel o tijera. Lo que pasa es que no le parece que sea muy higiénico meter piedras en bolsas de papel. Por no hablar de las tijeras. Quién sabe dónde habrán estado.

Naturalmente, Kent siempre dice que Britt-Marie es «tremendamente negativa». Que eso forma parte de su incompetencia social. «¡Alégrate, mujer, carajo!», dice con una sonrisita siempre que va a la cocina en busca de otro puro, mientras ella se encarga de fregar los platos. Kent se ocupa de los invitados y Britt-Marie se ocupa de la casa, así es como se han repartido la vida. Kent es una persona alegre y Britt-Marie es «negativa del carajo». Tal vez las cosas tengan que ser así. Tal vez sea más fácil ser optimista si uno no tiene que limpiar el estropicio después.

Los dos hermanos, Vega y Omar, juegan en equipos distintos. Ella es tranquila y calculadora, toca el balón con el interior del pie igual que una acaricia despacio a la persona amada con los dedos de los pies mientras duerme. Su hermano, en cambio, está enfadado y se siente frustrado. Persigue el balón como si éste le debiera dinero. Britt-Marie no sabe nada de fútbol, por descontado, pero no es necesario para ver que Vega es la que mejor juega de todos los niños que hay en el aparcamiento. O al menos es la menos mala. Omar siempre está a la sombra de su hermana. Todos están a la sombra de Vega. A Britt-Marie le recuerda a Ingrid.

Ingrid nunca era negativa. Como siempre ocurre con las personas así, es difícil saber si todos la querían por lo positiva que era o si era positiva porque todos la querían. La hermana de Britt-Marie era un año mayor y cinco centímetros más alta que ella. No hace falta mucho para dejar algo en la sombra: cinco centímetros bastan. A Britt-Marie nunca le importó ser la que siempre iba por detrás, nunca deseó otra cosa, puesto que nunca deseó demasiadas cosas. La verdad es que a veces deseaba desear algo de verdad, sentir un deseo tan vivo por algo que no pudiera soportarlo. Parecía una actitud tan llena de vida… Pero nunca duraba demasiado.

Naturalmente, Ingrid siempre andaba anhelando algo: su carrera de cantante y la fama para la que estaba predestinada y los chicos que había por ahí en otros países, y que eran mucho más que los chicos comunes y corrientes que podía ofrecer el edificio de departamentos en el que vivían. Esos chicos corrientes que Britt-Marie consideraba demasiado poco corrientes para mirarla a ella siquiera, pero que comprendía a la perfección que no eran lo bastante poco corrientes para merecer a su hermana.

Los chicos de su piso eran hermanos. Alf y Kent. Se peleaban por todo. Britt-Marie no era capaz de comprenderlo. Ella, en cambio, seguía a su hermana a todas partes. A Ingrid nunca le importó. Al contrario. «Siempre seremos tú y yo, Britt-Marie», solía susurrarle por las noches, cuando le contaba historias de cómo vivirían en París, en un palacio lleno de sirvientes. Por eso Ingrid llamaba a su hermana pequeña «Britt», porque sonaba americano. Cierto que resultaba poco claro por qué había que tener un nombre americano en París, pero Britt-Marie nunca ha sido, en absoluto, el tipo de persona que cuestiona las cosas sin necesidad.

Vega es más tranquila que Ingrid, pero, cuando su equipo marca un gol entre dos latas de refresco vacías, bajo la lluvia y en la oscuridad del aparcamiento, y ella se ríe, suena como la risa de Ingrid. A Ingrid también le encantaba jugar. Como siempre ocurre con ese tipo de personas, es difícil saber si era la mejor en todos los juegos porque le encantaban o si le encantaban porque era la mejor.

A un niño pequeño y pelirrojo le dan un balonazo en la cara. Se cae entero en un charco embarrado. Britt-Marie siente un escalofrío. Es el mismo balón con el que también le dieron a ella en la cabeza y, al ver todo el barro que tiene adherido, siente el impulso de ponerse una inyección antitetánica. Pero le resulta difícil dejar de observar el juego. Porque a Ingrid le habría gustado.

Si Kent hubiera estado aquí, habría dicho, claro está, que los niños jugaban como viejas. Kent puede describir casi todo lo malo diciendo la palabra «vieja» antes o después. Cierto que a Britt-Marie no le entusiasma especialmente la ironía, pero observa que hay cierta dosis de ironía en el hecho de que, ahí fuera, sea precisamente la niña la única que no parece jugar como una vieja.

Al final, vuelve al momento presente y se aleja de la ventana antes de que a alguien de ahí fuera se le ocurra pensar algo raro. Son más de las ocho, así que el centro cívico está de nuevo totalmente a oscuras con sus farolas rotas. Britt-Marie riega en la noche las macetas del balcón. Esparce bicarbonato por la tierra. Lo que más echa de menos es su balcón. Uno nunca está solo de verdad si está en un balcón: están los carros y las casas y las personas que pasan por la calle. Uno está entre ellos y, al mismo tiempo, no lo está. Es lo mejor de los balcones. Y otra cosa buena es que una puede asomarse temprano por la mañana, antes de que Kent se haya despertado, y cerrar los ojos y sentir el viento en el pelo. Britt-Marie solía hacerlo así, y se sentía como en París. Lógicamente, ella no ha estado nunca en París, porque Kent no tiene negocios allí, pero ha resuelto muchas definiciones de crucigrama relacionadas con París. Es la ciudad del mundo a la que más partido le sacan en los crucigramas y, además, Ingrid decía siempre que ella y Britt-Marie iban a vivir allí de mayores. Cuando Ingrid fuera famosa. Los famosos viven en París y tienen servicio, eso lo sabía Ingrid, y Britt-Marie no tenía nada en contra mientras Ingrid estuviera contenta. Britt-Marie tampoco tenía nada en contra de llamarse Britt, en americano, pero le preocupaba mucho lo del servicio. No quería que creyeran que a su hermana se le daba tan mal limpiar que tenía que contratar a quien lo hiciera. Britt-Marie había oído a su madre hablar con desprecio de ese tipo de madres y no quería que nadie hablara así de Ingrid.

Así que, mientras Ingrid se convertía en la mejor en todo lo que había en el mundo exterior, Britt-Marie se propuso ser la mejor en todo lo del interior. Limpiar. Crear un ambiente agradable. Su hermana lo veía. La veía a ella. Britt-Marie le arreglaba el pelo cada mañana, y su hermana nunca se olvidaba de decirle: «Gracias, Britt, ¡qué bien me lo has dejado!», cuando movía de un lado a otro la cabeza frente al espejo al ritmo de alguna de las canciones de sus elepés de vinilo. Britt-Marie nunca tuvo discos elepé. No son necesarios cuando una tiene una hermana que se da cuenta de que una existe.

Britt-Marie la extraña. La extraña más que al balcón.

Aporrean la puerta y Britt-Marie se sobresalta como si alguien la hubiera atravesado con un hacha. Delante de la puerta está Vega. Sin hacha. En cambio, sí que va dejando gotas de lluvia y de barro en el suelo. Britt-Marie grita para sus adentros.

—¿Por qué no enciende las luces? —pregunta Vega, entornando los ojos para ver en la oscuridad.

Britt-Marie se pone una mano sobre la otra.

—No funcionan, querida.

—¿Ha probado a cambiar las bombillas? —pregunta Vega con el ceño fruncido, como si tuviera que controlarse al máximo para no gritar «¡querida!» al final de la pregunta.

Omar aparece a su lado. Tiene barro en la nariz. Por dentro de la nariz. Britt-Marie no se explica cómo habrá podido ocurrir algo así. Sin duda la ley de la gravedad también aplica a este niño.

—¿Tiene que comprar bombillas? ¡Yo tengo unas geniales de bajo consumo! ¡A precio especial! —dice ansioso, sacando una mochila de quién sabe dónde.

Vega le da una patada en la espinilla. Mira a Britt-Marie con la diplomacia forzada de los adolescentes.

—¿Podemos ver aquí el partido? —pregunta.

—¿Qué… partido? —pregunta a su vez Britt-Marie.

—¡El partido! —responde Vega casi como si hubiera dicho «¡El Papa!», si alguien le hubiera preguntado: «¿Qué papa?».

Britt-Marie cambia las manos de sitio y apoya la una sobre la otra.

—¿Un partido de qué?

—¡De fútbol! —exclaman Vega y Omar al unísono.

—Ja —murmura Britt-Marie, observando con repulsión la ropa embarrada de los niños.

No a los niños, naturalmente. La ropa. La ropa es lo que le provoca repulsión, naturalmente, no los niños.

—Él siempre nos dejaba verlo aquí —dice Vega, señalando la foto que hay en la pared en la que aparece el hombre que tiene en las manos la camiseta con el nombre «Bank».

En otra fotografía, justo al lado, está el mismo hombre frente a un camión con una chaqueta blanca con «Borg FC» en uno de los bolsillos de la pechera y «Míster» en el otro. La chaqueta necesitaría un lavado, observa Britt-Marie. Es como si en este pueblo nunca hubieran oído hablar del bicarbonato.

—A mí nadie me ha informado de eso. Tendrán que ponerse en contacto con este señor —dice Britt-Marie.

El silencio vacía de oxígeno el aire entre ellos.

—Está muerto —dice finalmente Vega mirándose los zapatos.

Britt-Marie mira al hombre de la foto. Luego se mira las manos.

—Lo… ja. Lo siento. Pero no soy responsable de lo que le haya ocurrido —dice.

Vega entorna los ojos y la mira con odio. Luego le da un codazo a Omar en el costado y le suelta:

—Ven, Omar, nos largamos. Que se vaya a la mierda.

Vega ya se ha dado le vuelta y ha empezado a alejarse cuando Britt-Marie se percata de que los demás niños, otros tres, están esperando a unos metros de allí. Preadolescentes todos ellos. Uno pelirrojo, otro con el pelo negro y otro con el índice de colesterol muy alto. No es que Britt-Marie tenga prejuicios, no, pero advierte cierto grado de acusación en su mirada. No es una sensación que Britt-Marie aprecie en absoluto. Hay luz en la pizzería. Las ventanas dejan ver que allí dentro hay al menos un televisor.

—¿Puedo saber por qué no van a ver el fútbol ese a la pizze-

ría o taller mecánico o lo que quiera que sea, si tanto les interesa?
—pregunta Britt-Marie con toda educación y sin ánimo de pole-
mizar.

Omar da una patada al balón por el aparcamiento y dice en voz
baja:

—Allí beben. Si pierden.

—Ja. ¿Y si ganan? —pregunta Britt-Marie.

—Entonces beben más aún. Por eso él siempre nos dejaba ver los
partidos aquí —responde Omar.

Señala otra vez al hombre de la foto. Britt-Marie cruza las manos
con más fuerza.

—Ja. Ja —luego se calma y replica enseguida—: Y, claro, casa
propia con televisor es algo que no tienen en este pueblo, ¿cierto?

Es Vega quien responde, a diez metros de distancia, y enfatizan-
do cada sílaba:

—Nadie tiene sitio en su casa para el equipo entero, ¡y nosotros
vemos los partidos todos juntos! ¡Como un equipo!

Britt-Marie se sacude un poco de polvo de la falda.

—Creí entender que ya no existía ningún equipo.

—¡Claro que *existe* el equipo! —ruge Vega mientras vuelve
hacia Britt-Marie con paso resuelto. A unos pasos de ella, levanta el
índice y grita—: Estamos aquí, ¿no? ¡Estamos aquí! ¡O sea, somos
un equipo! ¡Aunque se lleven el puto campo y el puto club y nuestro entrenador sufra un puto infarto y se muera, carajo, somos un
equipo!

Britt-Marie tiembla un tanto nerviosa al notar la mirada furibunda de la niña clavada en la suya. Ciertamente, ésa no es una forma
adecuada de expresarse para una persona. Pero, en ese momento,
las lágrimas caen despacio por las mejillas de la niña y Britt-Marie
no puede determinar con exactitud si la niña está pensando abrazarla
o golpearla. Britt-Marie da la clara impresión de considerar que las
dos alternativas le parecen igual de amenazadoras.

—Debo pedirles que esperen aquí —dice presa del pánico, y cierra la puerta.

Esto es lo que ocurre antes del verdadero comienzo.

Britt-Marie se queda junto a la puerta en la oscuridad. Aspira el aroma a tierra mojada y a bicarbonato. Recuerda el olor a alcohol y los sonidos de los partidos de fútbol de Kent. Él nunca salía al balcón. Le dan miedo las alturas. Así que el balcón era sólo de Britt-Marie. Lo único que era sólo suyo. Siempre mentía y le decía a Kent que había comprado las plantas porque sabía que le haría algún comentario hiriente si le contaba que las había encontrado en el cuarto de la basura y, a veces, en la calle, abandonadas por algún vecino que se acababa de mudar. Las plantas le recordaban a Ingrid, porque Ingrid adoraba las cosas vivas. Así que Britt-Marie salvaba la vida a las plantas sin hogar una y otra vez para poder recordar a una hermana cuya vida ella nunca podría salvar. Una no podía contarle esas cosas a Kent.

Kent no cree en la muerte, cree en la evolución. «La evolución», decía asintiendo con admiración cuando veía un programa de naturaleza donde un león devoraba a una cebra herida: «elimina a los débiles. Y es que se trata de la supervivencia de la especie, eso es lo que hay que entender. Si no eres el mejor desde el principio, a lo mejor habría que captar la indirecta y dejar sitio al más fuerte, ¿no?».

Con una persona así no es posible hablar de las plantas de balcón.

Ni de la nostalgia.

A Britt-Marie le tiemblan ligeramente las puntas de los dedos cuando echa mano del celular. La joven de la oficina de empleo descuelga al tercer intento.

—¿Hola? —responde la joven jadeando.

—¿Así contesta el teléfono? ¿Sin aliento?

—¿Britt-Marie? ¡Estoy en el gimnasio!

—Debe ser estupendo vivir así.

—¿Ha pasado algo?

—Aquí hay unos niños. Dicen que quieren ver un partido.

—¡Ah, el partido, sí! Yo también pienso verlo.

—A mí nadie me ha informado de que mis cometidos incluyan ocuparme de unos niños.

La joven suspira al otro lado de la línea de una forma completamente innecesaria.

—Britt-Marie, lo siento, pero en el gimnasio no está permitido hablar por teléfono —y exclama sin pensar—, pero… escuche… está muy bien, ¿no? ¡Si los niños están con usted viendo el partido y se muere de repente, alguien lo sabrá!

Britt-Marie suelta una risa brusca. Luego, se hace un largo silencio. La joven suspira resignada, acompañada del sonido de la cinta de correr deteniéndose.

—Perdone, Britt-Marie, estaba bromeando. No debería haberlo dicho. No me refería a… ¿Hola?

Britt-Marie ya ha colgado. Abre la puerta medio minuto más tarde con las camisetas de fútbol recién lavadas, pulcramente dobladas y apiladas en sus brazos.

—Con esa ropa embarrada no van a entrar aquí, ¡acabo de fregar el suelo! —les dice a los niños sin poder evitarlo.

Entre los pequeños, hay un policía. Es bajito y redondo y tiene el cuero cabelludo como el césped de un jardín después de una barbacoa improvisada.

—¿Qué han hecho ahora? —le pregunta Britt-Marie entre dientes a Vega, con un tono sólo sensiblemente acusador.

—¿Cómo que qué hemos hecho? —replica Vega, y se vuelve hacia el policía al tiempo que señala a Britt-Marie—. ¡No nos deja ver el partido aquí!

Britt-Marie señala enseguida a Vega y mira airada al policía.

—¡Estos niños me dieron en la cabeza ayer mismo!

—¡Pero no fue a propósito! —grita Vega.

El policía tiene una expresión ambivalente. La mujer frente a él es muy distinta de lo que le habían descrito los niños. ¿Quisquillosa? Sí. ¿Mandona? Evidentemente. Pero hay algo más. Segura, inmaculada y, en cierto modo… única. La mira atontado un momento mientras trata de pensar en algo que decir, pero, al final decide que lo más civilizado en este caso es entregarle a Britt-Marie un tarro de cristal enorme.

—Me llamo Sven. Sólo quería darle la bienvenida a Borg. Es un tarro de mermelada.

Britt-Marie observa el tarro de mermelada. Vega mira a Sven. Sven se rasca indeciso varias partes del uniforme.

—Mermelada de arándanos. La he hecho yo. He seguido un curso. En el centro.

Britt-Marie examina a conciencia al policía de arriba abajo. Hace una pausa por el camino tanto hacia arriba como hacia abajo cuando llega a la camisa del uniforme, que se ve tensa sobre la barriga.

—De su talla no tengo camiseta —le informa.

Sven se sonroja.

—No, no, no, claro, yo no venía a eso. Yo quería… En fin, bienvenida a Borg, eso es todo. ¡Es lo único que quería decir!

Le planta a Vega el tarro en las manos y se aleja del umbral en dirección a la pizzería cruzando el aparcamiento. Vega mira el tarro de mermelada. Omar mira el dedo anular de Britt-Marie, que no tiene anillo, y sonríe.

—¿Está casada? —pregunta.

Britt-Marie se queda impresionada de sí misma cuando oye lo rápido que responde:

—Estoy separada.

Es la primera vez que lo dice en voz alta. Omar sonríe más aún y señala a Sven.

—Pues Sven está libre, ¡que lo sepa!

Britt-Marie oye las risitas de los demás niños. Le planta a Omar

las camisetas en las manos y le arranca a Vega el tarro de mermelada.

Dicho esto, se adentra en la oscuridad del centro cívico. Algo
más de media docena de niños se quedan en el umbral sin dar crédito a lo que acaban de oír.

Éste es el verdadero comienzo.

10

El fútbol es un deporte muy curioso, porque no pide que la gente lo adore. Lo exige.

Britt-Marie va de un lado a otro del centro cívico como un alma en pena cuya tumba alguien hubiera abierto para instalar dentro una discoteca. Los niños están sentados en el sofá con sus camisetas blancas y bebiendo refrescos. Como es lógico, Britt-Marie se ha encargado de que los niños se sienten sobre unas toallas, dado que no tiene suficiente bicarbonato para limpiar a los niños de arriba abajo y, naturalmente, se ha encargado de que haya posavasos debajo de los refrescos. En realidad, no había posavasos de verdad, así que ha usado dos recuadros de papel higiénico que ha doblado dos veces. La necesidad no conoce leyes, pero incluso la necesidad debería comprender que una lata de refresco no se pone directamente encima de la mesa, eso Britt-Marie lo tiene clarísimo.

También ha puesto vasos delante de los niños. Uno de ellos, del que Britt-Marie nunca diría que tiene «sobrepeso», pero que tiene pinta de haberse bebido su refresco y también el de otros muchos niños, le dice alegremente que él «prefiere beber de la lata».

—De ninguna manera. Aquí bebemos en vaso —ataja Britt-Marie articulando con total intransigencia.

—¿Por qué?

—Porque no somos animales.

El chico mira la lata de refresco, reflexiona un rato y, finalmente, pregunta:

—¿Qué animal, además del ser humano, puede beber de una lata?

Britt-Marie no responde, sino que recoge los controles remotos del suelo y los coloca en la mesa. Acto seguido, da un salto aterrorizada cuando los niños, hasta ahora de lo más considerados, aúllan desde el sofá: «¡Noooooo!», como si les hubiera arrojado a la cara los controles remotos.

—¡Los controles en la mesa, no! —dice con pavor el chico del refresco.

—¡Es la ruina! ¡Así perdemos! —grita Omar, apresurándose a ponerlos de nuevo en el suelo.

—¿Qué quieres decir con que «perderemos»? —pregunta Britt-Marie, como si el chico hubiera perdido el juicio.

Omar señala a los hombres adultos que se ven en el televisor y que, evidentemente, no saben de su existencia.

—¡*Nosotros* perderemos! —repite con aplomo, como si eso significara algo muy claro.

Britt-Marie se da cuenta de que lleva la camiseta con la parte delantera hacia atrás.

—No me agradan los gritos dentro de casa. Tampoco me agrada que llevemos la ropa con la parte delantera hacia atrás, como si fuéramos gánsteres —señala recogiendo los controles del suelo.

—Si me la pongo bien, perdemos —explica Omar, señalando el partido de fútbol del televisor.

Britt-Marie ni siquiera sabe cómo afrontar las tonterías de este nivel, así que lleva los controles y la ropa embarrada de los niños al lavadero. Cuando ya ha puesto la lavadora y se da media vuelta para irse, se encuentra de frente con el niño pelirrojo. Parece algo incómodo. Britt-Marie pone una mano sobre la otra y no parece dispuesta a dar más conversación.

—Son unos supersticiosos, todo tiene que estar igual que la última vez que ganamos nosotros —dice el niño, señalando el televisor para explicar lo ocurrido y excusando a sus amigos al mismo tiempo. De repente se ve algo nervioso.

—¿De qué «nosotros» hablas? —repite Britt-Marie con una mirada furibunda al televisor, donde unos hombres adultos con camisetas decoradas con mensajes publicitarios en lenguas extranjeras corren sin parar.

El niño reacciona como si esa pregunta no significara nada.

—Nosotros —dice.

—Ja —dice Britt-Marie.

Él asiente despacio.

—Fui yo quien le dio ayer con el balón en la cabeza. No fue a propósito. Soy bastante malo apuntando. Espero no haberle estropeado el peinado —dice—. Su pelo es… bonito —añade con una sonrisa antes de volver al sofá.

Britt-Marie se lo queda mirando y piensa que, en general, no le disgusta el chico. Ha ido a sentarse al fondo, junto a la pared, detrás del chico que tiene el pelo negro y del chico que ha bebido más refresco que ninguno, y ya no lo ve.

—Ése es Pirata —dice Vega.

Acaba de aparecer al lado de Britt-Marie. Se ve que Vega hace esas cosas: aparece de pronto a todas horas. La camiseta de fútbol que lleva puesta es demasiado grande. O quizá su cuerpo es demasiado pequeño.

—Pirata —repite Britt-Marie, como siempre hace cuando tiene que recurrir a toda la buena intención del mundo para no señalar que sólo puede llamarse «Pirata» alguien que sea pirata.

Vega señala a los otros dos niños que hay en el sofá.

—Y ese es Sapo. Y ese es Dino.

Pero incluso la bondad de Britt-Marie tiene límites.

—¡Por favor! ¡Ésos no son nombres de verdad!

Vega no parece comprender lo que quiere decir.

—Es porque es somalí —dice, señalando a uno de los niños,

como si eso lo aclarase todo. Al ver que Britt-Marie no parece entenderlo, Vega suspira como con aburrimiento y explica—: Cuando Dino se mudó a Borg y Omar se enteró de que era «somalí», él entendió *sommellier*, ya sabe, uno de esos tipos que prueban vinos en la tele. Así que empezamos a llamarlo «vino». Y vino rima con Dino. Así que ahora lo llamamos Dino.

Britt-Marie mira atónita a Vega como si la niña se le hubiera dormido ebria en la cama.

—Y sus verdaderos nombres no valían, ¿no?

Vega no parece comprender la diferencia.

—Es que no puede tener el mismo nombre que nosotros, ¿no? Entonces no sabríamos a quién pasarle cuando jugamos.

Britt-Marie resopla un poco por la nariz, pues ésa es la vía por la que se le va la irritación cuando ya no le cabe en la cabeza.

—¡Pero el chico tendrá un nombre de verdad, por favor! —le suelta.

Vega se encoge de hombros.

—Cuando se mudó aquí no hablaba, así que no sabíamos cómo se llamaba, pero cuando lo llamábamos Dino se reía y a todos nos gustaba que se riera. Así que se quedó con ese nombre.

Como si el mundo funcionara así. Como si uno pudiera elegir su nombre sin más. Britt-Marie se limpia tanto polvo invisible de la falda que al final termina doliéndole la muñeca. Vega señala al chico del refresco.

—Sapo se llama Patrik y lo llamamos Sapo porque sabe eructar muy fuerte. Y a Pirata lo llamamos Pirata porque... no sé. Pero lo llamamos así.

Señala con la cabeza al chico pelirrojo, al que no se ve desde allí. Britt-Marie sonríe indulgente y dice:

—Y equipos femeninos para que puedas jugar tú no hay, ¿verdad?

Vega menea la cabeza.

—Todas las chicas juegan en el equipo del centro.

Britt-Marie asiente de un modo muy bienintencionado. Muy, pero muy, bienintencionado.

—Claro, y ese equipo no era lo bastante bueno para ti.

Vega parece enfadada.

—¡Éste es mi equipo! —responde.

Como si eso fuera una respuesta.

En la tele hay un jugador retorciéndose en el césped. Omar aprovecha el descanso para subirse a uno de los taburetes de la cocina e ir cambiando a crédito las bombillas fundidas. Britt-Marie lo sigue, observándolo con preocupación.

—¿Dónde está el balón? —pregunta a todos y a ninguno en particular.

—¡Mierda! ¡Está fuera! —grita Omar mirando a la lluvia que cae al otro lado de la ventana.

—Pero ¡por favor! No estarás pensando en meter el balón aquí dentro, ¿verdad? —pregunta Britt-Marie, jadeando horrorizada.

—¡No podemos dejarlo ahí bajo *la lluvia*! —responde Vega igual de horrorizada, como si se tratara de una persona.

Antes de que Britt-Marie alcance a comprender lo que está a punto de pasar, se inicia una cadena de piedras, papeles y tijeras de un lado a otro de la sala, hasta que el Pirata pelirrojo pierde, se levanta del sofá y se encamina a la puerta sin pensarlo.

—¡Por el amor de Dios! ¡No con la camiseta recién lavada! ¡Nunca! —logra articular Britt-Marie, ya tan enfadada que le tiemblan las manos.

Consigue agarrarlo por el cuello de la camiseta, pero el chico ya se ha puesto los zapatos y ha cruzado el umbral. Britt-Marie se calza también a toda prisa y corre tras él.

El chico está a dos metros de ella, con el balón embarrado entre las manos.

—Perdón —susurra mirando al cuero.

Britt-Marie no sabe si le ha pedido perdón a ella o al balón. Sostiene las manos sobre su cabeza para que la lluvia no le estropee el peinado. El niño la mira de reojo, sonríe abiertamente primero, y algo avergonzado después, y mira al suelo.

—¿Puedo preguntarle una cosa? —dice.

—¿Disculpa? —responde Britt-Marie con la cara empapada de lluvia.

—¿Podría ayudarme a peinarme? —susurra, evitando mirarla a los ojos.

—Disculpa, ¿qué has dicho? —pregunta Britt-Marie fijando la vista en la mancha de barro que el balón ha dejado en la camiseta recién lavada.

—Mañana tengo una salida. Iba a… Pensaba… Quería preguntarle si podía ayudarme a arreglarme el pelo —logra decir.

Britt-Marie asiente, como si aquello no le extrañara lo más mínimo.

—En Borg no tienen peluqueros, naturalmente. Así que ahora tengo que asumir también ese trabajo, ¿verdad? ¿No es eso?

El chico menea la cabeza mirando el balón.

—Es que tiene el pelo muy bonito. Y he pensado que se le daba bien cuidarlo porque usted lo tiene muy bonito. En Borg no hay peluquería, la cerraron.

La lluvia remite un poco. Britt-Marie aún tiene las palmas de las manos como una visera sobre el peinado, de modo que la lluvia le cae sobre las mangas de la chaqueta.

—¿Así es como lo llaman ahora? ¿«Salida»? —dice un tanto pensativa.

—¿Cómo se llamaba antes? —pregunta el chico, levantando la vista del balón.

—En mi época se llamaba «tener una cita» —dice Britt-Marie resuelta.

No es precisamente una experta en la materia, eso no lo niega.

En toda su vida sólo ha tenido una cita con dos chicos. Y con uno de ellos se casó después. La lluvia cesa por completo mientras están allí de pie, ella y el niño pelirrojo con el balón lleno de barro.

—Nosotros decimos «salida», o al menos es lo que yo digo —susurra el chico.

Britt-Marie respira hondo y evita su mirada desviada.

—Comprenderás que no puedo responder a tu pregunta ahora mismo, porque tengo la lista en el bolso —dice en voz baja.

El chico empieza a asentir enseguida con un entusiasmo preocupante.

—¡No pasa nada! ¡Mañana puedo a cualquier hora!

—Ja. Lógicamente, aquí en Borg no van al colegio, es lógico, claro —constata Britt-Marie.

—Es que todavía estamos de vacaciones de Navidad —dice el niño.

Entonces los alaridos de euforia de los niños que siguen en el interior del centro cívico rompen el silencio tan de repente que Britt-Marie se asusta y se agarra de la camiseta del chico que tiene delante y el chico se sorprende tanto que le lanza el balón a Britt-Marie. Le salpica de barro la chaqueta. Medio segundo después, los hombres que hay en la pizzería braman de tal modo que el letrero de neón que hay sobre la puerta empieza a temblar.

—¿Qué está pasando? —pregunta Britt-Marie con el pánico en la mirada, mientras deja caer el balón.

—¡Metimos un gol! —chilla el chico Pirata supercontento.

—¿Quiénes hemos metido un gol? —pregunta Britt-Marie.

Pirata recoge el balón y la mira como si aquello fuera una cuestión filosófica.

—Nuestro equipo —dice extrañado.

—Pensaba que no tenían equipo —replica Britt-Marie.

—Sí, pero, a ver, ¡es el equipo que nosotros apoyamos! ¡En la tele! —intenta explicarle el chico.

—¿Cómo va a ser su equipo si no juegan en él?

El chico reflexiona un momento. Luego, parece agarrar el balón con más fuerza.

—Lleva siendo nuestro equipo más tiempo del que la mayoría de los jugadores llevan jugando en él. Así que es más nuestro que suyo.

—Absurdo —resopla Britt-Marie.

Un segundo después, el ruido de la puerta del centro cívico cerrándose de golpe corta el aire invernal de la noche de enero. Britt-Marie se gira aterrada y corre hacia allí. El chico sale corriendo tras ella. La puerta está cerrada por dentro.

—O sea, ¡cerraron para que no podamos entrar! ¡Porque estábamos aquí fuera cuando metimos el gol! —resopla Pirata jadeante y feliz.

—¡Por el amor de Dios! ¿Qué tratas de decir con eso? —quiere saber Britt-Marie, tironeando desesperada del picaporte.

—O sea, es importante que estemos aquí fuera, porque, mientras estábamos aquí, ¡hemos metido un gol! ¡Da suerte que estemos aquí fuera! —grita el chico.

Como si eso tuviera sentido. Britt-Marie lo mira indicándole que, desde luego, no lo tiene. Aunque luego se quedan los dos de pie en el aparcamiento, a pesar de que vuelve a llover, y Britt-Marie ya no dice nada.

Porque es la primera vez en mucho tiempo que alguien le dice a Britt-Marie que es importante que esté en algún sitio.

En ese sentido, el fútbol es un deporte extraño. Porque no pide ser amado.

11

Los niños abren la puerta en el entretiempo y dejan entrar a Britt-Marie y a Pirata. Britt-Marie se pasa todo el segundo tiempo frente al espejo del cuarto de baño. En primer lugar, porque no quiere salir y arriesgarse a tener que seguir hablando con alguno de los niños; y, en segundo lugar, porque el equipo de los niños ha vuelto a meter un gol en la tele y le han prohibido que salga antes de que termine el partido. De modo que Britt-Marie se queda allí dentro, se seca el pelo, les da suerte y sufre una crisis vital. Es posible hacer todo eso al mismo tiempo.

La imagen que le devuelve el espejo pertenece a otra persona, a alguien en cuyo rostro han dejado huella los inviernos. Los inviernos siempre han sido lo peor, tanto para las plantas del balcón como para Britt-Marie. Le cuesta convivir con el silencio porque, en él, nunca sabes si alguien sabe que estás ahí, y el invierno es la estación silenciosa porque el frío aísla a las personas. Convierte el mundo en un lugar silencioso.

Fue el silencio lo que paralizó a Britt-Marie cuando murió Ingrid.

Su padre empezó a llegar cada vez más tarde a casa del trabajo. Pronto, empezó a retrasarse tanto que Britt-Marie ya estaba durmiendo cuando él llegaba. Entonces, una mañana se despertó cuando él llegaba. Hasta que un día se despertó y su padre había dejado de llegar. Su madre hablaba cada vez menos del asunto. Se quedaba cada vez más horas en la cama por las mañanas. Britt-

Marie deambulaba por el apartamento como hacen los niños que habitan mundos silenciosos. Una vez, volcó un jarrón sólo para que su madre la riñera desde el dormitorio. Su madre no gritó. Britt-Marie recogió los cristales. Nunca más volvió a romper ningún jarrón. Al día siguiente, su madre se quedó en la cama hasta que ella preparó la cena. Al día siguiente, se levantó más tarde aún. Al final, dejó de levantarse del todo.

Britt-Marie se encontró prácticamente sola en el entierro de su madre. Naturalmente, varios de los amigos de la difunta enviaron preciosos ramos de flores y lamentaron su pérdida, pero estaban demasiado ocupados viviendo para poder ir a visitar a una persona que, al fin y al cabo, estaba muerta. Britt-Marie cortó un poco los tallos de las flores y las puso en jarrones recién fregados. Limpió el departamento y todas las ventanas y, al día siguiente, salió a tirar la basura y se encontró con Kent en el rellano de la escalera. Se quedaron allí, mirándose como hacen dos niños que se han hecho adultos. Él se había casado y tenía dos hijos, pero acababa de separarse y había ido allí para ver a su madre. Sonrió al ver a Britt-Marie porque, por aquel entonces, la veía.

*   *   *

Britt-Marie se frota el dedo anular frente al espejo. La marca blanca se ve como un tatuaje. Se burla de ella. Llaman a la puerta del baño. Es Pirata.

—Ja. ¿Ganaron? —pregunta Britt-Marie, como si la hubiera estado sometiendo a una incomodidad terrible, a pesar de que, en el fondo, se siente aliviada de haber podido estar allí dentro en lugar de fuera.

—¡Dos a cero! —asiente feliz Pirata.

—Pues yo he estado encerrada aquí dentro todo este tiempo

sólo porque me lo dijeron ustedes. No tengo problemas intestinales
—dice Britt-Marie muy seria.

Pirata asiente desconcertado y susurra un «bueno» y señala la
puerta de entrada al centro cívico. Está abierta.

—Sven ha vuelto.

El policía está en el umbral y alza la mano, saludando con torpeza. Britt-Marie retrocede, profundamente avergonzada sin saber
por qué, y cierra de nuevo la puerta del baño. Una vez que se ha
arreglado el pelo como es debido, respira hondo y vuelve a salir.

—¿Sí? —le dice al policía.

El policía sonríe y le muestra un documento. Se le cae en el preciso momento en que se lo va a dar a Britt-Marie.

—Vaya, vaya, perdón, perdón, sólo quería darle esto. En fin,
había pensado, o bueno, hemos pensado...

Señala con un gesto la pizzería. Britt-Marie supone que quiere
decir que ha hablado con Alguien. El agente vuelve a sonreír. Cruza
las manos sobre su barriga. Cambia de idea y cruza los brazos casi
por debajo de la barbilla.

—Hemos pensado que necesitará un sitio donde vivir... claro,
claro... y tengo entendido que no quiere alojarse en el hotel de
la ciudad... ¡Y no es que no pueda vivir donde quiera! ¡Claro!
Pero hemos pensado, en fin, que quizá ésta pueda ser una opción.
¿Quizá?

Britt-Marie mira el documento. Es un anuncio de una habitación
en alquiler, escrito a mano y con faltas de ortografía. Después del
texto, hay dibujado un monigote con sombrero que parece estar
bailando. La relación entre el hombre y el anuncio está muy poco
clara.

—¡Yo la ayudé a hacer el anuncio! —dice el policía con entusiasmo—. Hice un curso en el centro. Es una señora encantadora,
la que alquila la habitación quiero decir, acaba de volver a Borg. O,

bueno, es sólo temporal, claro, porque ha venido a vender la casa. Pero está aquí en Borg, nada lejos. Está cerca a pie, pero puedo llevarla en carro, si quiere.

Las cejas de Britt-Marie se juntan un poco. En el aparcamiento hay un carro patrulla.

—¿En eso? —pregunta.

El policía asiente entusiasta.

—Sí. Me han dicho que tiene el carro en el taller. Pero yo puedo llevarla, ¡no es molestia!

Britt-Marie menea despacio la cabeza.

—Ya me figuro que no es molestia… para usted. Sin embargo, ¿me está diciendo que pretende llevarme por el pueblo en un carro patrulla para que todo el mundo piense que soy una delincuente?

El policía parece avergonzado.

—No. No. No. Claro, lógico que no esté de acuerdo.

—No, no lo estoy. De ninguna manera —dice Britt-Marie.

Él asiente avergonzado. Ella asiente convencida.

—¿Algo más? —pregunta Britt-Marie.

El policía niega desanimado con la cabeza y se da la vuelta para irse. Britt-Marie cierra la puerta.

Los niños se quedan en el centro cívico hasta que Britt-Marie termina de secar su ropa en la secadora.

La ropa que no se puede secar a máquina se queda tendida para que los niños puedan recogerla al día siguiente. Casi todos se van a casa vestidos con las camisetas de fútbol. En cierto modo, en este momento Britt-Marie se convierte en entrenadora de un equipo de fútbol. Sólo que ella todavía no lo sabe.

Ninguno de los niños le da las gracias por haber lavado la ropa. La puerta se cierra tras ellos y el centro cívico queda sumido en la clase de silencio que sólo los niños y los balones de fútbol pueden llenar. Britt-Marie retira de la mesa los platos y las latas de refresco. Omar y Vega han dejado sus platos en el fregadero. No

los han fregado, no los han metido en el lavaplatos, ni siquiera los
han enjuagado. Simplemente los han metido en el fregadero. Kent
también solía hacer eso, como si esperase que le dieran las gracias
por ello. Como si quisiera que Britt-Marie supiera, cuando el plato
terminara fregado y seco en el armario, que él había contribuido a
ese trabajo.

Llaman a la puerta del centro cívico. No es una hora civilizada de
llamar, así que Britt-Marie da por sentado que es uno de los niños
que se habrá olvidado algo. Abre con un:

—¿Ja?

Luego, ve que es el policía, que está otra vez en la puerta. Sonríe
algo avergonzado. Britt-Marie cambia enseguida a un:

—¡Ja!

El significado de ambos «ja» no podría ser más distinto. Al
menos, tal como los pronuncia Britt-Marie. El policía traga saliva
y parece estar armándose de valor. Al final, saca torpemente una
persiana de bambú y casi golpea con ella a Britt-Marie en la frente.

—Perdón, sí, bueno, yo sólo quería… ¡es una persiana de bambú!
—dice, casi dejándola caer en el barro.

—Ja… —dice Britt-Marie, algo más expectante.

Él asiente con entusiasmo.

—¡La he hecho yo mismo! Hice un curso en el centro: «Diseño
de interiores del Asia Oriental».

Vuelve a asentir. Como si esperara que Britt-Marie dijera algo.
Pero ella no dice nada. Y él sostiene la persiana frente a su cara.

—Podría llevarla tapando la ventanilla del carro. Así, nadie vería
que es usted la que va dentro.

Señala animado el carro patrulla. Luego, la persiana de bambú.

Empieza a llover otra vez. Como siempre hace la lluvia en Borg.
Lo cual, naturalmente, debe de ser de lo más agradable para la
lluvia, que no tendrá nada mejor que hacer.

—Y puede cubrirse con ella el pelo cuando vayamos al carro,

como si fuera un paraguas, ¡así no se le estropeará el peinado!
—El policía traga saliva y manosea nervioso el bambú.

—Ja.

—Claro que no tiene por qué, claro, claro. Sólo que he pensado que en algún sitio tenía que vivir mientras esté en Borg. Y he pensado que, por así decirlo, en fin, bueno, ya me entiende. Que no es digno de una dama vivir en un centro cívico, por así decirlo.

Tras estas palabras, se quedan un largo rato en silencio. Britt-Marie pone una mano sobre la otra, las cambia de orden y, finalmente, exhala largamente con una paciencia infinita. No es en absoluto un suspiro. Entonces, dice:

—Debo recoger mis pertenencias.

Él asiente con entusiasmo. Ella cierra la puerta y lo deja allí, bajo la lluvia.

Y así sigue lo que antes ha empezado.

12

Britt-Marie abre la puerta. Él le da la persiana de bambú y ella le entrega los maceteros del balcón.

—Me han dicho que en el asiento trasero de su carro tiene una caja de IKEA bastante grande. ¿Quiere que la llevemos en el mío? —pregunta, solícito.

—¡De ninguna manera! —responde Britt-Marie tan sólo sensiblemente menos espantada que si le hubiera propuesto prenderle fuego a la caja.

Él asiente enseguida, como disculpándose.

—Claro que no, claro que no.

Britt-Marie ve salir de la pizzería a los hombres de barba y gorra. Saludan con la cabeza al policía y él les devuelve el saludo. No parecen ver a Britt-Marie. El policía aprieta el paso en dirección al carro con los maceteros bajo el brazo, luego vuelve a toda prisa y va caminando junto a Britt-Marie. No la lleva del brazo, pero mantiene la mano unos centímetros por debajo de su brazo, sin llegar a tocarla. Para poder agarrarla si resbala.

Ella lleva la persiana de bambú como un paraguas sobre la cabeza (porque resulta que las persianas de bambú son fantásticos paraguas, sobre todo si lo que buscamos es un paraguas que no funcione a la perfección). Y sigue sosteniendo la persiana de bambú en la misma posición durante todo el trayecto en carro para que el policía no vea que el peinado se le ha estropeado.

—Me gustaría parar cerca de un cajero para poder pagar la

habitación —dice Britt-Marie—. Si no es molestia. Lógicamente, no quiero ser una molestia —añade algo molesta.

—¡No es molestia! —dice el policía, libre de cualquier inclinación molesta. Tampoco comenta el hecho de que el cajero más cercano implica dar un rodeo de casi veinte kilómetros.

Va hablando todo el trayecto, igual que Kent hacía siempre que iban en carro. Y, pese a todo, es distinto, puesto que Kent siempre contaba historias. El policía hace preguntas. Y eso irrita a Britt-Marie. Resulta irritante que alguien se interese por una cuando una no está acostumbrada a ello.

—Bueno, ¿qué le ha parecido el partido? —pregunta.

—Lo he pasado en el baño —dice Britt-Marie.

Se siente tremendamente violentada cuando se escucha a sí misma decir aquellas palabras. Puesto que, si un oyente sacara conclusiones demasiado deprisa, sonaría como si hubiera tenido graves problemas intestinales. El policía no responde de inmediato, así que Britt-Marie concluye que el hombre ha sacado precisamente esa conclusión y no aprecia eso en absoluto. Así que añade con vehemencia:

—Y no es que tenga problemas intestinales, sino que era importante que me quedara en el baño, porque, si no, el partido hubiese ido mal.

Él se echa a reír. Ella no sabe si se está riendo de ella. Él deja de reír cuando advierte que a ella no parece gustarle.

—¿Cómo has acabado en Borg?

—Se me ofreció un empleo aquí.

Va con los pies enterrados en cajas de pizza vacías y bolsas de papel de una hamburguesería. En el asiento trasero hay un caballete y un montón de pinceles y cuadros.

—¿Le gusta la pintura? —pregunta el policía animado al ver que Britt-Marie los está mirando.

—No —responde Britt-Marie.

El policía tamborilea avergonzado sobre el volante.

—Claro, claro, no me refiero a mis cuadros, claro. Uno no es más que un simple aficionado. Quiero decir en general. Cuadros de verdad. Cuadros bonitos.

Hay algo dentro de Britt-Marie que querría decir: «Sus cuadros también son bonitos», pero otro algo mucho más sensato responde:

—En casa no tenemos cuadros. A Kent no le gusta el arte.

El policía asiente en silencio. Llegan a la ciudad, que, en realidad, es más bien un pueblo grande. Como Borg, sólo que más grande. Camino de sufrir su mismo destino, sólo que no tan pronto. Britt-Marie saca dinero de un cajero junto a un solárium, algo que ella no encuentra nada higiénico, puesto que ha leído que esos lugares provocan cáncer y que el cáncer no le parece precisamente higiénico.

Le lleva su tiempo sacar dinero porque pone tanto cuidado en ocultar el código que no ve qué botones está pulsando. Tampoco ayuda el seguir sujetando la persiana de bambú sobre su cabeza.

Pero el policía no le pide que se apure. Britt-Marie se sorprende al descubrir que eso le gusta. Kent siempre le decía que se apurara por muy rápido que ella hiciera las cosas. Vuelve al carro, se sienta y empieza a pensar que quizá debería decir algo sociable. Así que respira hondo, señala las cajas vacías y las bolsas que hay en el suelo, y dice:

—Entiendo que en el centro no ofrecen cursos de cocina.

Al policía se le ilumina la cara.

—De hecho, sí. ¡Hice uno de sushi! ¿Ha preparado sushi alguna vez?

—De ninguna manera. A mi marido no le gusta la comida extranjera —responde la parte sensata de Britt-Marie.

El policía asiente, comprensivo.

—Claro, claro. En fin, tampoco es que haya que cocinar demasiado para preparar sushi. Es más bien… mucho cortar. Y, para ser sincero, tampoco lo he preparado tantas veces. Después del curso, quiero decir. No tiene ninguna gracia cocinar para uno mismo, no sé si me explico.

El policía sonríe cohibido. Ella no sonríe nada.

—No —dice Britt-Marie.

Entran en Borg. Al final, el policía parece armarse de valor para cambiar de tema:

—Es muy amable de su parte el implicarse con los chicos de ese modo. Hoy en día no es fácil vivir en Borg a esas edades. Los jóvenes necesitan, ya sabe, alguien que sepa que existen.

—Yo no me he implicado con nadie. ¡Esos chicos no son responsabilidad mía! Faltaría más —protesta Britt-Marie.

El policía se disculpa meneando la cabeza con tal fuerza que le tiemblan las mejillas.

—No me refiero a eso, claro, claro, me refiero sólo a que ellos la aprecian. Los chicos. No los he visto apreciar a nadie desde que murió su último entrenador.

—¿Qué quiere usted decir con «último»?

—Pues, bueno, supongo que quiero decir que creo que están muy contentos de que se haya mudado aquí —dice el policía y, por «están» parece querer decir «estamos». Después, pregunta—: ¿A qué se dedicaba antes de mudarse aquí?

Britt-Marie no responde, sino que mira enojada por la ventanilla las casas que van dejando atrás. Frente a muchas de ellas hay letreros de SE VENDE clavados en el césped, así que constata en un tono seco:

—No parece que haya mucha gente en Borg que quiera vivir en Borg.

Las comisuras de los labios del policía hacen lo que suelen hacer las comisuras cuando tratan de controlar la tristeza: suben un poco. Aunque los hombros hundidos parecen pedirles que no lo hagan.

—La crisis económica golpeó con mucha fuerza este lugar cuando la empresa de transportes despidió a todos los conductores. Quienes tienen el letrero frente a la puerta son los que aún confían en vender. Los demás se han rendido. Los jóvenes huyen a las ciudades. Al final, aquí sólo hemos quedado los viejos, porque somos los únicos que aún tenemos trabajo.

—La crisis económica ya ha pasado. Me lo dijo mi marido, que es emprendedor —informa Britt-Marie, escondiendo tanto su cabello como la marca blanca en su anular bajo la persiana de bambú.

El policía asiente enseguida, como censurándose.

—Bueno, yo de eso no sé nada, claro. Claro que no. Seguro que su marido tiene razón.

Él desvía la mirada, incómodo, mientras ella la fija en el pueblo tras la ventanilla del carro en el cual incluso sus habitantes preferirían no habitar.

—Entiendo que a usted también le gusta el fútbol —dice ella al fin.

Al policía se le dilatan las pupilas y su voz pronuncia las siguientes palabras como si estuviera declamando un poema:

—Una vez oí decir que «nos gusta el fútbol porque es instintivo. Si un balón llega rodando por la calle, le damos una patada. Y es que nos encanta por la misma razón por la que nos enamoramos: porque no sabemos cómo evitarlo».

El policía sonríe algo cohibido.

—¿Y quién dijo tal cosa? —pregunta Britt-Marie.

—El último entrenador de los chicos lo dijo una vez. Es bonito, ¿verdad? —dice el policía.

—Absurdo —dice Britt-Marie, pese a que habría querido decir «poético».

El hombre agarra el volante con más fuerza.

—Claro, claro, lo que quiero decir es que… a todo el mundo le gusta el fútbol, ¿no? ¿Podría decirse…? —dice al final.

Ella no contesta.

Se detienen frente a un pequeño edificio cúbico gris de dos

plantas. En un jardín, al otro lado de la carretera, hay dos mujeres tan viejas que parecen haber vivido aquí desde antes de que
esto fuera un pueblo. Caminan con andadores y miran suspicaces
el carro patrulla. Sven las saluda, ellas no le devuelven el saludo.
Ha dejado de llover, pero Britt-Marie sigue cubriéndose el pelo
con la persiana de bambú. Sven llama a la puerta del edificio gris.
La mujer ciega, tan cúbica como el edificio —aunque Britt-Marie
nunca osaría llamarla «gorda», por supuesto, pero lleva un chocolate en la mano— les abre la puerta.

—Hola, Bank —dice amablemente el policía.

—Hola, Sven. ¿Así que te la has traído? —responde Bank con
tono indiferente, blandiendo el bastón en dirección a Britt-Marie.

—¡Sí! Te presento a Britt-Marie —dice el policía, señalando a
Britt-Marie con un gesto alegre, como si la mujer pudiera verlo.

—La habitación cuesta doscientas cincuenta coronas a la semana, al contado. Puedes tenerla alquilada hasta que venda la casa
—dice Bank, gruñona, y se vuelve dando zancadas al interior de la
casa sin invitarlos a pasar.

Britt-Marie la sigue, caminando discretamente de puntillas porque el suelo está tan sucio que no quiere pisarlo ni con los zapatos.
El perro blanco está tumbado en el recibidor, rodeado de un montón
de cajas de mudanza que han llenado de cualquier manera formando
un tremendo caos. Britt-Marie da por hecho que están así por negli-
gencia, no porque Bank sea ciega. Britt-Marie no saca conclusiones
precipitadas, así que está segura de que los ciegos también pueden
ser negligentes.

Por toda la casa se ven fotos colgadas de una niña con una camiseta de fútbol amarilla. En algunas, está al lado del hombre que
también aparece en las fotografías que adornan las paredes de todo
el centro cívico. En estas fotos es más joven. Cuando lo encontraron
en el suelo de la cocina de esta casa, debía de tener la edad de Britt-

Marie, piensa ella. No sabe si eso significa que es vieja. No ha tenido mucha gente con la que compararse los últimos años.

Sven está en el umbral de la entrada con los maceteros del balcón y el bolso de Britt-Marie entre los brazos. Él también tiene su edad y le parece algo viejo.

—Echamos mucho de menos a tu padre, Bank. Todo Borg lo echa de menos —dice melancólico.

Bank no responde. Britt-Marie no sabe qué hacer, así que le arranca a Sven los maceteros. Él se quita la gorra de policía, pero se queda en el umbral, como hacen esos hombres que piensan que no es correcto entrar en casa de una señora a menos que la señora los invite a pasar. Britt-Marie no lo invita, pese a que la tortura verlo ahí en el umbral con el uniforme. Ve que las mujeres viejísimas de la acera de enfrente siguen en el jardín sin apartar la vista de ellos. ¿Qué van a pensar los vecinos?

—¿Falta algo? —dice Britt-Marie, aunque en realidad quiere decir «gracias».

—No, no, claro que no, claro que no —dice Sven, y se vuelve a poner la gorra.

—Pues gracias —dice Britt-Marie de un modo que suena más a «adiós» que a «gracias».

Él asiente sin saber qué decir y da media vuelta. Cuando está a medio camino del carro, Britt-Marie respira hondo, carraspea ligeramente y levanta la voz solo un poquito:

—Por traerme. Quería darle… En fin, quiero decir: quería darle las gracias por traerme.

Él se da la vuelta y se le ilumina la cara entera. Ella cierra la puerta tan rápido como puede, para que él no vaya a pensar nada raro.

Bank sube las escaleras. Se diría que utiliza el bastón más como apoyo para caminar que para orientarse espacialmente. Britt-Marie la sigue a trompicones con los maceteros y el bolso entre los brazos.

—Aseo. Lavabo. Tendrás que comer fuera porque no quiero que huela a comida en la casa. Procura no estar aquí durante el día porque es cuando viene el agente inmobiliario con posibles compradores —le suelta Bank, que ya va camino de la escalera.

Britt-Marie se vuelve hacia ella y dice en tono diplomático:

—Ja. Quería pedirle disculpas por mi comportamiento de esta tarde. No había reparado en que es usted ciega.

Bank responde con un gruñido y trata de bajar la escalera, pero Britt-Marie no ha terminado aún.

—Pero quisiera señalar que no puede usted esperar que todo el mundo se dé cuenta de que es usted ciega cuando sólo la han visto por detrás —dice considerada.

Bank gruñe con impaciencia. Britt-Marie va tras ella hacia la escalera y levanta la voz:

—¡Yo no tengo prejuicios! Si me hubiesen informado de que es usted ciega, naturalmente habría...

—Carajo, mujer, ¡que no soy ciega! —ruge Bank.

—¿Eh? —responde Britt-Marie sorprendida.

—Tengo visión reducida. Pero veo bien de cerca.

—Ya, ¿cómo de cerca? —pregunta Britt-Marie.

—Hasta donde está el perro. Y el perro ve lo demás —dice Bank, señalando al animal, que está a un metro escaleras abajo.

—Pues entonces es usted prácticamente ciega —constata Britt-Marie.

—Eso he dicho. Buenas noches —dice Bank.

—Ja. Pero no es del todo ciega, ¿no? Usted ha dicho que no era ciega, así qu... —señala Britt-Marie.

Bank suelta un lamento.

—Buenas noches.

—No soy en absoluto de esas personas que se obcecan con la semántica, de ninguna manera, pero estoy segura de haberla escuchado decir que es usted «ciega».

Bank pone cara de estar a punto de romper la pared de un cabezazo.

—Si digo que soy ciega, a la gente le da vergüenza hacer preguntas y me dejan en paz. Si digo que tengo visión reducida, enseguida empiezan a incordiarme con la diferencia entre eso y estar ciego. ¡Y buenas noches! —concluye, y sigue escaleras abajo.

—¡Yo no incordio! —insiste Britt-Marie sin dejar de seguirla.

—Ya lo veo —dice Bank con un suspiro.

—¿Y puedo preguntarle por qué lleva bastón y perro y gafas de sol negras si no es ciega? —pregunta Britt-Marie, ante lo cual Bank pone cara de querer tumbarse en el suelo en posición fetal y taparse los oídos.

—Mis ojos son sensibles a la luz. Y ya tenía el perro antes de que empezaran a dejar de funcionar. Es un perro normal y corriente. ¡Buenas noches!

El perro no parece tomarse el comentario del todo bien y se para enojado en mitad de la escalera.

—Y el bastón, ¿qué? —pregunta Britt-Marie.

Bank se masajea las sienes.

—No es un bastón de ciego, es un bastón de paseo. Tengo la rodilla mal. Además, es muy práctico cuando la gente no se quita de en medio.

—Ja —dice Britt-Marie.

Bank aparta al perro con el bastón.

—Pago al contado. No hay crédito. Y no quiero verte por aquí durante el día. ¡Buenas noches!

—¿Puedo preguntar cuándo espera vender la casa? —pregunta Britt-Marie.

—Tan pronto como encuentre a alguien tan tonto como para querer vivir en Borg —responde Bank.

Britt-Marie se queda de pie al final de la escalera. Se le antoja desierta y aterradoramente infinita en cuanto Bank y el perro desaparecen de su vista.

—Tengo la impresión de que a su padre le gustaba muchísimo Borg. ¡Así que algo habrá en este pueblo que pueda gustar! —grita mirando escaleras abajo.

Bank no responde.

—¡Y yo no incordio! —siente la necesidad de repetir.

Bank murmura algo que suena como una maldición. La puerta de entrada se cierra de un golpe y la casa entera se ahoga en el silencio.

Britt-Marie mira a su alrededor. Se da cuenta de que ni el padre de Bank ni la propia Bank han sido muy dados a la limpieza. Presupone que se debe a que los dos son unos bárbaros, porque ella no tiene ningún prejuicio. Ni contra los muertos ni contra los ciegos. Ni contra las pérdidas de visión. O lo que sea. Ve por la ventana cómo Bank y el perro desaparecen calle abajo. Está lloviendo otra vez. El carro patrulla ya no está. Un camión solitario circula por la calle. Luego más silencio. Britt-Marie siente frío por dentro.

Retira las sábanas de la cama, cubre el colchón con bicarbonato. Saca la lista del bolso. No hay nada anotado. No hay puntos que marcar. La oscuridad entra por la ventana y lo envuelve todo y envuelve también a Britt-Marie. No enciende la luz. Busca en la maleta una toalla y llora sobre ella sin sentarse. No quiere tocar el colchón hasta que no esté limpio de verdad.

* * *

Es más de medianoche cuando advierte que hay una puerta. Está al lado de una de las ventanas, y conduce a la nada. A Britt-Marie le cuesta tanto creer lo que ve que, antes de atreverse a tocar siquiera el picaporte, tiene que sacar una botella de Faxin y limpiar todas las ventanas y el cristal de la puerta tan a fondo como puede hacerlo en la oscuridad. Está atascado. Tira de él con todas sus fuerzas. Empuja el marco con todo su peso, que, ciertamente, no es mucho. Por un instante, al parpadear, ve el mundo a través del cristal y piensa en Kent, en todo lo que él siempre le decía que no era capaz de hacer, y algo en ese recuerdo hace que, al final, se concentre en un esfuerzo desaforado, hasta salir volando hacia atrás por la habitación cuando el picaporte se rinde y la puerta se abre de par en par, dejando entrar la lluvia que empieza a mojar el suelo.

Britt-Marie se sienta apoyada en la cama, respira con dificultad y se queda mirando al exterior.

Es un balcón.

13

Un balcón puede cambiarlo todo.

Son las seis de la mañana y Britt-Marie está entusiasmada. Para ella es una experiencia nueva. El estado de ánimo de Alguien podría describirse más bien como resacoso y algo irritado. Britt-Marie la ha despertado, puesto que a las seis de la mañana estaba llamando a la puerta de la pizzería para preguntarle entusiasmada si tenía un taladro.

Alguien abrió, resacosa y algo irritada, e informó a Britt-Marie de que tanto la pizzería como las demás actividades comerciales estaban cerradas a esa hora de la mañana. Britt-Marie cuestionó entonces con la mayor amabilidad el hecho de que Alguien se encontrara allí, puesto que creía que no era muy higiénico vivir en una pizzería. Alguien le explicó tan bien como pudo, con los ojos cerrados y con una mancha en la camiseta que, o bien era comida que no había llegado a entrar en la boca de Alguien, o bien era comida que por una u otra razón había vuelto a salir, que estaba «demasiado borracha» después del partido de fútbol de ayer para irse a casa. Britt-Marie asintió con aprobación y dijo que le parecía que había sido una sabia decisión, pues uno no debe conducir cuando está ebrio. Dijo aquello sin mirar la silla de ruedas, lógicamente, porque Britt-Marie no tiene prejuicios.

Alguien masculló algo y trató de cerrar la puerta. Pero Britt-Marie, como ya hemos dicho, estaba entusiasmada y era imposible detenerla. El súbito ataque de entusiasmo guarda relación con el balcón, pero sobre todo con el hecho de que ahora Britt-Marie tenía dónde colocar sus maceteros. Eso lo cambia todo. Britt-Marie se sentía ahora preparada para enfrentarse al mundo. O, al menos, a Borg.

Sin embargo, Alguien no parecía responder muy bien a tanto entusiasmo a las seis de la mañana, de modo que Britt-Marie le preguntó si no tendría por casualidad una taladradora. Sí la tenía. Y fue a buscarla. Britt-Marie la sujetó con las dos manos, apretó el botón sin querer y, como resultado, le taladró un poco la mano a Alguien. Entonces, Alguien le quitó la taladradora y le exigió a Britt-Marie que le explicara qué pensaba hacer con ella. Britt-Marie le informó entusiasmada de que tenía intención de colgar un cuadro.

De modo que ahora Alguien se encuentra en el centro cívico, resacosa, algo irritada y con una taladradora en la mano. Britt-Marie está en el centro de la sala y observa el cuadro con entusiasmo. Lo encontró en el almacén del centro cívico aquella misma mañana, puesto que, como ya sabemos, Bank le había ordenado que no estuviera en casa durante el día y, de todos modos, a Britt-Marie le costaba dormir con la avalancha de sentimientos que había despertado en ella el balcón. El cuadro estaba apoyado contra una pared tras una montaña indescriptible de trastos, cubierto por una capa de polvo tan gruesa que parecían cenizas volcánicas. Britt-Marie lo llevó al centro cívico y lo limpió con un paño húmedo y bicarbonato. Ahora está precioso.

—Comprenderá que yo nunca he colgado ningún cuadro —explica Britt-Marie con tono considerado, al ver que Alguien parece irritada.

Alguien termina de taladrar y cuelgan el cuadro en la pared. No se trata de una pintura, sino de un plano informativo muy antiguo, con un mapa de Borg en blanco y negro. «Bienvenidos a Borg», se lee en la parte superior. Para ser alguien que detesta viajar, Britt-Marie siempre ha sentido una gran predilección por los planos y mapas. Desde que Ingrid le hablaba de París por las noches cuando eran niñas, ha pensado que inspiran seguridad. Uno puede mirar un mapa y señalar París. Y, cuando uno puede señalar las cosas, también puede comprenderlas. Britt-Marie mira a Alguien muy seria.

—Kent y yo no tenemos cuadros en casa, sabe. A Kent no le gusta el arte.

Alguien enarca las cejas y mira el plano cuando oye a Britt-Marie decir «arte». Britt-Marie asiente con su mejor intención.

—¿Sería posible colgarlo un poco más alto?

—¿Más alto? —pregunta Alguien con un suspiro.

—Es que está extremadamente bajo —constata Britt-Marie, naturalmente sin ningún atisbo de crítica.

Alguien mira a Britt-Marie. Acto seguido, mira su silla de ruedas. Britt-Marie también mira la silla de ruedas. Sin ningún tipo de prejuicio, lógicamente. Mira a Alguien. Pone una mano sobre la otra.

—Donde está colgado ahora también queda muy bonito, por supuesto. Por supuesto.

Alguien masculla algo que es mejor que nadie oiga, se dirige a la puerta y cruza el aparcamiento hasta la pizzería. Britt-Marie la sigue porque necesita Snickers y bicarbonato.

Allí dentro huele a tabaco y a cerveza. Hay platos sucios por todas las mesas. El entusiasmo de Britt-Marie se aplaca ligeramente.

—No quisiera inmiscuirme, pero esto parece una pocilga —dice muy considerada, y añade—: Pero no quiero inmiscuirme, por supuesto.

—No quieres inmiscuirte, bien, pues no lo hagas —responde Alguien mientras rebusca detrás de la barra y gruñe—: pastillas para dolor de cabeza, ¿dónde meterá Vega esa mierda? Todo el mundo esconde mierda aquí, mierda allí, aquí no se encuentra una mierda.

Se mete en la cocina.

Britt-Marie alarga el brazo, dubitativa, para levantar dos platos sucios, cuando, como si lo hubiera presentido, Alguien se asoma y vocifera:

—¡No tocas los platos!

Britt-Marie se queda allí con una mano sobre la otra tratando de controlarse. Su autocontrol dura, más o menos, quince segundos. Luego empieza a llevar los platos a la cocina. Alguien se traga unas pastillas con el líquido de una botella por cuyo contenido Britt-Marie no se atreve a preguntar.

—Te he dicho que no tocas los platos —se lamenta Alguien, echando un aliento que podría corroer la pintura de las paredes.

Britt-Marie deja los platos en el fregadero con un ruidito mínimo. Nada escandaloso.

—Esto no es muy higiénico, como comprenderá. Parece que aquí vivan animales.

—En algún sitio tienen que vivir los animales —masculla Alguien.

Britt-Marie friega los platos. Alguien le dice que pare. Britt-Marie abre el cajón de los cubiertos y empieza a clasificarlos en el orden correcto. Alguien se acerca rodando con la silla y cierra el cajón. Britt-Marie deja escapar un suspiro cargado de paciencia.

—Sólo quiero ordenar esto un poco.

—¡Deja de cambiarlo todo! Luego no encuentro una mierda —exclama Alguien al ver que Britt-Marie empieza a reorganizar el armario de los vasos, no porque así lo haya decidido, sino porque no puede evitar hacerlo.

—Se me antoja incomprensible que encuentre usted algo aquí —informa Britt-Marie.

—¡Lo estás colocando donde no es! —protesta Alguien.

—Ja, Ja. Se ve que todo lo que hago está mal, sea lo que sea. Claro, ésa es la cuestión —dice Britt-Marie ofendida.

Alguien murmura algo incomprensible, levanta los brazos al

techo, como si el techo tuviera la culpa, y sale rodando de la cocina. Britt-Marie se queda allí y trata de controlarse para no abrir
de nuevo el cajón. Lo consigue durante unos quince segundos.
Cuando sale de la cocina, ve a Alguien sentada enfrente de la
tienda de comestibles devorando cereales a puñados directamente
del paquete.

—Podría usar un plato —le sugiere Britt-Marie, yendo a buscar uno.

Muy contrariada, Alguien come puñados de cereales directamente del plato.

—Yogur no querrás, claro —sugiere considerada Britt-Marie.

—Es que soy... ¿cómo se dice? Intolerante a la lactosa —suspira
Alguien.

—Ja —dice Britt-Marie, muy tolerante, y coloca bien unas latas
en el estante.

—Por favor, Britt-Marie, no cambies nada —susurra Alguien
como hace alguien a quien le duele mucho la cabeza.

—Es que están mal colocadas —explica Britt-Marie.

—¡Sí, ahora! —protesta Alguien.

—Quiere decir que, además, no sé ordenar, ¿es así? —pregunta
Britt-Marie, dirigiéndose a la caja y empezando a colocar cartones
de cigarrillos en pilas, coordinando los colores.

—¡¡Para ya!! —le suelta Alguien, tratando de arrebatarle a Britt-
Marie el cartón de las manos.

—¡Si sólo trato de que esto esté más agradable! —aclara Britt-
Marie.

—¡No juntos! —se lamenta Alguien, señalando unos cigarrillos
que tienen una leyenda extranjera en el paquete y otros que no están
en extranjero—. ¡Por Hacienda! —dice Alguien muy seria, señalando los paquetes que no tienen palabras extranjeras, luego señala
los que sí las tienen—: ¡Piedras voladoras!

Britt-Marie pone cara de necesitar sujetarse a algo para no perder el equilibrio.

—¿Quiere decir que es mercancía de contrabando?

—Para nada, pero tú sabes, Britt-Marie. Estos, tú sabes, se cayeron del camión —se excusa Alguien.

—¡Eso es *ilegal*! —dice Britt-Marie.

Alguien respira profundamente por la nariz y se aleja de nuevo hacia la cocina en la silla de ruedas. Abre el cajón de los cubiertos y se pone a maldecir bien alto, luego se escucha una larga retahíla de la que Britt-Marie sólo entiende: «... viene aquí a pedir prestado taladro para colgar cuadro, una quiere dormir pero, no ... eres una delincuente y Mary Poppins viene a abrir el centro cívico y a cambiarlo todo de sitio...». Britt-Marie supone que Alguien se refería a ella con lo de «Mary Poppins». Y, tal como lo ha dicho, no parece que sea algo positivo. Britt-Marie sigue de pie en la frontera entre la tienda de comestibles y la pizzería y cambia de sitio las latas y los paquetes de cigarrillos. Claro que, en realidad, lo único que quería era comprar bicarbonato y Snickers y marcharse de allí, pero no le parece del todo responsable comprarle bicarbonato a alguien que aún está claramente ebrio, así que resuelve esperar hasta que a Alguien se le pase la borrachera.

Alguien parece haber acampado en la cocina, así que, entre tanto, Britt-Marie hace lo que suele hacer en situaciones como esta: empieza a limpiar. Cuando termina, todo tiene un aspecto francamente agradable. Por desgracia no hay flores, pero en el mostrador hay un florero con una cinta adhesiva blanca en la que se lee PROPINAS. Está vacío. Britt-Marie lo friega y lo coloca otra vez junto a la caja. Luego, saca todas las monedas que tiene en el bolso y las pone dentro. Las revuelve un poco, como si fueran tierra para macetas. Es más agradable que un florero vacío.

—A lo mejor no desarrollaría tantas intolerancias si cuidara un poco más la higiene de este sitio —le explica a Alguien con toda consideración, cuando ésta vuelve de la cocina.

Alguien se masajea las sienes, gira la silla y vuelve a irse a la cocina. Britt-Marie revuelve un poco más las monedas que hay en el florero de las propinas.

Se oye el tintineo de la puerta de entrada y los dos hombres de barba y gorra entran en el establecimiento. Se ve que ellos también tienen resaca.

—Debo pedirles que se limpien las suelas de los zapatos antes de entrar —anuncia Britt-Marie enseguida.

—¿Eh? —dicen los hombres.

—Como verán, acabo de fregar el piso —explica Britt-Marie. Y los hombres hacen lo que les ha dicho, seguramente más por la sorpresa que por complacerla.

—Ja. ¿En qué puedo servirles? —pregunta Britt-Marie cuando vuelven a entrar.

—¿Ca... café? —logran decir los hombres, mirando alrededor como si hubieran accedido a una dimensión paralela donde existiera una pizzería exactamente igual que aquella en la que suelen tomar café, sólo que limpia.

Britt-Marie asiente y se dirige a la cocina. Alguien está durmiendo con una lata de cerveza en la mano y la cabeza apoyada en el cajón de los cubiertos. Britt-Marie no encuentra ningún paño de cocina, así que echa mano de dos rollos de papel, levanta con cuidado la cabeza de Alguien y pone los rollos dentro del cajón a modo de almohada. Luego, coloca sobre ellos la cabeza de Alguien. Prepara café en una cafetera común y corriente, sin aporrearla en absoluto, y sirve a los dos hombres de gorra y barba. Se queda junto a su mesa unos instantes, porque se le ocurre que alguno de los dos quizá tenga intención de decir que está rico. Pero no es así.

—O sea que el café no estaba a su entera satisfacción —constata, sin rastro de enojo.

Los hombres se la quedan mirando como si se hubiera dirigido a ellos hablando sin utilizar las vocales. Britt-Marie retira de la mesa unas migas invisibles, y otras no invisibles, y mira los periódicos.

—Ja. ¿Tienen intención de resolver los crucigramas? —pregunta.

Los hombres miran asombrados los periódicos. Britt-Marie asiente considerada.

—Si no, yo podría hacerlo por ustedes.

Los hombres ponen más o menos la misma cara que si les hubiera preguntado si tienen intención de seguir utilizando sus riñones en lo sucesivo, o si ella podría llevárselos. Britt-Marie sujeta la cafetera con ambas manos y aclara:

—Es para que no se pierdan.

—Pero ¿tú quién carajo eres? —pregunta uno de los hombres.

—Britt-Marie —dice Britt-Marie.

—¿Eres de la ciudad? —pregunta el otro.

—Sí —dice Britt-Marie.

Los hombres asienten, como si eso lo explicara todo.

—Pues entonces cómprate tu propio maldito periódico —dice uno. El otro muestra su conformidad con un gruñido.

—¡Ja! —dice Britt-Marie, y resuelve no ofrecerles la segunda taza incluida en el precio.

Rebusca en el bolso, halla otra moneda y la suelta desde una buena altura en el jarrón de las propinas, para que se oiga. Aunque no ostentosamente. Britt-Marie no es una persona ostentosa.

Alguien sigue durmiendo en la cocina; posiblemente sea por culpa de que Britt-Marie la ha puesto demasiado cómoda, así que Britt-Marie se siente en la obligación de ocuparse de los clientes hasta que llegue Vega. Tampoco es que haya muchos clientes. De hecho, ninguno. El único que entra es el chico pelirrojo que llaman Pirata, a pesar de que eso no sea ningún nombre. Le pregunta discretamente a Britt-Marie si tendrá tiempo de arreglarle el pelo.

Ella le informa que está terriblemente ocupada. Él asiente agitado y se instala a esperar en un rincón. Parece que es algo que se le da bien.

—¡Ja! Si te vas a quedar ahí sin hacer nada, más vale que vengas a ayudar —dice Britt-Marie.

El chico asiente con tal énfasis que es un milagro que no se muerda la lengua. Ella le dice que sirva la segunda taza gratuita a los hombres de gorra y barba. El chico derrama la mitad del café por el camino.

Entonces, aparece Vega. Se detiene en el umbral y mira como si se hubiera equivocado de sitio.

—¿Qué... ha pasado aquí? —pregunta sin aliento, como si en la pizzería hubiera entrado de noche un grupo de militantes obsesionados por el orden que hubieran limpiado aquello como mensaje político.

—¿Qué pretendes decir con eso? —pregunta Britt-Marie, algo ofendida.

—Todo está tan... limpio... —responde Vega, casi sin resuello. Luego, se dirige a la cocina. Britt-Marie le indica con un gesto que no haga ruido.

—Está durmiendo.

Vega se encoge de hombros.

—Tiene resaca. Como siempre después del fútbol.

Karl, que parece ir a la pizzería siempre y a todas horas a recoger algún paquete, entra por la puerta.

—¿Podemos servirle en algo? —pregunta Britt-Marie, muy servicial y nada acusadora.

—Vengo a recoger un paquete —dice Karl, nada servicial.

Las patillas le llegan hasta el mentón, observa Britt-Marie. Parecen campanillas de invierno vueltas del revés. Son unas de las flores favoritas de Britt-Marie.

—Hoy todavía no ha llegado ningún paquete —dice Vega.

—Entonces, esperaré —responde Karl y, acto seguido, se dirige a los hombres con gorra.

—Claro, pero no piensa pedir nada, claro. Piensa sentarse ahí sin más —constata Britt-Marie de lo más absolutamente encantadora.

Karl se detiene. Los hombres que hay en la mesa lo miran como queriendo avisarle de que no crean que deba negociar con los terroristas.

—Café —le bufa Karl al fin.

Pirata ya va camino de la mesa con la cafetera.

La siguiente persona que entra es Sven. La sonrisa le ilumina toda la pequeña y redonda cara en cuanto ve a Britt-Marie.

—¡Hola, Britt-Marie! —dice.

—Límpiese los pies —dice Britt-Marie.

Él asiente afanoso. Sale y vuelve a entrar.

—Qué alegría verla por aquí —dice.

—Ja. ¿Trabaja hoy? —pregunta Britt-Marie.

—Sí, sí, claro, claro —asiente Sven.

—Es difícil saberlo. Da la impresión de que lleva el uniforme siempre; libre o no —dice Britt-Marie, sin ánimo de criticar.

Sven no parece comprenderla del todo y desplaza la mirada hacia un cartón de cigarrillos claramente extranjero que se ha quedado junto a la caja tras la discusión de Alguien y Britt-Marie sobre el contrabando.

—Qué letras más interesantes… —dice, pensativo.

Britt-Marie y Vega se miran, el pánico de la niña es contagioso.

—¡Ese cartón es mío! —exclama Britt-Marie echando mano del cartón.

—¡Ah! —dice Sven, sorprendido.

—¡Fumar no es ningún delito! —dice Britt-Marie, pese a que ella piensa que debería serlo.

Luego, se vuelve y se concentra mucho, muchísimo, en ordenar una estantería de la tienda de comestibles.

—¿Ha ido todo bien con la habitación en casa de Bank? —pregunta Sven a su espalda, pero, para alivio de Britt-Marie, lo interrumpe un grito de Vega:

—Noooo, cualquier menos él...

Britt-Marie mira por la ventana. Un BMW se ha detenido en el aparcamiento. Britt-Marie lo sabe porque Kent tiene un BMW, así que también sabe exactamente lo que cuestan esos carros, puesto que Kent suele decírselo a los desconocidos en la cola de la gasolinera. La puerta tintinea alegremente y un hombre de la edad de Alguien y un niño de la edad de Vega entran en el local. No queda muy claro a cuál de los dos no quiere ver Vega. El hombre lleva una chaqueta muy cara, Britt-Marie lo sabe porque Kent tiene una igual. El niño lleva una sudadera con el nombre del pueblo que está a veinte kilómetros de allí, seguido de la palabra «Hockey». Mira a Vega con interés. Ella lo mira con desprecio. El hombre sonríe a los hombres que hay en el rincón; ellos lo miran como con la esperanza de que empiece a arder si lo miran lo suficiente. Él aparta la mirada y decide sonreírle a Vega.

—Tienen el mismo trabajo frenético de siempre, ¿no?

—¿Por qué preguntas? ¿Has venido a darle la patada a alguien? —responde Vega, irritada, antes de fingir que acaba de caer en algo, darse con la palma de la mano en la frente con un gesto teatral y decir—: ¡No! ¡Claro! ¡No puedes, porque no trabajas aquí! ¡Y donde trabajas no queda nadie por despedir porque ya los has despedido a todos!

Al hombre se le ensombrece la mirada. El niño tiene cara de sentirse increíblemente incómodo. El hombre planta de golpe dos latas de refresco en el mostrador.

—Veinticuatro coronas —dice Vega sin inmutarse.

—También queremos unas pizzas —dice el hombre, como tratando de tomar nuevamente el control de la situación.

—La pizzería está cerrada —dice Vega.

—¿Cómo que cerrada? —protesta el hombre.

—El horno está temporalmente fuera de servicio —informa Vega.

El hombre resopla con un gesto de desprecio y planta en el mostrador un billete de quinientas coronas.

—Una pizzería que no tiene pizzas... desde luego, tienen un negocio estupendo.

—Algo parecido a una empresa de camiones que tiene jefe, pero ningún conductor —responde Vega con acritud.

El hombre cierra el puño sobre el mostrador, pero ve de reojo que Karl se está levantando pese a que los otros hombres tratan de tirar de él hacia la silla.

—Aquí faltan seis coronas —dice lacónico al ver el cambio que Vega le ha soltado delante.

—No nos quedan monedas —responde Vega entre dientes.

Sven ya se ha puesto a su lado. Parece algo inseguro.

—Quizá lo mejor sería que te fueras ya, Fredrik —le dice.

La mirada del hombre va pasando de Vega al policía. Se detiene en el jarrón de las propinas.

En la cara del hombre se dibuja una sonrisa despectiva. Luego, mete la mano en el jarrón y saca seis coronas.

—Tranquilo. ¡Ya está!

Sonríe con superioridad primero a Sven, luego al niño de la sudadera de *hockey*. El niño baja la mirada al suelo y se dirige a la puerta. Sven se queda inmóvil, anonadado. Las miradas del hombre de la chaqueta cara y de Britt-Marie se cruzan.

—¿Quién eres tú? —pregunta el hombre.

—Trabajo en el centro cívico —dice Britt-Marie, mirando rabiosa las huellas del jarrón que acababa de fregar.

—Pensaba que la autoridad municipal lo había cerrado —dice el hombre.

—Todavía no —responde Britt-Marie.

—En mi opinión, eso es malgastar el dinero de los contribuyentes. Más valdría invertirlo en reformatorios. ¡Al final es ahí donde van a parar los jóvenes! —responde el hombre mirando a Vega con una sonrisita maliciosa.

Britt-Marie lo mira considerada.

—Mi marido tiene una chaqueta como esa —dice.

—Tu marido tiene buen gusto —sonríe el hombre.

—Pero la suya es de su talla, claro —dice Britt-Marie.

Se hace un silencio por un largo, largo rato. Luego, primero Vega y luego Sven, estallan en una carcajada estridente. Britt-Marie no sabe por qué. El niño sale corriendo, el hombre lo sigue muy digno y da tal portazo que las luces de neón del techo parpadean un poco. El BMW sale derrapando del aparcamiento. Britt-Marie no sabe adónde mirar. Sven y Vega siguen riéndose a mandíbula batiente, con lo cual Britt-Marie se siente incómoda, pues da por hecho que se ríen de ella. Así que se apresura también en dirección a la puerta.

—Ahora tengo tiempo de peinarte —le susurra a Pirata, saliendo a toda prisa hacia el aparcamiento.

La puerta se cierra con el alegre tintineo de la campanilla. Es lo único que sabe hacer una campanilla.

14

Todos los matrimonios tienen sus cosas malas, puesto que todas las personas tienen debilidades. Toda persona que conviva con otra aprende a afrontar estas debilidades de distintas formas. Por ejemplo, se las puede ver como se ve un mueble muy pesado y, sencillamente, aprender a limpiar alrededor. A mantener la ilusión. Claro que uno sabe que bajo la superficie se acumula la suciedad, pero aprende a olvidarla mientras los invitados no la vean. Hasta que un día alguien mueve el mueble sin pedir permiso y todo queda a la vista. Suciedad y arañazos. Marcas permanentes en el parqué. Y, entonces, es demasiado tarde.

Britt-Marie está en el baño del centro cívico, viendo reflejados en el espejo sus peores aspectos. Tiene miedo. Está bastante segura de que es su peor defecto. Lo que de verdad quiere es irse a casa. Plancharle a Kent las camisas y sentarse en su balcón. Lo que de verdad querría es que todo siguiera como siempre.

—¿Quiere que me vaya? —pregunta algo inquieto Pirata desde el umbral de la puerta.

—No pienso tolerar que te rías de mí —responde Britt-Marie con toda la severidad que logra reunir.

—¿Por qué iba a reírme de usted? —pregunta Pirata.

Ella se muerde las mejillas por dentro y no responde. Algo vacilante, el niño le tiende el cartón de cigarrillos que tiene letras en un alfabeto extranjero.

—Sven dice que se lo ha dejado.

Britt-Marie lo sujeta horrorizada. Mercancía de contrabando. Una mercancía de contrabando que, o bien ha robado, o bien ha comprado a crédito, según cómo se mire. Y esto es muy irritante porque ahora Britt-Marie ni siquiera sabe qué tipo de delincuente es. Pero no hay duda de que es una delincuente. Aunque Kent seguramente habría estado de acuerdo con Alguien en que no es delito ocultarle cigarrillos a la autoridad fiscal y a la policía. «Vamos, querida, ¡cómo va a ser un fraude si no te atrapan!», decía él siempre que ella iba a firmar la declaración de la renta y le preguntaba qué eran los demás documentos que el asesor había guardado en el sobre. «No te preocupes, ¡son deducciones totalmente legales! ¡Vamos, firma ya!», insistía Kent. A él le encantaban las deducciones en la declaración, pero despreciaba las subvenciones y los subsidios. Britt-Marie jamás se atrevió a decirle que no entendía la diferencia moral porque temía que se riera de ella y a ella le dolía que se riera de ella.

Pirata le toca el hombro delicadamente.

—No se reían de usted. Quiero decir, antes, en la pizzería. Se reían de Fredrik. Era el jefe de la empresa de transportes cuando despidieron a todos los conductores, así que no les gusta mucho. O sea, que no se reían de usted.

Britt-Marie sonríe y trata de poner cara de no haberse preocupado por eso en absoluto. Pirata parece animarse al ver su reacción, así que continúa:

—Fredrik entrena al equipo de *hockey* de la ciudad, ¡son superbuenos! Su hijo, ese chico alto que estaba con él en la pizzería, tiene la misma edad que yo, ¡y ya casi tiene barba! ¿Se imagina? ¡Una locura! Es buenísimo al fútbol también, pero Fredrik quiere que juegue al *hockey* porque a él el *hockey* le parece mejor.

—¿Y por qué, si puede saberse? —pregunta Britt-Marie, puesto que lo poco que sabe de *hockey* la ha llevado a concluir que es una de las pocas cosas de este mundo más absurdas que el fútbol.

—Yo creo que es porque es caro. A Fredrik le gustan las cosas que no todo el mundo puede pagar —dice Pirata.

—¿Y por qué les gusta tantísimo el fútbol a ustedes? —pregunta Britt-Marie.

Pirata parece no comprender la pregunta.

—¿Cómo que por qué? Pues nos gusta el fútbol porque nos gusta, ¿no?

Absurdo, piensa Britt-Marie, pero se muerde la lengua y señala la bolsa que trae el chico en la mano.

—¿Qué es eso?

—¡Ah, las tijeras, el peine y varios productos y cosas! —dice el chico, felicísimo.

Britt-Marie no pregunta qué significa «productos», pero ciertamente es una cantidad horrorosa de botes. Trae un taburete de la cocina, pone unas toallas en el suelo y le indica a Pirata que se siente. Luego, le lava el pelo y se lo corta cuidadosamente allí donde está desigual. Ella siempre le cortaba las puntas a Ingrid.

De golpe, las palabras inundan sus pensamientos y es incapaz de explicar por qué extraña razón se le ocurre decirlas en voz alta:

—A veces me siento insegura y no sé si la gente se está riendo de mí o de otra cosa, ¿sabes? Mi marido dice que es porque carezco de sentido del humor.

Su sentido común la calla en el acto. Se muerde los labios avergonzada. El niño la mira consternado en el espejo.

—¡Decirle eso a alguien es horrible!

Britt-Marie no responde. Pero está de acuerdo. Decirle eso a alguien es horrible.

—¿Lo quiere? A su marido, digo —pregunta el niño tan de repente que Britt-Marie casi le hace un corte en la oreja.

Le limpia el hombro con el reverso de la mano. Hunde la mirada en el cuero cabelludo del chico.

—Sí.

—¿Y por qué no está aquí con usted? —pregunta Pirata.

—Porque a veces el amor no es suficiente —dice Britt-Marie.

Luego se quedan un rato en silencio, hasta que Britt-Marie termina de cortar y de aplacar con suavidad la melena indómita que el chico tiene por pelo hasta convertirlo en un peinado tan prolijo como permiten las circunstancias biológicas. Él se queda quieto, admirando su propia imagen en el espejo. Britt-Marie ordena y mira hacia el aparcamiento. Hay dos jóvenes, que a Britt-Marie le parece que no tendrán ni veinte años, fumando apoyados en un carro negro muy grande. Llevan el mismo tipo de *jeans*, rasgados por los muslos, que los niños del equipo de fútbol. Sólo que éstos no son niños. Parecen el tipo de jóvenes ante los que Britt-Marie agarraría bien el bolso al pasar. Y no es que ella juzgue a las personas, en absoluto, pero todo tiene un límite. Resulta que uno de esos hombres lleva las manos tatuadas.

—Son Sami y Psico —dice Pirata a sus espaldas.

Parece asustado.

—Eso no son nombres —le informa Britt-Marie.

—Sami es un nombre, creo. Pero a Psico lo llaman así porque es un psicópata —dice Pirata como si no se atreviera a pronunciar sus nombres muy fuerte.

—Y, por supuesto, no tendrán ningún trabajo al que acudir —dice Britt-Marie, mirando el reloj de un modo algo ostensible.

Pirata se encoge de hombros.

—En Borg nadie tiene trabajo. Menos los viejos.

Britt-Marie se pone una mano sobre la otra. Luego las intercambia. Trata de no sentirse ofendida.

—El de la derecha lleva las manos tatuadas —observa.

—Ése es Psico. Está loco. Sami es buena gente, pero Psico es... bueno, ya sabe, peligroso. Es mejor no discutir con él. Mi madre dice que no puedo ir a casa de Vega y Omar cuando está Psico.

—Pero, ¡por favor! ¿Por qué iba a estar ese hombre en casa de Vega y Omar? —pregunta Britt-Marie.

—Porque Sami es el hermano mayor de Vega y Omar —dice Pirata.

Se abre la puerta de la pizzería. Vega sale con dos pizzas y se las da a Sami. Él la besa en la mejilla. Psico le sonríe y ella lo mira como si acabara de vomitarle en el bolso nuevo. Cierra la puerta de golpe. El carro negro se aleja del aparcamiento.

—Cuando Sven está en la pizzería, no comen allí. Vega les ha dicho que no pueden —explica Pirata.

—Ja. Es perfectamente comprensible. Por supuesto, Vega sabe que le tienen miedo a la policía —constata Britt-Marie muy comprensiva.

—No. Vega sabe que la policía les tiene miedo a ellos —la corrige Pirata.

En ese sentido, los pueblos son como las personas. Si no hacemos muchas preguntas y no movemos los muebles que pesan mucho, no tenemos por qué ver su lado malo.

Britt-Marie se sacude la falda. Después, sacude la manga del jersey de Pirata. Quiere cambiar de tema, y el chico le echa una mano.

—¿Le ha preguntado ya Vega?

—¿Qué? —pregunta Britt-Marie.

—Si quiere ser nuestra míster.

—¡Por supuesto que no! —exclama Britt-Marie.

Luego pone una mano sobre la otra con gesto ofendido y pregunta:

—¿Qué significa eso?

—Es como un entrenador. Necesitamos uno. Se juega una copa en la ciudad y sólo puedes participar si tienes un equipo con míster.

—¿Una copa? Como... ¿una competición? —pregunta Britt-Marie.

—Como una copa —responde Pirata.

—¿Con este tiempo? ¿Al aire libre? ¡Es absurdo!

—No, es una copa en campo cubierto. En un estadio de la ciudad —dice Pirata antes de preguntar, sin comprender muy bien—: Pero... a ver, ¿qué quiere decir? ¿Qué tiene que ver el fútbol con el tiempo que hace?

Como si no tuviera nada que ver.

Britt-Marie está a punto de hablar de la clase de persona que le daría patadas a un balón en interiores, pero, en ese momento, llaman a la puerta. Al otro lado, hay un chico de la edad de Pirata. Y, además, con el pelo largo.

—¿Ja? —dice Britt-Marie.

—¿Está Ben aquí, tipo, contigo? —pregunta el chico.

Está poco claro cuál puede ser la función de «tipo» en esta oración. Tan por claro como si, por ejemplo, hubiera preguntado «¿Está Ben aquí, casi contigo?».

—¿Quién? —pregunta Britt-Marie.

—Pues... ¿Ben...? O bueno, tipo, como lo llaman en su equipo. ¿Pirata?

—Ja. Ja. Ja. Aquí está, sí, pero está ocupado —dice Britt-Marie decidida, haciendo amago de ir a cerrar la puerta.

—Ya, pero tipo, ¿con qué? —pregunta el chico.

—Tiene una cita. O una salida. O como se diga.

—¡Ya lo sé! Es conmigo —gruñe frustrado el chico.

Britt-Marie, que no tiene prejuicios, pone una mano sobre la otra y dice:

—Ja.

El chico masca chicle. A ella le disgusta. Eso es algo que uno puede hacer, detestar el chicle, aunque no tenga prejuicios.

—Es... tipo superpatético decir «salida» —dice el chico.

—Fue Pira... Ben quien lo dijo. En mi época, decíamos «tener una cita» —dice Britt-Marie para defenderse.

—También superpatético —dice el chico con un resoplido.

—Y, entonces, ¿qué dicen? —pregunta Britt-Marie, sólo un poco crítica.

—Nada. Sólo, tipo, «andar» —dice el chico.

—Te ruego que esperes aquí —dice Britt-Marie, cerrando de un portazo.

Pirata está en el cuarto de baño retocándose el pelo. Casi da un salto cuando la ve en el espejo.

—¿Era él? ¿No es estupendo?

—Es extremadamente maleducado —dice Britt-Marie, pero es obvio que Pirata no oye nada, porque sus saltos en el baño hacen bastante eco.

Britt-Marie corta un trozo de papel higiénico, retira con él un pelo del jersey de Pirata, lo envuelve cuidadosamente en el papel y lo tira al retrete.

—Tenía la impresión de que salías con chicas.

—Sí, a veces también salgo con chicas —responde Pirata.

—Pero éste es un chico —constata Britt-Marie.

—Éste es un chico —confirma Pirata, como si estuvieran envueltos en una especie de juego de mesa de cuyas reglas no estuviera informado.

—Ja —dice Britt-Marie.

—¿Es que hay que elegir? —pregunta, extrañado, Pirata.

—Yo de eso no sé nada. Yo no tengo prejuicios —certifica Britt-Marie.

Pirata se retoca el pelo, sonríe y pregunta:

—¿Tú crees que le gustará el peinado?

Britt-Marie no da del todo la impresión de haber oído la pregunta, sino que dice:

—Tus amigos del equipo de fútbol no sabrán que sales con chicos, claro, así que no les pienso contar nada, por supuesto.

Pirata parece sorprendido.

—¿Por qué no iban a saberlo?

—¿Se lo has dicho? —pregunta Britt-Marie.

—¿Por qué no se lo iba a decir? —pregunta Pirata.

—¿Y qué te dijeron? —pregunta Britt-Marie.

—Dijeron «está bien» —dice Pirata. Luego la mira, dudoso—. ¿Deberían haber dicho otra cosa?

—Ja. Ja. Por supuesto que no, por supuesto que no —dice Britt-Marie, para nada a la defensiva, y añade—: ¡yo no tengo prejuicios!

—Ya lo sé —dice Pirata. Luego sonríe, nervioso—. ¿Tengo el pelo bien?

Britt-Marie no se decide a responder, así que asiente sin más. Retira un último pelo del jersey, lo sostiene en la mano sin saber qué hacer con él. El chico la abraza. Ella no se explica por qué rayos haría semejante cosa.

—Usted no debería estar sola, es un desperdicio que una persona que tiene el pelo tan bonito como usted esté sola —le susurra.

Ya está casi en la puerta cuando Britt-Marie, aún con el cabello en la mano, se serena un poco, carraspea y le responde también en un susurro:

—Si no te dice lo bonito que tienes el pelo, ¡no te merece!

Pirata se da media vuelta, se le acerca corriendo y la abraza otra vez. Ella lo aparta amablemente, pero resuelta, porque algún límite hay que poner. Él le pregunta si le puede prestar su teléfono móvil. Ella lo mira dudosa y le advierte que no puede hacer ninguna llamada cara. El niño se llama a sí mismo, deja que suene una vez, y cuelga. Luego, trata de abrazarla otra vez, se ríe y echa a correr. La puerta se cierra.

Quince minutos más tarde, Britt-Marie recibe un mensaje de texto: «¡Me lo ha dicho! :)».

El silencio del centro cívico envuelve a Britt-Marie. Pasa la aspiradora por el suelo cubierto de pelos para hacer algo de ruido. Lava las toallas y las mete en la secadora. Limpia el polvo de todos los cuadros, poniendo especial cuidado en el cuadro informativo y el mapa que Alguien ha colgado un metro por debajo de todos los demás. Luego, retira el envoltorio de un Snickers, lo coloca en un plato, pone el plato sobre una toalla y lo deja todo en la entrada. Abre la puerta. Se queda un buen rato sentada en el taburete, tratando de sentir el viento en el pelo. Finalmente, saca el teléfono.

—¿Hola? —dice la chica de la oficina de empleo.

Britt-Marie respira hondo.

—Fue muy descortés por mi parte decirle que lleva un peinado de hombre.

—¿Britt-Marie? —pregunta la joven.

Britt-Marie se concentra y traga saliva.

—Lógicamente, yo no tengo por qué meterme en qué peinado lleva. Si sale con mujeres o con hombres. De ninguna manera.

La joven respira, dudosa, al otro lado de la línea.

—Si no dijo nada de... de eso.

—Ja. Ja. Ja. Bueno, quizá no sea del todo imposible que sólo lo pensara. Pero, en todo caso, fui descortés —dice Britt-Marie, irritada.

—Pero... Pero... en fin, ¿qué quiere decir? ¿Qué le pasa a mi peinado? —pregunta la joven.

—Absolutamente nada. Es lo que estoy diciendo —insiste Britt-Marie.

—Yo no soy... En fin, yo soy... A mí no me gustan... —se defiende la joven, un poco más fuerte de lo necesario.

—Yo en eso no me meto —responde Britt-Marie con énfasis.

—O sea, no lo digo porque... En fin, ya sabe, no es que haya nada de malo en serlo. O no serlo —insiste la joven.

—¡Yo no he dicho que lo sea! —dice Britt-Marie.

—¡Ni yo tampoco! —protesta la joven.

—Estupendo —dice Britt-Marie.

—¡Estupendo! —dice la joven.

Se hace entre ellas un silencio tan largo que al final la joven dice
«¿Hola?», porque cree que Britt-Marie ha colgado. Y, entonces,
Britt-Marie cuelga.

* * *

La rata llega a cenar con una hora y seis minutos de retraso. Entra
a toda velocidad y se lleva el trozo de Snickers más grande que es
capaz de transportar, se detiene un segundo y mira a Britt-Marie;
luego, vuelve a salir corriendo y desaparece en la oscuridad. Britt-
Marie envuelve el resto del dulce en un trozo de papel *film* trans-
parente y lo guarda en el refrigerador. Friega el plato. Lava la
toalla, lo seca en la secadora y lo cuelga en su sitio. Por la ventana,
ve salir a Sven de la pizzería. Se detiene al llegar al carro patrulla
y mira hacia el centro cívico. Britt-Marie se esconde detrás de la
cortina. Sven entra en el carro y se aleja. Por un instante, Britt-
Marie teme que vaya a llamar a su puerta. Un instante después, se
siente decepcionada al ver que no ha llamado.

Apaga todas las luces salvo la del baño. El resplandor de esa
bombilla solitaria se cuela por debajo de la puerta e ilumina precisamente el lugar en el que Alguien ha colgado el cuadro con la
tabla informativa, sensiblemente demasiado abajo, pero no de forma
evidente. Bienvenidos a Borg, lee Britt-Marie. Se sienta en un
taburete en la oscuridad y observa el punto rojo del cuadro que la
enamoró a primera vista. La razón misma de que Britt-Marie adore
los mapas. El punto está desgastado y el color rojo algo desvaído.
Pero ahí está, plantado en el plano, a medio camino entre la esquina
inferior izquierda y el centro del cuadro. A su lado, se lee: Usted
está aquí.

A veces, es más fácil vivir sin saber quién eres si, al menos, sabes
dónde estás mientras sigues sin saber.

15

Las personas que viven en ciudades se refieren a la noche como algo que cae, pero en lugares como Borg, más bien colapsa. Devora las calles en un instante. En las ciudades, hay tanta gente que no quiere estar en casa por las noches que pueden existir locales e industrias enteras dedicadas al ocio, que sólo abren de noche. Sin embargo, en Borg la vida se encierra dentro cuando la oscuridad reina fuera.

Britt-Marie cierra con llave la puerta del centro cívico y se queda sola en el aparcamiento. Lleva papel higiénico pulcramente doblado en los bolsillos porque no ha encontrado ningún sobre. Las letras luminosas de la pizzería están apagadas, pero ve dentro la sombra de Alguien con su silla. Algo le dice a Britt-Marie que entre y le diga algo, que compre algo, quizá; pero otro algo más sensato le ordena que no lo haga. Está oscuro. No es civilizado ir a la tienda cuando es de noche.

Se escucha la radio en el interior. Alguna clase de música pop. Britt-Marie no es en absoluto desconocedora de la música pop porque es un tema sobre el que hacen muchas preguntas en los crucigramas. Gracias a eso, se ha mantenido al día. Pero esta canción no la ha oído nunca. Un joven canta con la voz quebrada: «En la ciudad donde he vivido, o eres alguien o no eres nadie». Britt-Marie aún lleva en la mano el cartón de paquetes de cigarrillos con su alfabeto extranjero. No sabe lo que cuestan los cigarrillos extranjeros, pero saca del bolso una cantidad de dinero considerablemente mayor de lo que le parece razonable y lo envuelve en el papel higiénico hasta que parece un sobrecito con una capacidad de absorción excepcional. Luego, lo introduce con cuidado por debajo de la puerta.

El hombre de la radio sigue cantando. Como si nada. Acerca de nada. «El amor no perdona a nadie», canta. Una y otra vez. El amor no perdona a nadie. Kent le llena el pecho a Britt-Marie hasta que ya no puede respirar.

Luego, echa a andar sola por un camino que se aleja de un pueblo en dos direcciones. Mientras la oscuridad colapsa. Camino de una cama y un balcón que no son suyos.

El camión viene por la derecha, detrás de ella. Demasiado cerca. Demasiado rápido. Por eso, ella se lanza al otro lado de la carretera. El cerebro humano tiene una capacidad extraordinaria para recrear recuerdos tan claros que el resto del cuerpo pierde el punto de apoyo en el tiempo. Un camión que viene por la derecha puede bastar para que los oídos crean que han oído gritar a una madre, para que las manos crean que se han cortado con un cristal, para que los labios recreen el sabor a sangre. Para sus adentros, Britt-Marie alcanza a gritar el nombre de Ingrid mil veces.

El camión pasa atronador a su lado, tan cerca que, en mitad de una lluvia de duras gotas de barro que salpican la carretera, a su corazón le es imposible saber si la han atropellado o no. Britt-Marie da unos pasos vacilantes. Tiene el abrigo mojado y sucio. Le pitan los oídos. Tal vez, haya transcurrido un segundo; tal vez, cien. Parpadea ante los faros mientras su conciencia va comprendiendo gradualmente que no le pitan los oídos, sino que le está pitando un carro. Oye gritar a alguien. Levanta la mano para ver a través de la luz de los faros del BMW. Allí está ese tipo, Fredrik, gritando enfurecido frente a ella.

—¿Es que estás senil, vieja loca? ¡No puedes ir andando en medio de la carretera! ¡Por poco te mato!

Lo dice así, como si la muerte de Britt-Marie le hubiera afectado sobre todo a él. Ella no sabe qué responder. El corazón le late tan desaforado que siente una punzada. Fredrik gesticula en el aire.

—¿Me estás escuchando o es que eres retrasada?

Da dos pasos hacia ella. Y ella no sabe por qué. Después, pensará que su intención no era golpearla, pero ninguno de los dos tiene tiempo de comprobarlo, porque lo interrumpe otra voz. Diferente. Fría.

—¿Algún problema?

Fredrik se vuelve a mirar primero, de modo que Britt-Marie alcanza a ver cómo sus ojos registran el peligro antes de que ella misma logre ver por qué está asustado. Fredrik traga saliva.

—No... es que iba...

Sami se encuentra a unos metros con las manos en los bolsillos. Tiene a lo sumo veinte años, pero, a juzgar por el aura de su presencia en la oscuridad, podría parecer un «espectro de la violencia». Britt-Marie se pregunta si su definición en un crucigrama sería «Dios de la agresión». Vertical, veintiuna letras. La gente tiene tiempo de pensar en todo tipo de cosas cuando se enfrenta a lo que cree que puede ser una inminente muerte violenta y, al parecer, esto es lo primero que se le viene a la mente a Britt-Marie.

Fredrik balbucea algo inaudible. Sami no dice nada. Otro joven se mueve tras de él. Es más alto. No resulta difícil comprender por qué lo llaman Psico. Sus labios están entreabiertos y sus comisuras levantadas, pero, más que sonriendo, está mostrando los dientes. Britt-Marie ha oído hablar de esto en los documentales sobre naturaleza que Kent veía en la tele cuando no había fútbol. El ser humano es el único animal cuya sonrisa es un gesto conciliador; cuando los demás animales muestran los dientes, siempre es una amenaza. Y ella lo comprende ahora. Comprende dónde reside el animal en las personas.

La sonrisa de Psico se ensancha. Sami no se saca las manos de los bolsillos. Ni siquiera levanta la voz.

—Ni se te ocurra tocarla —dice, señalando con la cabeza a Britt-Marie sin apartar la vista de Fredrik.

Fredrik vuelve al BMW dando traspiés. Su confianza en sí mismo parece ir en aumento a medida que se va acercando al carro, como si le diera superpoderes. Aun así, espera a estar junto a la puerta antes de decir entre dientes:

—¡Un pueblo de retrasados! ¡Todo este pueblo de mierda es retrasado!

Psico da medio paso adelante. El BMW derrapa en el barro y la grava y sale disparado a través de la lluvia. Britt-Marie alcanza a ver al niño en el asiento del acompañante, ese niño que tiene la edad de Ben y de Omar y de Vega, pero que es más alto. Más adulto. Lleva la sudadera en la que dice «*Hockey*». Parece asustado.

Psico mira a Britt-Marie. Le enseña los dientes. Britt-Marie se da la vuelta y hace todo lo posible por caminar deprisa sin correr porque, en los documentales, siempre dicen que no hay que huir corriendo de los animales salvajes. Mientras se aleja, escucha decir a Sami a sus espaldas, sin rastro de rabia ni amenaza, casi con dulzura:

—¡Nos vemos, míster!

Se encuentra a casi doscientos metros de distancia cuando se atreve a pararse a recuperar el aliento. Cuando se vuelve a mirar, los dos jóvenes se han unido a un grupo de otros jóvenes en una explanada de asfalto que hay entre unas casas y unos árboles. El carro negro está detenido con el motor en marcha y las luces encendidas. Los hombres se mueven unos hacia otros al resplandor de los faros. Sami grita algo, da cuatro pasos a la carrera y su pierna derecha surca el aire. Un segundo después, levanta los puños y lanza al cielo un grito de alegría.

A Britt-Marie le lleva un minuto comprender qué están haciendo.

Están jugando al fútbol.

Jugando.

* * *

Por la noche, la temperatura se desploma a bajo cero. La lluvia se convierte en nieve. Britt-Marie está en el balcón y ve cómo sucede. Se descubre pasando una cantidad desproporcionada de tiempo en el sushi y en cómo prepararlo. Se pregunta si no le gusta el sushi porque no le gusta el sushi, o si es porque no le gusta a Kent. Sólo lo ha comido una vez, en una cena con unos socios potenciales de Kent, con los que no consiguió cerrar el negocio. A partir de entonces, empezó a odiar el sushi. Britt-Marie asumió la culpa sin saber muy bien por qué. Era lo más sencillo. Debería haber sido más competente, socialmente hablando. Tal vez eso lo habría cambiado todo.

Limpia el colchón. Cuelga el abrigo. Cuando oye que Bank y el perro llegan a casa y cierran la puerta en la planta baja, da tres vueltas por la habitación pisando tan fuerte como puede para que sepan que está allí.

Luego, duerme con el sueño del agotamiento. Sin soñar, pues no sabe de quién serían los sueños que soñaría.

Cuando se despierta, ya es de día. Casi se cae de la cama al darse cuenta. Despertarse después del amanecer, ¡en enero! Qué va a pensar la gente. Ya va adormilada cruzando el dormitorio en busca de la chaqueta y el abrigo cuando se da cuenta de qué ha sido lo que la ha despertado. Llaman a la puerta de entrada. Todo aquello es de lo más indignante: despertarse a una hora a la que no es poco civilizado llamar a la puerta.

Se atusa el pelo tan rápido como puede, baja a trompicones por las escaleras y casi se rompe la crisma por el camino. Cada pocos minutos muere gente cayéndose por las escaleras. Aterriza en el vestíbulo a duras penas sobre los dos pies y trata de serenarse. Tras cierta vacilación, corre a la cocina, que, naturalmente, está tan sucia como se pueda uno imaginar. Abre todos los cajones hasta que encuentra un delantal y se lo pone.

—¿Ja? —dice, enarcando las cejas, cuando abre la puerta.

Se ajusta el delantal como suele hacerse cuando se está ocupada fregando a una hora civilizada del día y se es interrumpida con un llamado a la puerta. Son Vega y Omar.

—¿Qué hace? —pregunta Vega.

—Estoy ocupada —responde Britt-Marie.

—¿Estaba durmiendo? —pregunta Omar.

—¡En absoluto! —protesta Britt-Marie, ajustándose el delantal y el peinado.

—La hemos oído bajar las escaleras —dice Vega, señalando el vestíbulo.

—Eso no es ningún delito —le informa Britt-Marie a la defensiva.

—Eh, oiga, cálmese, que sólo le hemos preguntado si estaba durmiendo… —ataja Vega.

—¡Ja! —dice Britt-Marie.

—¡Sí! —replica Vega.

Britt-Marie junta las manos.

—Es posible que me haya dormido. No ocurre a menudo.

—¿Tenía algo que hacer? —pregunta Omar.

Britt-Marie no tiene una buena respuesta a esa pregunta, así que se quedan unos instantes en silencio. Hasta que a Vega se le agota la paciencia, gruñe y va directa al grano.

—Nos preguntábamos si quiere cenar hoy con nosotros.

Omar asiente entusiasmado.

—¡Y también queríamos saber si quiere ser la míster de nuestro equipo!

Entonces, Omar grita «¡Ayy!», y Vega le suelta un «¡Idiota!» mientras trata de darle otra patada en la espinilla, aunque, esta vez, a Omar le da tiempo de apartarse.

—Queríamos invitarla a cenar porque queríamos preguntarle si quieres ser nuestra míster. O sea, como cuando los equipos de fútbol de verdad ofrecen un contrato —le dice Vega, enfurruñada, a Britt-Marie.

—No estoy particularmente inclinada hacia el fútbol —dice Britt-Marie con toda la educación que logra reunir. Que no es mucha.

—¡Si no tiene que hacer nada! ¡Sólo tiene que firmar un cabrón papel y venir a los cabrones entrenamientos! —dice Vega con acritud y, a juzgar por su lenguaje, como si hubiese sido Britt-Marie quien hubiese ido a aporrear su puerta y no al contrario.

Omar asiente.

—Hay un campeonato bien cabrón en la ciudad. Lo organiza el municipio y puede participar cualquier equipo si tiene míster.

—Sin duda, en Borg habrá otra persona a la que puedan implicar en este asunto —dice Britt-Marie, empezando a retroceder hacia el interior de la casa.

—Nadie tiene tiempo —dice Vega.

—Y hemos pensado que usted... ¡Pues que no tiene nada que hacer! —dice Omar, asintiendo alegremente.

Britt-Marie hace una pausa, de pronto muy ofendida. Se ajusta el delantal.

—Deben saber que tengo montones de cosas que hacer.

—¿Como qué? —pregunta Vega.

—¡Tengo una lista! —aclara Britt-Marie.

—Pero, a ver, si esto no le va a llevar nada de tiempo. ¡Sólo tiene que venir a los entrenamientos, por si alguien del campeonato pasara por allí! ¡Para que vean que tenemos el dichoso míster! —grita Vega.

—Entrenamos hoy a las seis, en el aparcamiento del centro cívico —dice Omar.

—Yo no sé nada de fútbol —les informa Britt-Marie.

—No pasa nada, Omar tampoco, pero igual lo dejamos que esté en el equipo —dice Vega.

—¿Qué mierda dices? —replica Omar.

Vega parece perder la paciencia y menea la cabeza mirando a Britt-Marie.

—¡Pues, a la mierda entonces! Pensamos que era una tipa decente. Esto es Borg, así que tampoco hay una mierda de donde elegir. Sólo estás tú.

Britt-Marie no sabe qué decir. Vega empieza a bajar del porche y hace un gesto airado a Omar para que la siga. Britt-Marie se queda allí en el umbral y se pone una mano sobre la otra y las cambia de orden, y abre la boca y la cierra varias veces, antes de decirles en voz alta:

—¡A las seis no puedo!

Vega se da media vuelta. Britt-Marie se mira el delantal.

—A las seis es cuando cena la gente civilizada. No pueden jugar al fútbol en mitad de su cena.

Vega se encoge de hombros, como si diera igual.

—Muy bien. Venga a casa, cene con nosotros a las seis y entrenamos después.

—¡Vamos a comer tacos! —dice Omar, asintiendo entusiasmado.

—¿Eso qué es? —pregunta Britt-Marie.

Los niños la miran atónitos.

—Tacos —dice Omar, como si el problema fuera simplemente que no lo hubiera oído.

—Yo no como comida extranjera —dice Britt-Marie, aunque lo que quiere decir en realidad es «Kent no come comida extranjera».

Vega vuelve a encogerse de hombros.

—Si no se come la masa, es más o menos una ensalada.

—Ja —dice Britt-Marie porque, en principio, no tiene nada en contra de la ensalada.

—Vivimos en los edificios, número dos, segunda planta —dice Omar, señalando calle abajo.

Por supuesto que Britt-Marie no se convierte en entrenadora de un equipo de fútbol en ese preciso momento. Ése es sólo el momento en el que alguien le dice que es entrenadora de un equipo de fútbol.

Cierra la puerta. Se quita el delantal. Lo guarda de nuevo en el cajón.

Limpia la cocina, puesto que no es capaz de no hacerlo. Luego, sube al primer piso en busca del celular. La chica de la oficina de empleo responde apenas suena.

—¿Usted sabe algo de fútbol? —pregunta Britt-Marie.

—¿Britt-Marie? —pregunta la joven, como si no debiera estar acostumbrada a estas alturas.

—Necesito saber cómo se entrena a un equipo de fútbol —le informa Britt-Marie.

—Está bien… —dice la joven.

—No me está ayudando en absoluto —aclara Britt-Marie.

—A ver… quiero decir… ¿qué quiere decir? —pregunta la joven.

—¿Se puede entrenar a un equipo de fútbol de cualquier manera? ¿No hace falta un permiso de alguna institución para hacer esas cosas?

—No… o bueno… ¿cómo? —dice la joven.

Britt-Marie exhala. No suspira.

—Querida, si uno quiere, por ejemplo, acristalar el balcón, necesita un permiso. Presupongo que lo mismo ocurre con los equipos de fútbol. Al fin y al cabo, no vivirán al margen de la ley sólo porque se pasen el día corriendo y dando patadas, ¿no?

—No… O sea, yo… o bueno, espere… supongo que los padres de los niños tendrán que firmar un certificado que autorice a sus hijos a jugar en el equipo —dice la joven, algo dubitativa.

Britt-Marie lo anota en la lista. Asiente muy seria como para sí y pregunta:

—Ja. ¿Y puedo preguntar qué es lo primero que se hace en un entrenamiento de fútbol?

—No lo sé —responde la joven.

—Creía que le gustaba el fútbol —responde Britt-Marie en tono acusador.

—O sea... sí, pero no sé qué es lo primero que se hace en un entrenamiento... A ver, supongo que se pasará lista, ¿no? —sugiere la joven.

—¿Qué se supone que significa eso? —pregunta Britt-Marie.

—Pues que hay una lista de asistencia para saber quién está presente —dice la joven.

—¿Una lista? —repite Britt-Marie.

—Sí... —dice la joven.

—Una lista de los que están presentes —dice Britt-Marie, como para sí.

—Sí... —repite la joven.

Britt-Marie ya ha colgado.

Puede que Britt-Marie no sepa nada de fútbol, pero bien sabe Dios que, de hacer listas, nadie sabe más que ella.

16

Dino abre la puerta y se ríe al ver a Britt-Marie. Ella supone que ha llamado a la puerta equivocada, pero luego se descubre que Dino siempre cena en casa de Vega y Omar. Y que se ríe sin más, pero no necesariamente de ella. Al parecer, a pesar de sus primeras impresiones, así se hacen las cosas en Borg: la gente cena constantemente en casa ajena y va por ahí riendo sin motivo. Omar llega corriendo al vestíbulo y señala a Britt-Marie.

—Quítese los zapatos. Si no, Sami se va a encabronar, porque acaba de fregar el suelo.

—¡No me encabrono! —lo corrige desde la cocina una voz que suena bastante encabronada.

—Siempre está de mal humor los días de limpieza —le explica Omar a Britt-Marie.

—Quizá no me encabronaría si tuviéramos un cabrón día de limpieza, pero el que tiene un día de limpieza es siempre el mismo pendejo. ¡Cada día! —ruge Sami desde la cocina.

Omar mira a Britt-Marie.

—¿Ve? Encabronado.

Vega aparece en el umbral. Encoge los hombros y hace como si tuviera una botella de alcohol en la mano, imitando a Alguien.

—Ya sabes, Britt-Marie, es que Sami tiene, ¿cómo se llama? Fruta cítrica metida en ano, ya sabes.

Dino y Omar se ríen tanto que empiezan a hiperventilar. Britt-Marie asiente educadamente varias veces en rápida sucesión, porque eso es lo más parecido que hace a reírse. Se quita los zapatos, entra en la cocina y le hace un gesto cauteloso a Sami, que le señala una silla.

—La comida está lista —dice, quitándose el delantal antes de aullar en dirección al vestíbulo:

—¡A tragar!

Britt-Marie mira el reloj. Son las seis en punto.

—¿Esperamos a sus padres? —pregunta, considerada.

—No están aquí —responde Sami, empezando a poner los posavasos en la mesa.

—Claro, llegarán a casa algo tarde después del trabajo —comenta Britt-Marie en tono amable.

—Mi madre conduce un camión. En el extranjero. No está mucho en casa —dice Sami secamente, mientras pone los cuencos y los vasos sobre los posavasos.

—¿Y su padre? —pregunta Britt-Marie.

—Se largó —dice Sami.

—¿Se largó? —repite Britt-Marie.

—Se largó. Cuando yo era niño. Omar y Vega eran muy pequeños. La situación lo superó, supongo. Así que, en esta casa, no hablamos de él. Mi madre se ocupó de nosotros. *¡La comida está lista, carajo, todos aquí ahora mismo antes de que les reviente la cabeza!*

Vega, Omar y Dino entran tranquilamente en la cocina y empiezan a devorar la comida como si la hubiesen hecho papilla y se la estuvieran comiendo por un tubo.

—Pero ¿quién se ocupa de ustedes cuando su madre está fuera? —pregunta Britt-Marie.

—Nos ocupamos nosotros —dice Sami, ofendido.

—Ja —dice Britt-Marie.

No sabe exactamente qué se espera que diga después de esto, así que saca el cartón de cigarrillos con el alfabeto extranjero.

—Por supuesto, tengo por costumbre llevar flores cuando me invitan a cenar, pero Borg no tiene florería. He advertido que te gusta fumar. He supuesto que, para alguien a quien le gusta fumar, los cigarrillos son como las flores —explica Britt-Marie para justificarse.

Sami acepta el cartón de cigarrillos. De pronto, parece conmovido. Britt-Marie se sienta en la silla libre y carraspea un poco.

—Ya veo que no te asusta el cáncer. Mejor para ti, supongo.

—Hay cosas que dan más miedo que el cáncer —dice Sami con una sonrisa.

—Ja —replica Britt-Marie, levantando del plato algo que, supone, es un taco.

Omar y Vega empiezan a hablar los dos a la vez. Por lo que entiende Britt-Marie, sobre todo de fútbol. Dino apenas habla, pero se ríe continuamente. Britt-Marie no sabe de qué. Ni él ni Omar parece que necesiten decir nada para echarse a reír; sólo tienen que mirarse y ya se están riendo. En eso, los niños son seres incomprensibles.

Sami señala a Omar con el tenedor.

—¿Cuántas veces te lo tengo que decir, Omar? ¡Que bajes los codos de la mesa, carajo!

Omar pone los ojos en blanco. Baja los codos.

—Pues no entiendo por qué no se pueden poner los codos en la mesa. Como si importara.

Britt-Marie lo mira fijamente.

—Sí importa, Omar, porque no somos animales —le dice.

Sami mira a Britt-Marie agradecido. Omar los mira a los dos sin comprender.

—Los animales no tienen codos —objeta Omar.

—¡Come y calla! —dice Sami.

Cuando Omar y Dino terminan, se levantan y se van a otra

habitación corriendo y riendo. Vega lleva el plato al fregadero y se comporta como si esperase un diploma que reconociera su esfuerzo. Luego, también sale corriendo de allí.

—¡Estaría bien dar las gracias! —dice Sami, molesto.

—¡Graciaaas! —gritan los niños desde algún lugar del apartamento.

Sami se levanta y mete los platos en el fregadero, haciendo ruido para que lo oigan. Luego, mira a Britt-Marie.

—Así que no le ha gustado la comida, ¿no?

—¿Disculpa? —dice Britt-Marie.

Sami menea la cabeza, dice algo y repite varias veces «carajo» para sus adentros. Entonces, agarra al cartón de cigarrillos y sale al balcón.

Britt-Marie se queda sola en la cocina. Se come lo que cree que son tacos. Sabe menos extraño de lo que se había imaginado. Se levanta, friega los platos, pone las sobras en el refrigerador, friega y seca los cubiertos y abre el cajón. Se inclina sobre él y respira hondo. Tenedores, cuchillos, cucharas. En el orden correcto.

Sami está fumando en el balcón cuando ella sale.

—La cena estaba riquísima, Sami. Muchas gracias —dice, con una mano sobre la otra.

Él asiente con la cabeza.

—A veces está bien que alguien diga que tu comida está buena sin que haya que preguntar, ¿me entiende?

—Sí —dice Britt-Marie, porque claro que lo entiende.

Luego, siente que corresponde decir algo educado.

—Tienen un cajón de los cubiertos muy bonito.

El chico la mira un buen rato y sonríe.

—Me cae bien, míster.

—Ja. Ja. Tú también … me caes bien. Sami.

Sami los lleva a todos al entrenamiento en el carro negro. Vega va discutiendo con él todo el camino, aunque, en Borg, «todo el camino» no es demasiado. Britt-Marie no comprende exactamente de qué trata la discusión, pero parece guardar cierta relación con Psico. Un asunto de dinero. Cuando terminan, Britt-Marie siente que es preciso hacer algo para cambiar de tema, puesto que el tal Psico la pone nerviosa, igual que las conversaciones largas sobre arañas venenosas, así que dice:

—¿Ustedes también tienen un equipo, Sami? Tú y los chicos con los que jugaban la otra tarde.

—No, no tenemos... equipo —dice Sami, con cara de pensar que es una pregunta extraña.

—Entonces, ¿por qué juegan al fútbol? —pregunta Britt-Marie, extrañada.

—¿Cómo que «por qué»? —pregunta Sami, igual de extrañado.

Ninguno de los dos tiene una respuesta satisfactoria que darle al otro.

* * *

El carro se detiene. Vega, Omar y Dino bajan de un salto. Britt-Marie revisa el contenido de su bolso para comprobar que no ha olvidado nada.

—¿Está lista, Britt-Marie? —pregunta Vega, como si ya estuviera harta.

Britt-Marie asiente muy concentrada y señala el bolso.

—Sí, sí, por supuesto que estoy lista. ¡Debes saber que he hecho una lista!

Sami aparca el carro y deja el motor encendido para que los faros iluminen el aparcamiento. Los niños colocan cuatro latas de refresco a modo de portería, puesto que las latas de refresco son mágicas y pueden transformar un aparcamiento en un campo de fútbol con su mera presencia.

Britt-Marie agarra su lista.

—¿Vega? —pregunta, alto y claro, mientras los niños corretean detrás del balón y dan patadas con más o menos éxito.

—¿Qué? —dice Vega, que se encuentra justo frente a ella.

—¿Es eso un «sí»? —pregunta Britt-Marie.

—Pero ¿qué dice? —pregunta Vega.

Britt-Marie da unos golpecitos sumamente pacientes con el lápiz sobre la lista.

—Estoy pasando lista, querida. Hay que leer los nombres y cada uno va respondiendo «sí». Así se hacen las cosas.

Vega la mira con los ojos entornados.

—¡Pero si estás viendo que estoy delante de ti!

Britt-Marie asiente, considerada.

—Querida, como comprenderás, si pudiéramos marcar a la gente de cualquiera manera, no habría motivo para pasar lista.

—¡Eso es! —dice Vega.

—Eso es —conviene Britt-Marie.

—¡Olvídate de tu jodida lista! ¡Vamos a jugar! —grita Vega, dándole una patada al balón.

—¿Vega?

—¡¿Sí?! Carajo...

Britt-Marie asiente muy seria y marca el nombre de Vega en la lista. Después de hacer lo mismo con los demás niños, le da a cada uno de ellos una nota manuscrita con una tarjeta y un mensaje muy formal, seguido de dos rayas muy rectas en la parte inferior donde puede leerse: «Firma de los padres». Britt-Marie está muy orgullosa de las notas. Las ha escrito a bolígrafo. Cualquiera que conozca a Britt-Marie comprenderá qué clase de prestación insólita constituye, en lo que a control de los impulsos se refiere, el que Britt-Marie escriba cualquier cosa a bolígrafo. No hay duda de que la gente cambia cuando viaja.

—¿Y tienen que firmar los dos padres? —pregunta Pirata, que

se ha arreglado el pelo tan bien que Britt-Marie sufre al ver que, un segundo después, le dan con el balón en la cabeza.

—¡Perdón! ¡Apuntaba a Vega! —grita Omar.

Y, entonces, Vega y Omar empiezan a pelear y los demás niños se tiran de cabeza al caos. Britt-Marie los rodea varias veces, tratando de averiguar cómo entregar la nota de Vega y Omar en esa marea de puños, pero, al final, se rinde, cruza el aparcamiento con paso resuelto y entrega la nota a Sami. El joven está sentado sobre el capó del carro negro, bebiéndose uno de los postes de la portería. Britt-Marie se sacude el polvo de todo el cuerpo. El fútbol no es en absoluto higiénico.

—¿Necesita ayuda? —pregunta Sami.

—No estoy familiarizada con lo que le corresponde hacer a un entrenador de fútbol cuando sus jugadores se pelean como perros salvajes —reconoce Britt-Marie.

—Los pone a correr... ya sabe, ¡Idiota! —responde Sami con una sonrisita.

—¡Yo no soy ninguna idiota! —protesta Britt-Marie, aunque se siente como una idiota.

Sami se ríe de ella, o con ella, no está segura.

—No, es un ejercicio. Se llama «Idiota». Mire, se lo muestro.

Se deja caer del capó y rodea el carro. Britt-Marie lo sigue. Se pone una mano sobre la otra y pregunta, en un tono nada acusador:

—¿Puedo importunarte con una pregunta? ¿Por qué no entrenas tú mismo a estos niños, si tanto sabes de fútbol?

Sami saca media docena de latas de refresco del maletero. Le da una a Britt-Marie.

—No tengo tiempo —responde Sami.

—A lo mejor tendrías más tiempo si no dedicaras todo tu tiempo a comprar refrescos —señala Britt-Marie.

Sami vuelve a reír.

—Vamos, míster, seguro que entiende que el municipio no va a permitir que alguien con mi historial delictivo entrene a un equipo juvenil —dice.

Así, como si nada.

Britt-Marie agarra al bolso con más fuerza. No porque tenga prejuicios, por supuesto, sino porque el viento sopla muy fuerte en Borg. Sólo por eso.

«Idiota», tal como se practica en Borg, es un ejercicio que consiste en colocar media docena de latas de refresco en una hilera, separadas entre sí por varios metros de distancia. Los niños se colocan junto a la valla que hay entre el centro cívico y la pizzería, corren con todas sus fuerzas hasta la primera lata, y vuelven corriendo a la valla tan rápido como pueden; luego, hacen lo mismo con la segunda lata, algo más alejada, y otra vez a la valla. Después, igual con la tercera lata. Y así sucesivamente.

—¿Cuánto tiempo tienen que estar haciendo eso? —pregunta Britt-Marie.

—El que usted quiera —dice Sami.

—Pero ¡cómo voy a obligarlos a hacer algo así, por favor! —objeta Britt-Marie.

—Ahora es su míster. Si no hacen lo que dice, no pueden jugar el campeonato —dice Sami.

A Britt-Marie le parece una locura, pero Sami no entra en más detalles porque le suena el teléfono.

—¿Cómo has dicho que se llama el ejercicio? —pregunta Britt-Marie.

—¡Idiota! —responde Sami, antes de responder «Sí» al teléfono en ese tono que usa la gente para contestar sin exclamar ni preguntar.

Britt-Marie pasa un rato pensando, hasta que logra decir:

—Es un buen nombre. Para el ejercicio y para el que lo inventó.

A esas alturas, Sami ya ha empezado a caminar hacia el carro con el teléfono pegado a la oreja, así que no la oye. Nadie la oye. Pero lo cierto es que a Britt-Marie no le importa gran cosa. Los niños van corriendo entre las latas de refresco y allí está Britt-Marie, con una especie de burbujeo de felicidad en el cuerpo, mientras, muy bajito, muy bajito, repite para sus adentros: «Buen nombre. Para el ejercicio y para el que lo inventó». Varias veces.

Es la primera vez en mucho, muchísimo tiempo que hace una broma.

17

En defensa de los niños, hay que decir que no lo hicieron a propósito. O bueno, sí, claro que lo hicieron a propósito, pero ninguno de ellos creía de verdad que Sapo fuera a acertar. Porque, apunten a lo que apunten, nunca aciertan. En particular, Sapo, que es el jugador más pequeño y el peor de un equipo de fútbol ya de por sí bastante deplorable.

Resulta que Bank, casi de peor humor que de costumbre, pasa con su perro blanco por el aparcamiento en mitad de un entrenamiento. Omar la ve entrar en la pizzería o la tienda de comestibles o el taller de carros o lo que quiera que sea ese negocio y, al cabo de un rato, vuelve a salir con una bolsa que parece contener chocolate y otra que parece contener cerveza. Omar le da un codazo a Sapo en el costado y le dice:

—¿Tú crees que tiene superpoderes?

Sapo responde con el sonido de un niño que tiene la boca llena de refresco. Omar gesticula para aclarárselo a Britt-Marie, como si ella fuera mejor público para su razonamiento, lo cual es, cuanto menos, exageradamente optimista.

—Ya sabe, carajo, ¡en las películas los ciegos tienen superpoderes! ¡Como Daredevil!

—No estoy familiarizada con ese tal Daredevil —explica Britt-Marie, tan amablemente como puede teniendo en cuenta lo increíblemente absurdo que es lo que le acaban de decir.

Bank avanza por el aparcamiento con el bastón en la mano, unos pasos por detrás del perro blanco. Omar la señala emocionado:

—¡Daredevil! ¡Es un superhéroe ciego! Por eso tiene otros super-sentidos, para compensar. ¿Usted cree que ella también los tiene? O sea, por ejemplo, que sienta que le van a lanzar un balón a la cabeza, aunque no pueda verlo.

—No es ciega. Tiene visión reducida —dice Britt-Marie.

En defensa de Sapo, hay que decir que no es idea suya. Simple-mente, da la casualidad de que, en ese momento, es él quien tiene el balón en la mano. Omar, que hace ya un rato que ha dejado de escuchar a Britt-Marie, se vuelve y dice:

—¡Venga, Sapo!

No da la impresión de que a Sapo le parezca buena idea. Pero, entonces, Omar dice esas maravillosas palabras que tienen el mági-co poder de anular cualquier atisbo de control de los impulsos en cualquier niño del mundo:

—¡A que no te atreves!

En defensa de Sapo, hay que decir que él mismo no cree que vaya a darle. Lo cierto es que todos se sorprenden mucho al ver que lo consigue.

La más sorprendida de todos, naturalmente, es Bank.

—¡*Quécarajo*…! —ruge, incorporándose con una mascarilla de barro en la cara.

Al principio, los niños se quedan boquiabiertos. Como es normal. Luego, Omar empieza a reírse discretamente. Y, luego, Vega. Bank se abalanza contra ellos fuera de sí, blandiendo el bastón en el aire.

—¡¿Qué gracioso, verdad?! ¡¡Mocosos!!

Britt-Marie carraspea y trata de alargar el brazo.

—Por favor… Bank… ha sido sin querer… Por supuesto que no le estaban apuntando, claro que no. Ha sido un desafortunado accidente, claro que sí.

—¡¡Desafortunado!! ¡¡Sí, muy desafortunado!! —vocifera Bank, aunque no queda claro qué quiere decir con eso exactamente.

—¿Cómo que ha sido sin querer? ¡Si estaba apuntando! —dice alegremente Omar con mucha seguridad, aunque, al mismo tiempo, se aparta algo menos seguro fuera del radio de acción del bastón, detrás de Britt-Marie.

—¿De verdad? —pregunta atónita Britt-Marie a Sapo.

—¡¿Quién ha sido?! —grita Bank, con toda la cara latiéndole como una única vena enorme que le saliera del cuello.

Sapo asiente, paralizado, y retrocede. Entusiasmada, Britt-Marie se pone una mano sobre la otra, sin saber muy bien cómo reaccionar.

—Pero entonces… ¡es excelente! —atina a decir.

—¡¿Qué dices, vieja loca?! —vocifera Bank.

En estos momentos, cuanto de razonable y sensato hay en Britt-Marie trata por todos los medios de atenuar el entusiasmo que siente por dentro, pero no lo logra del todo, puesto que Britt-Marie se acerca a Bank y le susurra muy ufana:

—Es que nunca dan en el blanco cuando apuntan, ¿comprende? ¡Esto para ellos es un auténtico avance!

Bank se queda atónita mirando a Britt-Marie. O, al menos, ésa es la sensación que da. No es fácil decirlo, con las gafas de sol. Britt-Marie traga saliva, algo dubitativa.

—Lo excelente, claro está, no es que le diera a usted… No es eso lo que quiero decir, faltaría más. Pero es excelente que diera… en el blanco…

Bank se aleja del aparcamiento sumida en una tormenta de las maldiciones más ofensivas que Britt-Marie ha oído nunca. De hecho, Britt-Marie ni siquiera sabía que fuera posible combinar de ese modo el nombre de los órganos sexuales con el de otras partes del cuerpo. En los crucigramas no se encuentra ese tipo de innovaciones lingüísticas.

Un silencio de condensada reflexión se adueña del aparcamiento. Y, lógicamente, es la voz de Alguien la que lo rompe.

—Ya lo dije yo de ésa. Limón en culo.

Está sentada en la silla de ruedas en el umbral de la pizzería, riéndose de Bank. Britt-Marie se sacude la falda.

—No diré que no tiene razón, ciertamente que no. Pero creo que, precisamente en esta ocasión, el problema de Bank no ha sido un limón en el culo, sino un balón en la cabeza.

Todos se ríen. Britt-Marie no se enfada porque se rían. Para ella es una sensación nueva.

El niño de la sudadera en la que dice «*Hockey*» sale de la pizzería con una caja de pizza en las manos. No logra ocultar su interés por el entrenamiento de fútbol, pero no tarda en darse cuenta de su error y trata de ponerse en marcha enseguida, pero Vega ya lo ha visto.

—¿Qué haces tú aquí? —le pregunta furibunda.

—Compro una pizza —responde apesadumbrado el chico de la sudadera.

Vega levanta más la voz.

—¿Es que en la ciudad no hay pizza?

El chico clava la mirada en la caja.

—Es que me gusta la de aquí.

Vega cierra los puños, pero no dice nada más. El chico se abre paso al lado de Alguien y sale corriendo hacia la carretera. El BMW está aparcado a unos cien metros, con el motor en marcha.

Alguien mira a Vega con una mueca.

—Él no es su padre. Padre puede ser cerdo, hijo podría ser bueno. Deberías saberlo más que nadie.

Vega la mira como si sus palabras la hubieran herido. Se da media vuelta y le da tal patada al balón que éste va a parar al otro lado de la valla y se pierde en la oscuridad, lejos de los faros del carro de Sami.

Alguien se acerca rodando a Britt-Marie y señala la pizzería.

—¡Ven! ¡Tengo cosa para ti!

A esas alturas, Sapo ya se ha bebido todos los postes y Vega inicia enseguida una ruidosa pelea con Sami, en la cual Britt-Marie escucha «Psico» y «deber dinero», así que interpreta que el entrenamiento ha terminado. No sabe si debería hacer algo, como tocar un silbato o algo parecido, pero decide que no. Sobre todo, porque no tiene silbato.

Dentro de la pizzería, Alguien recoge un papel y un puñado de dinero del mostrador.

—Toma. Cambio y recibo, ¿no?

Se los entrega y hace un gesto hacia la parte inferior de la puerta, por donde Britt-Marie había metido el dinero la tarde anterior.

—La próxima vez, mira, puedes… ¿cómo se dice? ¡Entrar! —sonríe Alguien.

Como parece que Britt-Marie no sabe qué decir, añade:

—Dejaste demasiado dinero por cigarrillo, Britt-Marie. Eres… ¿cómo se dice…? O cuentas como mierda o muy generosa, ¿no? Yo pienso: Britt-Marie es generosa, sí. No como ese Fredrik, por ejemplo, ya sabes, que es tan tacaño que grita cuando caga.

Alguien asiente sonriente con la cabeza. Britt-Marie murmura «ja» varias veces. Dobla el recibo cuidadosamente y lo guarda en el bolso. Y mete el cambio que acaba de darle Alguien en el jarrón de las propinas. Alguien da media vuelta a un lado y luego al otro.

—Ha quedado muy bien, ya sabes. Muy bien después de… haber limpiado tú, ¿eh? ¡Gracias! —dice.

—No era mi intención esconder sus pertenencias para que no las encontrara —dice Britt-Marie, mirando hacia su bolso.

Alguien se rasca la barbilla.

—Cubiertos, ¿eh? Tenedor, cuchillo, cuchara. Ese orden. Yo puedo… ¿cómo se dice? ¡Acostumbrar!

Britt-Marie se muerde las mejillas. Se dirige a la puerta. Ha llegado al umbral cuando se detiene, toma impulso y dice:

—Me gustaría informarle que, en estos momentos, la reparación de mi carro no es urgente.

Alguien mira hacia la puerta, ve a los niños y el campo de fútbol. Asiente. Britt-Marie asiente también. Es la primera vez, hasta donde le alcanza la memoria, que puede decir que tiene una amiga.

Los niños se quitan las camisetas de fútbol sucias y las dejan en el centro cívico sin que Britt-Marie se haya ofrecido a lavárselas. Todos han dejado ya el aparcamiento y se han ido a casa cuando ella termina de secarlas en la secadora y las deja dobladas y colocadas en un pulcro montón para el entrenamiento de mañana. Borg está desierto, salvo por la silueta solitaria que hay en la parada del autobús, en la carretera. Lo cierto es que Britt-Marie ni siquiera sabía que hubiera allí una parada de autobús hasta que vio a alguien esperando junto a la farola. No ve que es Pirata hasta que se encuentra a pocos metros de él. Tiene el pelo rojo revuelto y lleno de barro, está inmóvil, como si tratara de ignorar a Britt-Marie. Su sentido común trata de convencerla de que se vaya, pero no le hace caso y dice:

—Entendía que vivías en Borg.

El niño agarra con fuerza el papel que Britt-Marie les entregó al principio del entrenamiento.

—Dice que tienen que firmar el padre y la madre. Así que tengo que ir a pedirle a mi padre que firme.

Britt-Marie asiente.

—Ja. Pues buenas noches —dice, empezando a andar hacia la oscuridad.

—¿Quiere acompañarme? —le grita el chico mientras se aleja.

Ella se vuelve como si el niño estuviera loco. El papel que tiene en la mano está manchado de sudor.

—Es que… creo que… creo que me sentiría mejor si viniera conmigo —acierta a decir finalmente.

Por supuesto que es una locura. Britt-Marie pone buen cuidado en señalarlo durante todo el viaje en autobús.

Les lleva casi una hora. El autobús se detiene frente a un edificio blanco enorme. Britt-Marie agarra el bolso con tanta fuerza que le dan calambres en los dedos. Al fin y al cabo, es una persona civilizada que lleva una vida normal.

Y las personas civilizadas que llevan una vida normal no tienen por costumbre visitar la prisión.

18

«Malditos gánsteres», así los llamaba Kent, ellos tenían la culpa de todo: la violencia callejera, la subida de impuestos, los carteristas, las pintadas en los baños públicos, los hoteles cuyas tumbonas siempre estaban ocupadas cuando Kent bajaba a la piscina. Cualquiera de estas cosas era culpa de los «gánsteres». Tener siempre a quien echarle la culpa, sin definir nunca quién es exactamente, es un sistema muy eficiente.

Britt-Marie jamás supo qué quería Kent en realidad. ¿Qué hubiera podido satisfacerlo? ¿Hubiese bastado con tener mucho dinero, o hubiera hecho falta «todo» el dinero? Una vez, cuando David y Pernilla eran adolescentes, le regalaron una taza con la leyenda: «Quien muera con más juguetes, gana». Decían que era «irónico», pero Kent pareció tomárselo como un reto. Siempre tenía un plan. El «negocio del siglo» siempre estaba a la vuelta de la esquina. Su empresa siempre estaba al borde de cerrar tratos más grandes con Alemania, o el apartamento estatal que heredaron de los padres de Britt-Marie tal vez se privatizaría y podrían venderlo. Sólo unos meses más. Sólo unos años más. Se casaron porque el asesor fiscal de Kent le dijo que era bueno «por motivos fiscales». Britt-Marie nunca tuvo ningún plan. Esperaba que bastara con estar enamorada y serle fiel. Hasta que un día no bastó.

«Malditos gánsteres», habría dicho Kent si hubiera estado sentado con Britt-Marie en la diminuta sala de espera de la cárcel. «Mándalos a todos a una isla desierta y dale una pistola a cada uno. Ellos mismos se ocuparán de la limpieza», decía siempre de los delincuentes. A Britt-Marie no le gustaba que hablara así. En su opinión, lo de la «limpieza» había que reservarlo para los baños y las encimeras de la cocina. Pero nunca dijo nada. Ahora que lo piensa, le cuesta recordar cuándo fue la última vez que dijo algo antes del día en que lo dejó sin mediar palabra. Por esto, tiene la sensación de que todo fue culpa suya.

Se pregunta qué estará haciendo ahora. Si estará bien y si llevará las camisas limpias. Si se tomará la medicación. Si rebuscará en los cajones de la cocina y gritará su nombre antes de caer en la cuenta de que ella ya no está allí. Se pregunta si estará con ella, esa mujer tan joven y guapa y amante de la pizza. Britt-Marie se pregunta qué diría si supiera que está sentada en la sala de espera de una prisión llena de gánsteres. Si se preocuparía. Si haría una broma a su costa. Si la acariciaría y le diría que todo iba a salir bien, como solía hacer entonces, pocos días después de que ella enterrara a su madre.

Eran muy distintos por aquel entonces. Britt-Marie no sabe quién cambió primero, si fue ella o si fue Kent. Ni cuál es su parte de culpa. Se siente dispuesta a responder «toda», con tal de recuperar su vida.

Pirata se sienta a su lado y le da la mano. Britt-Marie se la aprieta fuerte.

—No puede contarle a mi madre que hemos estado aquí —susurra el niño.

—¿Y ella dónde está? —pregunta Britt-Marie.

—En el hospital.

—¿Ha sufrido un accidente? —pregunta Britt-Marie, alarmada.

—No, no, es que trabaja allí —aclara Pirata. Luego añade, como si enunciara una ley natural—: Todas las madres de Borg trabajan en el hospital.

Britt-Marie no sabe qué responder a eso.

—¿Por qué te llaman Pirata? —pregunta.

—Porque mi padre escondió el tesoro —responde Ben.

Britt-Marie decide no volver a llamarlo Pirata nunca más.

Se abre una gruesa puerta metálica y allí está Sven, en el umbral, sudoroso, con la nariz roja y con la gorra de policía entre las manos.

—¿Se ha enfadado mucho, mamá? —pregunta Ben enseguida, con un suspiro.

Sven menea la cabeza. Le pone al chico la mano en el hombro. Mira a Britt-Marie a los ojos.

—La madre de Ben tiene el turno de noche. Me llamó en cuanto la llamaron desde aquí. Y he venido en cuanto he podido.

Britt-Marie querría darle un abrazo, pero es una persona sensata. Los vigilantes no dejan que Ben vea a su padre porque no es hora de visitas, pero, tras un buen rato tratando de convencerlos, Sven logra que le entreguen el papel. Al cabo de unos minutos, vuelven con el papel firmado. Junto a la firma, su padre ha escrito: «¡TE QUIERO!».

Ben sujeta el papel tan fuerte durante todo el camino de vuelta que, cuando llegan a Borg, ha quedado totalmente ilegible. Ni él, ni Britt-Marie, ni Sven dicen nada. No hay mucho que decirle a un adolescente que tiene que pedir permiso a unos extraños uniformados para poder ver a su padre. Pero, cuando dejan a Ben frente a su casa y su madre se acerca corriendo, Britt-Marie cree que sería apropiado tratar de decir algo alentador, así que lo intenta diciendo:

—Debo decir que estaba todo limpísimo, Ben. Siempre me había imaginado las cárceles como lugares muy sucios, pero esta parecía ser muy higiénica, la verdad. Al menos hay algo de lo que alegrarse.

Ben dobla el papel con la firma de su padre sin mirarla a la cara y se lo entrega. Sven se apresura a decir:

—Deberías quedártelo, Ben.

El chico asiente y sonríe, apretando el papel con más fuerza.

—¿Mañana hay entrenamiento? —murmura.

Britt-Marie busca su lista en el bolso, pero Sven le responde tranquilamente:

—Por supuesto que hay entrenamiento, Ben. A la hora de siempre.

Ben mira de reojo a Britt-Marie. Ella trata de asentir con convicción. Ben sonríe un poco y les dice adiós con la mano. Los dos esperan hasta que lo ven en brazos de su madre. Sven la saluda, pero ella no lo ve porque tiene la cara pegada a la de su niño y le habla susurrándole al oído.

Sven conduce despacio por Borg. Carraspea un poco, algo incómodo, como quien tiene cargo de conciencia.

—No lo han tenido fácil, Ben y ella. Trabaja triple turno para no perder la casa. Es un chico estupendo y su padre no es mal hombre. Sí, claro, sé que lo que hizo estuvo mal, que el fraude fiscal es un delito. Pero estaba desesperado. Las crisis económicas pueden hacer que la gente caiga en la desesperación. Y la desesperación hace que la gente se vuelva temeraria...

Guarda silencio. Britt-Marie no dice que la crisis económica ya ha terminado. Por diversas razones, considera que en esta ocasión en concreto no es apropiado.

Sven ha limpiado el carro patrulla. Se ha deshecho de todas las cajas de pizza del suelo, observa Britt-Marie. Pasan por la explanada de asfalto en la que Sami y Psico están jugando otra vez al fútbol con sus amigos.

—El padre de Ben no es como ellos. Quiero que entienda que él no es un delincuente. No del mismo modo que esos chicos... —le explica Sven.

—¡Sami tampoco es como esos chicos! —protesta Britt-Marie mientras las palabras se le escapan de entre los labios—. ¡Sami no es ningún gánster! ¡Y tiene un cajón de los cubiertos extraordinariamente bien organizado!

La risa de Sven sale de la nada, profunda y sonora, como una hoguera en la que calentarse las manos.

—No, no, Sami es un buen chico. Claro, claro. Es sólo que anda con malas compañías...

—Vega parece sostener la opinión de que le debe dinero a gente —dice Britt-Marie.

—Sami no, Psico. Él siempre le debe dinero a alguien —dice Sven, mientras su risa se desvanece, cae al suelo y desaparece.

El carro patrulla reduce la velocidad. Los chicos que juegan al fútbol lo ven, pero apenas reaccionan. Hay cierta soberbia en su actitud hacia la policía. Sven entorna los ojos.

—Sami tampoco ha tenido una niñez fácil. En mi opinión, se mire por donde se mire, esa familia ha sufrido más desgracias de las que cualquiera podría merecer. Ahora es tanto el padre, como la madre, como el hermano mayor de Vega y Omar. Es demasiada responsabilidad para un chico que ni siquiera ha cumplido los veinte.

Britt-Marie querría preguntar qué significa eso de «padre y madre», pero logra contenerse, así que Sven continúa:

—Psico es su mejor amigo desde el día en que fueron lo bastante grandes como para darle patadas a ese balón. Sami hubiese podido ser bueno de verdad, todo el mundo veía que tenía talento, pero quizá la vida se lo puso demasiado difícil.

—¿Eso qué significa? —pregunta Britt-Marie, un tanto humillada porque Sven ha dicho eso como si esperara que ella lo entendiera sin ayuda.

Sven levanta la mano a modo de disculpa.

—Perdón... es que... estaba pensando en voz alta. El chico... Ellos... ¿cómo explicarlo? La madre de Sami, Vega y Omar siempre hizo lo que pudo, pero, su padre... Él no era buena persona, Britt-Marie. Cuando llegaba a casa y le daban aquellos ataques, se lo oía en toda la ciudad de Borg. Y Sami apenas tenía edad de ir a la escuela, pero, cuando ocurría, salía corriendo con sus hermanitos de la mano. Psico siempre los esperaba en la puerta. Psico llevaba a Omar a cuestas y Sami llevaba a Vega, y así huían al bosque. Hasta que el padre se dormía de la borrachera. Noche tras noche, hasta que un día se largó. Y después ocurrió lo de la madre… lo de…

Calla como quien se ha dado cuenta de que estaba pensando en voz alta. No trata de ocultar que oculta algo, pero Britt-Marie no quiere inmiscuirse. Sven se pasa el reverso de la mano por la frente.

—Psico creció para convertirse en un loco peligroso, Sami lo sabe, pero no es capaz de abandonar a quien un día llevó a cuestas a sus hermanos pequeños. En un lugar como Borg, uno no puede darse el lujo de elegir a su mejor amigo.

El carro patrulla vuelve, despacio, a la carretera. El partido de fútbol de los chicos continúa. Psico marca un gol, aúlla a la noche y corre por la cancha a toda velocidad con los brazos extendidos, como un avión. Sami se ríe tanto que tiene que apoyar las manos en las rodillas. Parecen felices.

Britt-Marie no sabe qué decir, o qué creer. Nunca había oído hablar de un gánster con el cajón de los cubiertos correctamente organizado.

La mirada de Sven se pierde en algún punto allí donde termina el alcance de los faros y empieza la oscuridad.

—Aquí en Borg, hacemos lo que podemos. Siempre ha sido así. Pero en esos chicos arde una llama que, tarde o temprano, consumirá a cuantos los rodean, o a ellos mismos.

—Eso ha sido muy bello —dice Britt-Marie.

—Es que hice un curso —dice Sven.

Ella baja la vista a su bolso. Luego, se escandaliza al escucharse preguntar:

—¿Tiene hijos?

Él niega con la cabeza. Mira por la ventana, como quien no tiene hijos, pero sí un pueblo lleno de niños.

—Estuve casado, pero… ah. A ella…, bueno, nunca le gustó Borg. Decía que era uno de esos lugares a los que la gente iba a morir, no a vivir.

Trata de sonreír. Britt-Marie echa de menos la persiana de bambú. El hombre se muerde el labio. Cuando deberían girar en dirección a la casa de Bank, parece dudar. Luego, se arma de valor y dice:

—Si no… bueno, si no es mucha molestia, me gustaría enseñarle algo.

Ella no protesta. Él sonríe de forma casi imperceptible. Ella sonríe de forma imperceptible.

Sven cruza Borg con el carro patrulla y llega al otro lado de la ciudad. Gira hacia un camino de grava que parece no acabarse nunca. Pero, cuando se detienen, de pronto parece impensable que, pocos instantes atrás, se encontraran en terreno edificado. El carro está rodeado de árboles y reina un silencio que sólo existe en lugares despoblados.

—Es… bueno, en fin. Es una tontería, claro, pero éste es mi lugar preferido en el mundo … —susurra Sven.

Se ruboriza. Parece querer dar la vuelta con el carro y alejarse a toda prisa de allí para no volver a hablar del asunto nunca más. Pero Britt-Marie abre la puerta y sale del carro.

Se encuentran sobre una roca que se asoma a un lago rodeado de bosque. Britt-Marie se asoma por el borde hasta que siente un cosquilleo en el estómago. El cielo está totalmente despejado. Sven abre su puerta y carraspea.

—Es que… ah. Es una tontería, pero quería que viera que Borg también puede ser muy bello —susurra.

Britt-Marie cierra los ojos. Siente el viento en el pelo.

—Gracias —responde en un susurro.

Ninguno dice nada en el camino de regreso. Él se baja del carro ante la casa de Bank y se apresura a abrirle la puerta a Britt-Marie. Después, abre la puerta de atrás, rebusca un momento y vuelve con una carpeta de plástico muy gastada.

—Es... ah. Es sólo... una tontería —dice al fin.

Es un dibujo. Del centro cívico y la pizzería y, entre los dos, los niños jugando al fútbol. Britt-Marie está en el centro del dibujo. Todo hecho a lápiz. Britt-Marie lo sostiene con demasiada fuerza y Sven se quita la gorra de policía demasiado deprisa.

—Es..., bueno... quizá sea una tontería, claro, pero hay un restaurante en la ciudad...

Al ver que Britt-Marie no responde enseguida, añade raudo:

—Un restaurante de verdad, por supuesto. No como la pizzería de Borg, sino uno de verdad. Con manteles blancos. Y cubiertos.

Tendrá que pasar bastante tiempo antes de que Britt-Marie entienda que trata de ocultar su inseguridad tras su sentido del humor, y no al revés. Pero, como ella no parece comprenderlo enseguida, él levanta la palma de la mano y se excusa:

—Aunque la pizzería no tiene nada de malo, claro, claro, pero...

Sven sujeta con fuerza la gorra con ambas manos y parece un hombre mucho más joven que quisiera preguntarle algo muy concreto a una mujer mucho más joven. Algo dentro de Britt-Marie anhela saber qué. Pero su parte sensata ya ha entrado en el vestíbulo y ha cerrado la puerta.

19

«La otra», así es como se las llama, pero a Britt-Marie siempre le ha costado ver así a la otra mujer de Kent. Tal vez porque ella sabía cómo era ser esa mujer. Es cierto que Kent ya se había separado cuando volvió al barrio aquel día, hacía ya toda una vida, después de que Britt-Marie enterrara a su madre, pero sus hijos nunca lo vieron así. Para David y Pernilla, Britt-Marie era la otra, con independencia de cuántos cuentos les leyera y de cuántas cenas les preparase; y quizá también lo era para Kent. Por muchas camisas que lavara, quizá Britt-Marie tampoco se vio nunca a sí misma como la mujer principal.

Está sentada en el balcón contemplando cómo la mañana se cierne sobre Borg, como acostumbran a hacer en Borg todos los días de enero. El sol no parece necesario para que llegue la luz del día. Aún tiene entre las manos el dibujo de Sven. No es particularmente buen dibujante, en absoluto, y, si ella fuera una persona más crítica, quizá se habría preocupado por si lo indefinido de los contornos y lo irregular de las siluetas guarda alguna relación con cómo la ve él. Pero lo importante es que la ve. Y de eso no es fácil defenderse.

Va a buscar el celular y llama a la joven de la oficina de empleo.

La voz de la joven responde alegre, así que Britt-Marie supone que debe de tratarse de un contestador automático. Naturalmente, en un primer momento piensa en colgar, porque no considera adecuado dejar mensajes en el contestador a no ser que una llame de un hospital o que pretenda vender drogas. Pero, por alguna razón, esta vez no cuelga, sino que espera en silencio hasta después de la señal y, finalmente, declara:

—Soy Britt-Marie. Hoy, uno de los niños del equipo de fútbol ha acertado a dar con el balón allí donde estaba apuntando. He pensado que quizá le interesaría saberlo.

Cuando cuelga, se siente un poco boba. Naturalmente que a la joven no le interesa. De haber estado ahí, Kent se habría reído de ella.

Bank está sentada en la cocina tomándose una sopa cuando ella baja las escaleras. El perro está sentado al lado de la mesa, esperando. Britt-Marie se detiene en el vestíbulo y observa el plato de sopa. Se pregunta cómo la habrá cocinado, porque no ve ninguna cacerola y la cocina no tiene microondas. Bank sorbe sin parar.

—¿Quieres decirme algo o es que nunca habías visto a un ciego tomando sopa? —pregunta sin levantar la cabeza, como si hubiera oído la respiración de Britt-Marie.

—Creí entender que sufre de visión reducida —dice Britt-Marie.

Bank sorbe ruidosamente en respuesta. Britt-Marie presiona la palma de las manos contra su falda.

—Entiendo que le gusta el fútbol —dice, señalando las fotos que hay en las paredes.

—No —responde Bank.

Britt-Marie apoya las manos en las caderas y mira las filas de fotografías de las paredes, todas ellas de Bank y su padre y, como mínimo, un balón de fútbol.

—Me he convertido en una especie de entrenadora de un equipo —explica Britt-Marie.

—Eso he oído —dice Bank.

Y vuelve a sorber. Ni se molesta en levantar la cabeza. Britt-Marie retira algo de polvo invisible de varios objetos del recibidor.

—Ja. El caso es que me he fijado en todas estas fotos, así que he pensado que, en este contexto, con su evidente experiencia futbolística, convendría que le pidiera consejo.

—¿Consejo sobre qué? —pregunta Bank, refunfuñando.

—Sobre fútbol —responde Britt-Marie.

No está segura de si Bank ha puesto los ojos en blanco, pero tiene esa sensación. El perro se adelanta hacia el salón, Bank lo sigue y va deslizando el bastón por las paredes.

—¿Dónde están las fotos de las que hablas? —pregunta.

—Más arriba —responde Britt-Marie, solícita.

El bastón de Bank toca el cristal de uno de los marcos, donde aparece una versión más joven de ella misma con una camiseta tan sucia que tal vez ni siquiera el bicarbonato podría arreglarla. Se acerca a ella hasta que su nariz casi roza el cristal. Después, se desplaza por la habitación y va tocando sistemáticamente todas las fotos, como si estuviera memorizando su posición.

Britt-Marie se encuentra en el vestíbulo y espera un tiempo prudencial, hasta que la situación pasa de ser incómoda a extraña. Entonces, se pone el abrigo y abre la puerta. Justo antes de cerrarla, Bank le dice, arisca:

—¿Quieres un buen consejo? Ese equipo no es capaz de jugar. Hagas lo que hagas, no servirá de nada.

Britt-Marie susurra: «¡Ja!» y sale. Las mujeres viejísimas del jardín de la acera de enfrente la miran airadamente desde sus andadores. Un camión con matrícula extranjera la salpica de barro al pasar por un charco de la calle. Trata de limpiarlo con la mano, pero sólo logra tener barro en la falda y en la mano. La verdad es que aquello empieza a ser demasiado para Britt-Marie. Si hubiera sido del tipo de persona que grita y lanza objetos a su alrededor, quizá lo hubiese hecho, pero ella no es ningún animal, de forma que se contenta con desaparecer de la vista de las ancianas. Cuando está segura de que no la ven, empieza a patear el suelo con rabia contenida. Lo que da lugar a que le caiga más barro en la falda, resbale en el borde de la acera y se tuerza el pie.

Se abre camino por Borg, cojeando, muy preocupada, pensando que la gente verá las manchas de barro, advertirá la cojera y creerá que se ha caído. Sería de lo más irritante que la gente pensara que no es capaz ni de salir de la cama sin venirse abajo.

Se encierra en el lavadero del centro cívico y se sienta en uno de los taburetes mientras la lavadora da vueltas con su falda dentro. Después de vestirse y de volver a arreglarse el pelo, se queda un buen rato en la cocina observando la cafetera rota. Luego, respira resuelta por la nariz y cruza el aparcamiento en dirección a la pizzería.

—¿Sí...? —se lamenta Alguien cuando se abre la puerta, con un par de mirillas rojas allí donde deberían estar los ojos.

—¿Por casualidad vendes destornilladores en alguno de tus negocios? —quiere saber Britt-Marie.

—¿Destornillador? Sí. Te lo presto —dice Alguien con un suspiro, rodando hacia atrás, hacia el interior de la pizzería, o de la tienda de comestibles, o de lo que sea, y haciéndole a Britt-Marie un gesto para que la siga.

—Preferiría tener la posibilidad de comprar uno —informa Britt-Marie.

—Mierda, Britt-Marie, eres tan... ¿cómo se dice? ¡Obstinada! Prestar, comprar, ¡no hay diferencia!

—Para mí sí la hay. El que está en deuda no es libre —dice Britt-Marie, porque eso era lo que solía decir su padre.

Murió rico. Aunque a saber de qué le sirvió.

—Mierda, Britt-Marie, crisis económica, ya sabes. Todo el mundo debe dinero. Nadie sabe a quién. El Gobierno tiene... ¿cómo se llama? ¡Deuda pública! ¡Mil doscientos billones! ¡Todos los gobiernos tienen deuda. Todas las personas tienen deuda. Nadie sabe con quién. Deberíamos encontrar cerdo con todo el dinero y, ya sabes, sacarle el limón, ¿no? —exclama Alguien, que parece despertarse con el discurso.

Hace un gesto señalando exactamente la parte del cuerpo de la que considera que hay que sacar el limón. Britt-Marie trata de no verlo. Alguien se dirige a una caja de herramientas.

—¿Cómo va fútbol? —pregunta.

—Es difícil saberlo —responde Britt-Marie.

—Mal, ¿no? Bah, no es culpa tuya, Britt-Marie. Esos chicos no son capaces de dar en el blanco ni desde dentro, ya sabes —dice Alguien a gritos.

—Permíteme informarte de que ayer Sapo le dio a Bank en la cabeza. A propósito. A decir verdad, fue un momento muy emotivo —dice Britt-Marie, sorprendida al ver cuánto le ha molestado el comentario de Alguien.

Alguien suelta una risa ronca, saca un destornillador y se lo da.

—Aquí. Préstamo.

—No quiero verme involucrada en ningún acto delictivo —dice Britt-Marie, puesto que es imposible saber cuánto sabe la autoridad fiscal acerca del destornillador en cuestión.

Alguien insiste un poco más, pero luego parece que se lo piensa mejor, como quien ya ha vivido algo similar al prestarle un taladro a Britt-Marie, y pregunta, vacilante:

—Espera… destornillador. Lo vas a utilizar… ¿para qué?

—Tengo entendido que hace falta un destornillador para montar muebles de IKEA —responde Britt-Marie. Después, carraspea un poco y añade a su pesar—: También, necesitaría ayuda para transportar la caja que tengo en el carro. Si no es mucha molestia.

Algo le dibuja a Alguien media sonrisa.

—Ninguna molestia, Britt-Marie. Ninguna molestia para mí.

* * *

Ese día, Britt-Marie decide montar un mueble entero de IKEA y, por algún motivo, termina haciéndolo en la pizzería. Lo hace casi enteramente por su cuenta. No necesita el destornillador, pero tarda casi diez horas porque resulta que hay tres muebles: una mesa y dos sillas. El conjunto está pensado para balcones. Britt-Marie los arrincona todo lo que puede en la pizzería, pone un rollo de papel de cocina como mantel y se sienta sola a comerse una pizza que le ha preparado Alguien. Es un día memorable en la vida de Britt-Marie; especial incluso entre todos los días memorables que ha vivido desde que llegó a Borg.

Sven cena sentado a otra mesa, pero el café se lo toman juntos. No se dicen nada. Simplemente, tratan de acostumbrarse el uno a la presencia del otro. Tal como hacemos cuando ha pasado mucho tiempo desde la última vez que sentimos que nos afectaba la presencia física de otra persona. Como cuando hace mucho tiempo desde la última vez que sentimos a alguien sin tener que tocarlo.

Karl entra y recoge un paquete. Se sienta a una mesa en otro rincón y toma café con los hombres de gorra y barba. Todos parecen ignorar a propósito la presencia de Britt-Marie, como si tuvieran la esperanza de que así fuera a desaparecer. Vega entra con el balón bajo el brazo, tan sucia como sólo alguien como ella es capaz de llegar a ponerse por el camino entre el carro de su hermano mayor y la puerta de la pizzería. Luego, entra Omar que, exaltado al ver los muebles, trata de venderle aceite impermeabilizante a Britt-Marie. Se ve que el aceite impermeabilizante se cae de los camiones con más frecuencia de lo que una imaginaría.

Sven se levanta con la gorra entre las manos cuando Britt-Marie sale para el entrenamiento, pero no le dice nada, y ella apremia el paso para que a él no le dé tiempo de arrepentirse y decirle algo.

La madre de Ben está delante de la puerta. Va vestida con la ropa del hospital y lleva algo en la mano. Parece resuelta.

—Hola, Britt-Marie. No nos han presentado, pero yo soy la madre de Ben y...

—Sé perfectamente quién es usted —la interrumpe Britt-Marie con cautela, como preparándose para que un camión vuelva a salpicarla entera de barro.

—Bueno, sólo quería darle las gracias porque..., bueno, por cuidar de Ben. No muchos adultos lo hacen —dice la madre de Ben, entregándole lo que lleva en las manos.

Es una botella de Faxin. Britt-Marie se queda muda. La madre de Ben carraspea algo avergonzada.

—En fin, espero que no le parezca una tontería, pero Ben le preguntó a Omar qué es lo que le gusta y Omar dijo que era esto. Lo he conseguido muy barato, sólo cien coronas. Omar nos ha hecho un precio de amigos, así que... en fin, Ben y yo queríamos darle las gracias. Por todo.

Britt-Marie sostiene la botella como si tuviera miedo de que se le cayera al suelo. La madre de Ben se aleja un poco, pero se detiene y exclama:

—Britt-Marie, queremos que sepa que existe otro Borg distinto de ése en el que unos hombres se pasan el día emborrachándose en una pizzería. También existimos nosotros. Los que no nos hemos rendido.

Britt-Marie asiente despacio y la madre de Ben se da la vuelta antes de que le dé tiempo de formular una respuesta, entra en un carro pequeño y se marcha de allí. Ben echa a correr tras el balón y empieza el entrenamiento. Britt-Marie va llamando los nombres y anotándolos en la lista y los niños practican el Idiota, porque es lo que figura en la lista de Britt-Marie inmediatamente después de «Pasar lista». Los niños apenas se quejan. La única vez que alguno protesta es cuando Vega le pregunta a Britt-Marie si pueden parar,

Britt-Marie le dice que sí y Vega se indigna y le grita que, si quieren mejorar como equipo, no puede ser una míster tan blanda.

Está claro que a los niños no hay quien los entienda. Así que Britt-Marie anota en la lista que tienen que hacer el ejercicio varias veces. Y así lo hacen. Luego, se reúnen en círculo alrededor de Britt-Marie y la miran como si esperasen que ella dijera algo, así que Britt-Marie se acerca a Sami, que está sentado en el capó de su carro negro, y le pregunta qué esperan que diga.

—Bueno, ya sabe. Han estado corriendo y ahora quieren jugar. Suélteles la charla y lance el balón sin más.

—¿Charla? —repite Britt-Marie.

—Sí, dígales algo que los anime —explica Sami.

Britt-Marie reflexiona un instante, se vuelve a los niños y, con tanta energía como puede, les dice:

—Procuren no mancharse.

Sami se echa a reír. Los niños la miran sin comprender nada. Luego, empiezan un partido de entrenamiento. A Sapo, que ahora está en una de las porterías, le meten más goles que a ningún otro. Siete u ocho seguidos. Cada vez que eso ocurre, se le pone la cara totalmente morada y grita: «¡Vamos, vamos! ¡Ahora le damos la vuelta!».

Sami se ríe cada vez que lo dice. Y eso a Britt-Marie la pone nerviosa, así que pregunta:

—¿Por qué hace eso?

—Se ha criado con un padre del Liverpool —contesta Sami, como si eso fuera una respuesta.

Luego, vuelve al maletero a buscar dos postes, le da uno a Britt-Marie y dice:

—Si tu padre es del Liverpool, siempre crees que puedes darle la vuelta a un partido. Ya sabe, como en la final de la Champions League.

Britt-Marie bebe del poste. Directamente de la lata. A estas alturas ya ha rebasado los límites del honor y la urbanidad. De modo que le parece que no pasa nada si dice lo que siente en esos momentos:

—Sami, no quisiera ser desagradable, porque eres una persona con un cajón de los cubiertos perfectamente organizado, pero, en términos generales, debo admitir que todo lo que dices me parece completamente incomprensible.

Sami se echa a reír. Toma un trago del poste. Dice:

—Lo mismo digo, Britt-Marie. Lo mismo digo.

Luego, le cuenta la historia de un partido de fútbol de hace casi diez años, cuando Vega y Omar apenas acababan de dejar los pañales, pero se pasaban las horas con él y Psico en la pizzería. El Liverpool jugaba contra el Milan en la final de la Champions. Britt-Marie pregunta si eso es una competición y Sami le responde que es una copa y Britt-Marie pregunta qué es una copa y Sami responde que es una especie de competición y Britt-Marie replica que bien podrían limitarse a llamarlo así en lugar de andar complicando las cosas.

Sami respira hondo, pero no es en absoluto un suspiro. Prosigue diciendo que el Milan iba ganando por 3-0 en la primera parte y que nunca, en ninguna final de ninguna competición que él pudiera recordar, había visto a ningún equipo tan perdido y tan fuera de combate como el Liverpool en aquel momento. Pero, en los vestuarios, uno de los jugadores se puso a gritarle a los demás como un loco, con la cara encendida y el corazón saliéndole por la boca porque se negaba a vivir en un mundo en el que no se pudieran cambiar las cosas. En la segunda parte, marcó de cabeza el 1-3 y cruzó el campo como un rayo agitando los brazos en el aire como un poseso. Cuando su equipo marcó el 2-3, casi levitaba porque, tanto él como todos los demás, se habían dado cuenta de que ahora eran como un alud, que nadie podría impedir que le dieran la vuelta al marcador. Ni con muros ni con empalizadas ni con diez mil caballos salvajes, nadie conseguiría pararlos.

—Marcaron el 3-3, hubo prórroga y luego ganaron en los penaltis. A un padre que es hincha del Liverpool no le puedes decir que las cosas no pueden cambiar.

Sami mira a Vega y Omar y sonríe.

—O a un hermano mayor. Sí, también puede ser un hermano mayor.

Britt-Marie da un sorbo a su poste.

—Contado así casi parece poético.

Sami sonríe.

—Para mí, el fútbol es poesía. Ya sabe, nací el verano de 1994. En pleno Mundial.

Britt-Marie no tiene ni idea de lo que significa eso, pero no pregunta porque piensa que algún límite hay que poner a tanta anécdota, por poética que sea.

—¿Viene el padre de Sapo a verlo jugar alguna vez? —pregunta Britt-Marie.

—Está ahí —responde Sami, señalando la pizzería.

Karl está de pie en el umbral, tomando café. Lleva una gorra roja. Casi parece feliz.

Éste es para Britt-Marie un día extraordinario. Un juego extraordinario.

Sven la espera dentro de la pizzería después del entrenamiento. Se ofrece a llevarla a casa, pero ella insiste en que no es necesario. Así que Sven le pregunta si puede llevarle los muebles del balcón y ella termina por acceder. Ya ha sacado los muebles y los ha cargado y casi se ha sentado al volante cuando ella cierra los ojos y se arma de todo el valor posible para decir:

—Ceno a las seis.

—¿Perdón? —dice Sven, asomando la cabeza por el otro lado del carro patrulla.

Ella hunde los talones en el barro.

—Ni que decir tiene que no necesito que la mesa tenga un mantel blanco, pero quiero que haya cubiertos y quiero que cenemos a las seis.

—¿Mañana? —pregunta Sven, feliz.

Ella asiente muy seria. Saca la lista.

Cuando el carro se aleja por la carretera, Vega, Omar y Sami la llaman desde el otro lado del aparcamiento. Sami la mira con una risita. Vega da una patada al balón, que va rodando por la grava y el barro hasta que se detiene a un metro. Britt-Marie se guarda la lista en el bolso y lo agarra hasta dejarse blancos los nudillos, como quien lleva toda una vida esperando que la vida empiece.

Después, da unos pasitos y le da al balón una patada con todas sus fuerzas.

Porque ya no sabe cómo evitarlo.

20

Es el día siguiente y también uno de los peores días de la vida de Britt-Marie. Tiene un chichón en la cabeza y, al parecer, se ha fracturado dos dedos. Al menos, eso es lo que le ha dicho la madre de Ben, y la madre de Ben es enfermera, así que Britt-Marie supone que está en condiciones de hacer ese tipo de afirmaciones. Están sentadas en una camilla detrás de una cortina verde, en el hospital de la ciudad. Britt-Marie tiene vendas y apósitos en la cara y en la mano y hace todo lo posible por no echarse a llorar. La madre de Ben le da la mano, pero no le pregunta qué es lo que ha pasado. Britt-Marie se siente muy agradecida por ello, porque lo que más quiere en este mundo es que nadie llegue a saber nunca cómo pasó.

Dicho esto, así fue como pasó:

Para empezar, resulta que Britt-Marie durmió anoche toda la noche, la primera vez desde que llegó a Borg. Durmió el sueño descuidado de los niños y se despertó llena de entusiasmo. Otra vez. Lógicamente, ese hecho debería haberla puesto sobre aviso, porque nada bueno puede derivarse del hecho de que uno se despierte lleno de entusiasmo, así como así. Eso es algo que Britt-Marie ya ha aprendido a estas alturas. En todo caso, ya es demasiado tarde. Ahora está allí sentada con un chichón y los dedos rotos, como una delincuente que se hubiera lastimado en plena ejecución de algún acto delictivo. Eso es lo que creerá la gente, está totalmente convencida, porque ya se sabe lo mucho que habla la gente. Así que lo que pasó en realidad es algo que ya no importa.

Pero lo que pasó en realidad fue, de hecho, que ella se despertó llena de entusiasmo y, acto seguido, se puso a limpiar la cocina de Bank. No porque fuera necesario, sino porque Bank no se encontraba en casa y, cuando Britt-Marie bajó las escaleras, la cocina estaba allí. Britt-Marie nunca ha visto una cocina que no quisiera limpiar. Después de la limpieza, dio un paseo por Borg camino al centro cívico. Lo limpió de arriba abajo. Se cercioró de que todas las fotos estuvieran derechas, también las que mostraban balones de fútbol. Se quedó delante de una de ellas y se vio a sí misma en el reflejo del cristal. Se frotó la mancha blanca del dedo anular. La gente que no se ha pasado casi toda una vida con un anillo de casada en ese dedo no sabe cómo es la mancha. Tampoco lo sabe la gente que lleva anillo, pero que se lo quita de vez en cuando. Britt-Marie sabe que hay gente que hace esas cosas, que se quita el anillo para fregar los platos, por ejemplo. Sin embargo, Britt-Marie no se quitó el anillo ni una sola vez hasta el día en que se lo quitó definitivamente. Así que la mancha blanca es permanente, como si su piel hubiera tenido otro color cuando se casó. Como si eso fuera lo que quedara de ella bajo todo aquello en lo que se convirtió.

Con esa idea en la cabeza, se dirigió Britt-Marie a la pizzería y despertó a Alguien. Tomaron café y Britt-Marie le preguntó con amabilidad si Alguien vendía por casualidad tarjetas postales. Alguien le dijo que sí. Eran unas postales increíblemente antiguas en las que podía leerse «Bienvenidos a Borg». Por eso se sabía que eran antiguas, dijo Alguien, porque hacía mucho tiempo que nadie pronunciaba esas palabras sin ser... ¿cómo se dice...? ¡Sarcástico!

Britt-Marie le escribió la postal a Kent. El mensaje era muy breve. «Hola. Soy Britt-Marie. Perdona todo el mal que te he hecho. Espero que estés bien. Espero que tengas camisas limpias. La maquinilla de afeitar está en el tercer cajón del cuarto de baño. Si necesitas salir al balcón para limpiar los cristales, tienes que girar un poco la manilla, tirar hacia ti y dar un empujoncito a la puerta. En el armario de la limpieza hay Faxin». Quería escribirle hasta qué punto lo echaba de menos… Pero no lo hizo. No quería molestar.

—¿Te importaría indicarme el camino al buzón más próximo? —le preguntó a Alguien.

—Aquí —respondió Alguien, señalándose la palma de la mano.

Britt-Marie expuso en el acto sus dudas acerca de aquel modelo de entrega, pero Alguien le prometió que su correo era «el más superrápido de la ciudad». A qué ciudad se refería es algo que Britt-Marie nunca supo.

Luego, las dos mujeres tuvieron una breve conversación sobre la camiseta amarilla en cuya espalda se leía «Bank» y que estaba colgada en la pared de la pizzería, puesto que Britt-Marie no lograba dejar de mirarla. Como si fuera una pista para resolver un misterio. Alguien le explicó con tono pedagógico que Bank no sabía que la tenía colgada allí y que, si llegaba a saberlo, seguramente se enfadaría tanto que creía que «se metería en culo todo el puto… ¿cómo se dice…? ¡Campo de limones!».

—¿Por qué? —preguntó Britt-Marie.

—Ya sabes. Bank odia fútbol, ¿sí? —respondió Alguien.

—Tenía la impresión de que Bank y tú eran buenas amigas —dijo Britt-Marie.

—¡Somos! ¡Éramos! Mejor amiga antes, sabes. Antes de lo de los ojos. Antes de mudarse Bank —aseguró Alguien.

—Pero ¿nunca hablan de fútbol?

Alguien soltó una risa seca.

—Antes, Bank amaba el fútbol, sí. Amaba más que vida. Luego, lo de ojos, ¿no? Ojos le robaron fútbol. Ahora, odia fútbol. ¿Entiendes? La vida es así, ¿no? Amor, odio, o uno u otro. Así que ella se fue. Mucho tiempo, mucho, ¿sí? El padre de Bank muy distinto de ella, eh, sin fútbol no tenían nada… ¿cómo se dice…? ¡De lo que conversar! Luego, murió padre. Bank vino para enterrar y vender casa, ¿no? Ella y yo ahora somos más bien... ¿cómo se dice...? ¡Compañeras de borrachera! Puede decir así. Ahora hablamos menos. Bebemos más.

—Ja. ¿Y puede saberse adónde se fue cuando dejó Borg? —preguntó Britt-Marie.

—Bueno, ya sabes, aquí, allá... Cuando uno tiene limón en culo no quiere quedarse quieto, ¿no? —dijo Alguien riendo.

Britt-Marie no reía. Alguien carraspeó un poco.

—Estuvo en Londres, Lisboa, París... ¡Me envió la postal! Tengo en algún sitio, sí. Bank y perro, la vuelta al mundo. Ya sabes, a veces creo que se fue porque estaba enfadada. Pero, otras, creo que se fue porque lo de los ojos va como peor y peor, ya sabes. A lo mejor, Bank quería ver el mundo antes de ciega total, ¿entiendes?

Alguien rebuscó hasta encontrar la postal de París. A Britt-Marie le habría encantado tenerla en sus manos, pero se contuvo. Trató de distraer a Alguien y de distraerse a sí misma señalando la pared al tiempo que preguntaba:

—¿Por qué es amarilla la camiseta? Pensaba que las camisetas de Borg eran blancas.

—Selección nacional —respondió Alguien.

—Ja. ¿Y eso es algo especial? —preguntó Britt-Marie.

—Es... selección nacional —respondió Alguien, como si la de Britt-Marie fuera una pregunta incomprensible.

—¿Es difícil entrar? —preguntó Britt-Marie.

—Es que es... selección nacional —respondió Alguien, como si se tratara de una pregunta muy tonta.

Britt-Marie se irritó un poco, así que no insistió más, sino que, para su propio espanto, preguntó:

—¿Y cómo perdió Bank la vista?

No es que Britt-Marie sea de esas personas que se meten en lo que no les concierne, claro, pero, en fin... Este día se había levantado muy entusiasta y, en estos casos, puede ocurrir cualquier cosa. Su sentido común le gritaba por dentro, pero ya era demasiado tarde.

—Enfermedad. Una mierda. Llegó como... ¿cómo se dice...? ¡Sigilosamente! Muchos años. Como crisis económica —aclaró Alguien, moviendo las manos en círculos con gestos de significado confuso.

—Ja —dijo Britt-Marie.

Las cejas de Alguien bajaron al mirar la camiseta.

—Sabes, Britt-Marie, la gente dice: Bank bien *a pesar de* lo de los ojos, ¿no? Yo digo: Bank bien *porque* lo de los ojos. ¿Entiendes? Tuvo que pelear más duro que los demás. Por eso llegó a ser la mejor. ¿Cómo se dice...? ¡Estímulo! ¿Entiendes?

Britt-Marie no estaba del todo segura de entender. Le habría gustado aprovechar y preguntarle a Alguien por qué iba en silla de ruedas, pero la parte sensata de Britt-Marie le paró los pies porque hubiese sido tremendamente inapropiado. De modo que la conversación decayó. Con lo cual, Alguien avanzó un poco con la silla hacia adelante y un poco hacia atrás.

—Me caí de barco. Cuando era pequeña, ¿no? Por si estabas pensando qué sería —le explica, amable.

—¡Desde luego que no estaba pensándolo en absoluto! —aseguró Britt-Marie.

Alguien sonrió.

—Lo sé, Britt. Lo sé. Tú no tienes los prejuicios. Tú sabes que yo soy ser humano, sí. Resulta que tengo silla de ruedas. Pero no soy silla de ruedas que resulta que tiene ser humano, ¿no?

Dio a Britt-Marie una palmadita en el brazo y añadió:

—Por esto me caes bien, Britt. Tú también eres ser humano.

Britt-Marie quería decir que a ella también le caía bien Alguien, pero fue racional y ya no hablaron más del tema. Britt-Marie compró un Snickers para la rata y le preguntó a Alguien si sabía dónde vendían flores.

—¿Flores? ¿Para quién? —preguntó Alguien.

—Para Bank. Me parece descortés llevar todo este tiempo alquilando la habitación sin ofrecerle ni unas flores. Es costumbre regalar flores —le informó Britt-Marie.

—No, mierda, mira, no flores aquí. ¡Pero a Bank le gusta la cerveza! Llévale cerveza mejor, ¿eh? —fue la opinión de Alguien.

A Britt-Marie no le parecía civilizado, pero, finalmente, convino en que la cerveza tal vez fuera como las flores, si a uno le gustaba la cerveza. Así que insistió en que Alguien fuera a buscar papel de celofán, cosa que Alguien no consiguió, pero, al cabo de unos minutos, Omar apareció en el umbral gritando: «¿Necesitan celofán? ¡Yo tengo! ¡Precio de amigo!». Porque parece que así es como funcionan las cosas en Borg.

Con aquel celofán, que en absoluto tenía un precio que Britt-Marie estuviera dispuesta a catalogar de «amigo», envolvió una cerveza de tal modo que parecía un regalo bonito; incluso le puso un moño en la parte superior. Después, se fue al centro cívico, entornó la puerta de entrada y puso en el umbral un plato con un Snickers. Junto al plato, colocó una pulcra nota manuscrita a bolígrafo: «Tengo una salida. O una cita. O como se llame hoy. No tienes que retirar el plato, para mí no es molestia». Hubiera querido escribir que esperaba que la rata encontrara a alguien con quien cenar, que pensaba que no se merecía tener que comer sola. Que la soledad es un despilfarro tanto para las ratas como para los humanos. Pero su sentido común le ordenó que no se inmiscuyera en la elección de relaciones sociales de la rata, así que se contuvo.

Apagó las luces y aguardó al crepúsculo, que, muy convenientemente, en esta época del año llega a Borg mucho antes de la hora de la cena. Cuando se cercioró de que nadie la veía, se dirigió rauda a la parada de autobús que había en la carretera que se alejaba de Borg en dos direcciones y, a bordo de un autobús, dejó Borg en una dirección. Sentía como si fuera una aventura. Como si fuera libertad. No tanto como para no horrorizarse por el estado del asiento, naturalmente, así que extendió sobre él cuatro servilletas blancas bien alisadas antes de sentarse. Algún límite hay que poner, incluso en las aventuras.

Pero, pese a todo, aquello de ir sola en autobús era algo nuevo.

Fue todo el trayecto frotándose la mancha blanca del dedo anular.

* * *

Al llegar al centro, vio que el solárium contiguo al cajero automático estaba desierto. Britt-Marie siguió las instrucciones de una máquina que le dijo que introdujera unas monedas. Durante una fase muy breve del conocimiento mutuo de Britt-Marie y el aparato, éste estuvo a punto de sufrir una rotura por impacto, puesto que la máquina aseguraba que no había recibido ninguna moneda a pesar de que Britt-Marie acababa de introducirlas. Cuando Britt-Marie empezó a amenazarla con el bolso, la máquina pareció pensárselo mejor, por suerte para todos los involucrados, y, tras un ligero parpadeo en la pantalla, se encendieron media docena de grandes tubos fluorescentes en una camilla de plástico.

Ni que decir tiene que Britt-Marie no estaba familiarizada con el procedimiento del solárium, de modo que tampoco conocía sus funciones básicas. Pero pensaba que debería sentarse en un taburete al lado de la camilla de fluorescentes, meter la mano en la luz y cerrar cuidadosamente la tapa. Cuánto tiempo debería estar allí sentada para broncearse la mano hasta que desapareciera la mancha blanca era algo que ignoraba por completo, ciertamente, pero pensó que el proceso no podía ser más complejo que el de preparar un salmón al horno. Así que decidió que, sencillamente, iría sacando la mano de vez en cuando para comprobar cómo avanzaba el asunto.

Algo tuvo que ver, seguramente, el zumbido del aparato. Y tal vez el calor. Todo resultaba de lo más sedante, especialmente cuando una se ha pasado el día derrochando entusiasmo, algo que, ciertamente, puede agotar a cualquiera. Así que, en efecto, Britt-Marie se durmió. Así fue como ocurrió. La cabeza cayó hacia delante, como suele caer la cabeza cuando uno se duerme sentado en un taburete, con lo que se dio un golpe fuerte y contundente en la frente con la tapa de la camilla solar. La mano de Britt-Marie, que se encontraba dentro, quedó aplastada allí dentro y su cuerpo cayó al suelo y perdió la conciencia.

Ahora está en el hospital, con un chichón y los dedos rotos.

La madre de Ben está sentada a su lado y le da palmaditas en el brazo. Fue el personal de limpieza del solárium el que encontró a Britt-Marie, lo cual la indigna más si cabe, puesto que ya se sabe cómo habla el personal de la limpieza en sus reuniones.

—No se preocupe, estas cosas pueden pasarle a cualquiera —le susurra la madre de Ben para animarla.

—No... —responde Britt-Marie con la voz quebrada, bajándose de la camilla.

La madre de Ben le ofrece la mano, pero Britt-Marie se aparta. La madre de Ben se levanta apretando los labios.

—Ya hay bastante gente que se rinde en Borg, Britt-Marie. No se convierta en uno de ellos, por favor.

Es posible que Britt-Marie quiera responder algo, pero la humillación y el sentido común la ponen en pie y la guían hasta la salida. Los niños del equipo de fútbol están sentados en la sala de espera. Britt-Marie, destrozada, evita mirarlos a los ojos. Éste es un sentimiento de vergüenza nuevo para ella, el que se experimenta cuando uno abrigaba una esperanza y todo se viene abajo. Britt-Marie no está acostumbrada a tener esperanza. No sabe qué hace uno cuando la cosa no sale bien. Así que pasa por delante de los niños con el secreto deseo de que no estuvieran allí.

Sven la espera con la gorra entre las manos. Tiene a los pies un cesto de mimbre con unos panecillos.

—Sí, en fin, he pensado que... bueno, he pensado que ahora no querrá ir a ningún restaurante... después de..., así que he preparado un picnic. He pensado... pero, en fin, seguramente preferirá irse a casa, claro. Claro.

Britt-Marie cierra fuertemente los ojos y esconde detrás de la espalda la mano vendada. Sven baja la vista al cesto.

—Los panecillos los he comprado. Pero el cesto lo hice yo. En un curso.

Britt-Marie se muerde las mejillas por dentro. No sabe si Sven y los niños han caído en la cuenta de qué es lo que hacía en el solárium. Lo que estaba tratando de eliminar con el bronceado. No está lista para enfrentarse al riesgo de que alguno le pregunte. Ya ha hecho bastante el ridículo. Así que dice en voz baja:

—Por favor, Sven, lo único que quiero es irme a casa.

De modo que Sven la lleva a la casa de Bank, pese a que ella habría preferido que no lo hiciera. Querría que él nunca la hubiera visto así. Esconde la mano bajo la persiana de bambú. No hay nada que desee más que volver a casa. A su verdadera casa. Su verdadera vida. Que la dejara allí. No se siente preparada para el entusiasmo.

Sven trata de decir algo cuando se detiene, pero ella se baja antes de que se decida. Sven se queda frente al carro patrulla con la gorra entre las manos mientras ella cierra la puerta entre los dos. Britt-Marie se queda inmóvil al otro lado, conteniendo la respiración hasta que él se aleja en el carro.

Limpia la casa de Bank de arriba abajo. Toma sopa para cenar, ella sola. Luego, sube despacio las escaleras, va en busca de una toalla y se sienta en el borde de la cama.

21

Bank llega a casa con una borrachera espectacular en algún momento entre medianoche y el amanecer. Lleva en la mano una caja de pizza de la pizzería de Alguien y viene cantando. No son, en absoluto, canciones civilizadas. Britt-Marie está convencida de que podrían ruborizar a una tripulación de marineros. Está sentada en el balcón y el perro parece dirigir la vista hacia ella. Mantienen el contacto visual mientras Bank maldice y farfulla y busca a tientas con la llave en la cerradura. El perro parece querer encogerse de hombros con resignación. Britt-Marie lo comprende perfectamente.

El primer golpe procedente de la planta baja es el marco de un cuadro que el bastón de Bank derriba de la pared. El segundo va seguido del estrépito que se produce cuando el marco da contra el suelo y el cristal que protege las fotografías de una chica jugando al fútbol y de su padre se rompe. Este proceso continúa metódicamente durante casi una hora. Bank va dando vueltas y vueltas y más vueltas por toda la planta baja destruyendo todos los recuerdos; no con furia y violencia, sino con el empeño metódico de la tristeza. Uno tras otro, hasta que no quedan más que paredes vacías y clavos solitarios. Britt-Marie permanece inmóvil, sentada en el balcón, y desearía poder llamar a la policía. Pero no tiene el número de Sven.

Al final, cesa el estruendo. Britt-Marie sigue sentada en el balcón hasta que comprende que Bank ha debido de rendirse y que se habrá quedado dormida. Poco después, oye unos pasos suaves en la escalera y un chirrido en la puerta, y nota algo áspero que le roza las yemas de los dedos. El animal se tumba a su lado, lo bastante lejos para no importunar, pero lo bastante cerca para que puedan rozarse si se mueven. Luego, todo queda en silencio hasta que la mañana se alza sobre Borg, en la medida en que en Borg hay mañana.

$$* \quad * \quad *$$

Cuando Britt-Marie y el perro se atreven a bajar, Bank está sentada en el suelo del recibidor, apoyada contra la pared. Apesta a alcohol. Britt-Marie no sabe si está dormida, y de ningún modo le parece apropiado quitarle las gafas de sol para preguntarle, así que se limita a ir en busca de una escoba y empieza a recoger los vidrios. Reúne las fotografías en una pila ordenada. Coloca los marcos en un rincón. Le da el desayuno al perro.

Bank sigue sin moverse cuando Britt-Marie se pone el abrigo y guarda la lista en el bolso. Aun así, Britt-Marie deja la cerveza al lado de Bank.

—Esto es un regalo. Me gustaría insistir en que no se la beba hoy, porque está claro que ayer bebió tanto como para tener que bañarse en bicarbonato y esencia de vainilla para volver a oler como una persona civilizada, aunque no quiero meterme donde no me llaman —le explica.

Al ver que Bank ni se mueve ni responde, añade:

—Ja. De todos modos, la he envuelto en celofán. Ahora que he tenido la serenidad suficiente para reflexionar sobre el asunto, comprendo que tal vez le parezca de mala educación, teniendo en cuenta las circunstancias, pero le aseguro que lo hice con la mejor de las intenciones. Sólo quería que la presentación fuera agradable.

Bank sigue tan inmóvil que Britt-Marie tiene que inclinarse para comprobar que sigue respirando. El hecho de que el aliento de Bank le arda en las córneas le indica que sí, que respira. Britt-Marie parpadea, se pone de pie y, de repente, se escucha decir:

—Doy por hecho que no es de esas personas cuyo padre es hincha del Liverpool. Resulta que me han informado de que las personas cuyos padres son hinchas del Liverpool nunca se rinden.

No sabe por qué lo dice. Resulta incomprensible. Pero, por si acaso, añade:

—O un hermano mayor. Según tengo entendido, en algunos casos también funciona si un hermano mayor es seguidor del Liverpool.

Está en el porche, a punto de cerrar la puerta, cuando escucha a Bank murmurar desde la penumbra del vestíbulo:

—Mi padre era del Tottenham.

Britt-Marie decide no tratar de averiguar qué rayos puede querer decir aquello.

* * *

Alguien está sentada en la cocina de la pizzería y huele como Bank, sólo que está de mejor humor. Tal vez se percate de que Britt-Marie tiene la mano vendada, pero no dice una palabra al respecto. Lo que sí hace es darle a Britt-Marie un documento que parece que «uno de la ciudad» ha dejado allí para ella.

—No sé qué de copa de fútbol. Para míster.

—Ja —dice Britt-Marie, y lee el papel sin entender a ciencia cierta lo que significa, pero dice algo de «responsabilidad de registro» y «licencia».

Britt-Marie no tiene tiempo de profundizar en ello porque lo cierto es que tiene cosas de las que ocuparse, así que deja el documento en el bolso y sirve café a los hombres de gorra y barba que leen sus periódicos. Ella no les pregunta por el suplemento de los crucigramas; ellos tampoco se lo ofrecen. Karl va a recoger un paquete y también se toma un café. Cuando termina, lleva la taza a la barra, señala con la cabeza a Britt-Marie sin mirarla y murmura: «Gracias, muy rico».

El sentido común de Britt-Marie le impide preguntarle a Karl qué rayos se supone que hay en todos esos paquetes que le envían por correo continuamente. Por supuesto, es mejor así. En esos paquetes puede haber cualquier cosa. A lo mejor está construyendo una bomba. En los periódicos se leen cosas así. Claro que Karl parece un hombre taciturno y reservado que no molesta a los demás, pero lo cierto es que así son casi siempre las personas de las que hablan los vecinos cuando se demuestra que han estado construyendo bombas. A los que ingenian los crucigramas les gustan las bombas, así que Britt-Marie lo sabe.

Sami y Psico entran después del almuerzo. Psico se queda cerca de la puerta, peinando el local con la mirada, como si buscara algo que hubiera perdido. La incomodidad de Britt-Marie debe ser palpable, porque Sami la tranquiliza con la mirada y se dirige a Psico:

—¿Puedes ir a ver si me he dejado el celular en el carro?

—¿Por qué? —pregunta Psico.

—Carajo, porque te lo estoy pidiendo —insiste Sami.

Psico hace como que escupe, pero sin saliva. La puerta emite un alegre tintineo cuando sale. Sami se dirige a Britt-Marie.

—¿Ganó?

Britt-Marie lo mira atónita y sin comprender. Él sonríe y señala sus dedos vendados:

—Parece que se pegó con alguien. ¿Cómo ha quedado la otra abuela?

—Permíteme que te diga que fue un accidente —protesta Britt-Marie, sin mostrar la menor intención de entrar en detalles.

—Está bien, míster, está bien —dice Sami riendo, y da unos puñetazos de boxeo en el aire.

Britt-Marie se limpia frenéticamente la falda de migas de pan. Sami saca tres camisetas de fútbol de una bolsa y las pone sobre el mostrador.

—Son las de Vega, Omar y Dino. Las lavé varias veces, pero algunas de las manchas no hay manera de sacarlas.

—¿Has probado con bicarbonato? —pregunta rauda Britt-Marie.

—¿Funciona? —pregunta Sami.

Es tal el entusiasmo de Britt-Marie que tiene que sujetarse a la caja registradora.

—Yo... bueno... puedo intentar eliminar esas manchas. ¡Lo haré encantada!

Sami asiente agradecido.

—Gracias, míster. Me irían bien algunos consejos. Las manchas de la ropa de estos chicos... En fin, casi parece que viven en los árboles, carajo.

Britt-Marie espera hasta que se ha llevado de allí a Psico antes de dirigirse al centro cívico. Las manchas desaparecen con bicarbonato. También lava las toallas y los delantales de Alguien, a pesar de que Alguien siempre insiste en que no es necesario. No porque le importe que Britt-Marie le lave la ropa, sino porque considera que no es necesario lavarla. Tienen una breve disputa al respecto. Alguien llama otra vez a Britt-Marie «Mary Poppins» y ella responde enfadada llamándola «cochina». Alguien se ríe tanto que pierden el hilo de la discusión.

Britt-Marie le pone Snickers a la rata. No se queda esperando a que venga porque no quiere tener que explicarle cómo fue la cita. No está segura de que a la rata le interese, pero todavía no se siente preparada para hablar de lo ocurrido. Así que vuelve a la pizzería y cena con Alguien, porque Alguien parece preocuparse por Britt-Marie o muy poco o demasiado como para preguntar.

Sven no pasa por la pizzería esa noche y Britt-Marie se sorprende al comprobar que pega un salto esperanzada, tanto literalmente en la silla como figuradamente en el pecho, cada vez que suena el timbre de la puerta, porque no se habría enfadado ni aunque Sven se hubiera presentado en mitad de la cena. Pero nunca es Sven. Sólo alguno de los niños. Hasta que ya están todos, con sus camisetas de fútbol recién lavadas, porque se ve que los demás niños tienen en casa a alguien que se ocupa de hacerlo.

Este hecho le infunde a Britt-Marie cierta esperanza con respecto a Borg. El hecho de que haya alguien que comprenda el valor que tiene una camiseta recién lavada.

Van todos camino del entrenamiento cuando el niño aparece en el umbral. Lleva la camiseta en la que se lee «*Hockey*», pero a su padre no se lo ve por allí.

—¿Qué carajo haces aquí? —pregunta Vega.

El niño hunde las manos en los bolsillos y señala el balón que Vega tiene en las manos.

—Nada, quería jugar.

—¡Pues lárgate a jugar a la ciudad! —le suelta Vega.

El chico tiene la cabeza baja, la barbilla pegada al pecho, pero no retrocede.

—El equipo de fútbol del centro entrena a las seis. A esa hora tengo *hockey*. Pero vi que ustedes entrenaban más tarde…

Britt-Marie tiene la clara impresión de que es su deber defender esa decisión suya, así que interviene:

—¡No se puede entrenar en mitad de la cena!

—En mitad del *hockey* tampoco —dice el chico.

—El colmo de los colmos —dice Britt-Marie.

Vega termina por cansarse y se abre paso con el codo por delante del chico.

—Este no es tu sitio, niño rico. Y nosotros no somos tan buenos como el equipo de la ciudad, ¡así que vete y juega con ellos si quieres!

El chico sigue sin retroceder. Ella se detiene. Él levanta la barbilla.

—Me importa una mierda que no sean buenos. Yo quiero jugar aquí.

Y así es como se convierten en un equipo.

Vega se abre paso la primera y sale por la puerta con un vocabulario que a Britt-Marie no le parece civilizado, pero Omar le da al chico un toque en la espalda y le dice:

—Si eres capaz de quitarle el balón, estás con nosotros. Pero no creo que te atrevas.

El chico cruza como un rayo el aparcamiento antes de que Omar haya terminado la frase. Vega le da un codazo en la cara. Él cae de rodillas con la nariz llena de sangre, pero saca un pie y se lleva el balón como si fuera un gancho. Vega cae y se araña todo el cuerpo en la grava. Se gira entera con una declaración de guerra en la mirada. Aún en la puerta de la pizzería, Omar le da un codazo a Britt-Marie y señala entusiasmado:

—Fíjese ahora, ¡Vega lo va a reventar con una entrada!

—¿Y eso qué es? —pregunta Britt-Marie, pero ya no necesita una repuesta cuando Vega cruza el campo a la carrera y, a un par de metros por detrás del chico, se lanza con las dos piernas estiradas y se desliza por la grava hasta chocar con los pies de su oponente, cuyo cuerpo da media voltereta en la oscuridad.

Así es como Britt-Marie se entera de por qué todos los chicos de Borg llevan los vaqueros rasgados por los muslos. Vega se levanta y pone un pie victorioso sobre el balón. El chico se sacude a unos metros de ella, preocupantemente necesitado de bicarbonato, y se extrae un montón de afiladas piedrecillas de la piel de la cara. Vega mira a Britt-Marie, se encoge de hombros y dice refunfuñando:

—No es malo.

Britt-Marie saca la lista del bolso.

—¿Te importaría decirme tu nombre? —pregunta.

—Max —dice el chico.

Omar señala muy serio, primero a Vega y después a Max.

—¡Ustedes dos no pueden estar en el mismo equipo en la práctica!

Luego, hacen el Idiota. Juegan un mini partido. Son un equipo. Sami no se encuentra en su puesto para iluminar el campo con el carro, pero otro vehículo con los faros encendidos ha ocupado su lugar. Un camión con los costados tan oxidados que resulta totalmente inverosímil que un camión haya podido estropearse tanto en todo el tiempo transcurrido desde que se inventaron los camiones. Al volante está Karl. Britt-Marie entra en la pizzería y le pide un café. Karl le hace un gesto con la cabeza. Ella también.

22

Cuando la mujer y el hombre del carro rojo se detienen al final del aparcamiento, ni Britt-Marie ni los niños reaccionan, puesto que han empezado a acostumbrarse a que aparezcan por los entrenamientos de Borg algunos jugadores nuevos y también cierto público, como si fuera la cosa más natural del mundo. Pero, cuando Max señala y dice: «Ésos son de la ciudad, creo. Ella es jefa de distrito de la Federación Sueca de Fútbol, mi padre la conoce», se detiene el entrenamiento y jugadores y entrenador aguardan a los desconocidos con suspicacia.

—¿Britt-Marie? —pregunta la mujer cuando se acerca un poco.

Va pulcramente vestida; el hombre también. El carro rojo está muy limpio, observa Britt-Marie, primero con la aprobación habitual de su vida anterior y, acto seguido, con el escepticismo que ha aprendido en Borg ante las cosas que parecen enteras y limpias. Son cosas que muy rara vez encajan en Borg.

—Soy yo —confirma Britt-Marie.

—Esta mañana le dejé unos documentos, ¿ha tenido tiempo de leerlos? —pregunta la mujer, señalando la pizzería.

—Ja. Ja. No, no he tenido tiempo. He estado ocupada.

La mujer mira a los niños. Luego, otra vez a Britt-Marie.

—Se refieren a las reglas de competición de la Copa de Enero a la que este... *equipo* se ha presentado.

Pronuncia la palaba «equipo» igual que Britt-Marie dice «taza» cuando lo que tiene en la mano es un vaso de plástico.

—Ja —dice Britt-Marie, sacando papel y lápiz, como si desenvainara un arma.

—Figura como entrenadora en la solicitud. ¿Dispone de licencia? —pregunta la mujer.

—¿Disculpe? —dice Britt-Marie, al tiempo que escribe «licencia» en el bloc de notas.

—Li-cen-cia —repite la mujer, señalando al hombre que tiene a su lado como si fuera alguien a quien Britt-Marie debería reconocer—. La Federación de Fútbol y el municipio sólo permiten la participación en la Copa de Enero a equipos cuyo entrenador tenga licencia expedida por el distrito correspondiente.

Britt-Marie escribe en el bloc: «Adquirir licencia de entrenador del distrito».

—Ja. ¿Y sería tan amable de indicarme cómo adquirir esa licencia? Me encargaré enseguida de que mi contacto en la oficina de empleo...

—Por el amor de Dios, ¡la licencia no es algo que uno pueda *adquirir*! ¡Hay que hacer todo un curso! —exclama algo histérico el hombre que hay al lado de la mujer. Gesticula indignado señalando el aparcamiento—. ¡Si ni siquiera son un equipo! ¡Ni siquiera tienen campo donde entrenar!

Llegados a este punto, Vega se harta, puesto que su paciencia tiende a ser limitada, y le suelta:

—¡Eh, oye, tú! ¿No jugamos al fútbol aquí?

—¿Qué? —responde el hombre.

—¿Es que estás sordo, pendejo? He dicho: «¿Es que aquí no jugamos al fútbol?» —dice Vega, furibunda.

—Bueno... sí... —responde el hombre con una risita burlona y mostrando las palmas de las manos.

—Pues, carajo, si jugamos al fútbol, esto será un campo de fútbol —afirma Vega.

El hombre mira atónito a Britt-Marie, como si esperara que dijera algo, pero lo cierto es que a Britt-Marie no le parece apropiado, puesto que, por una vez, sin tener en cuenta el vocabulario utilizado, piensa que Vega tiene razón. De modo que guarda silencio. La mujer que hay al lado del hombre suelta una tosecilla.

—El equipo de la ciudad desarrolla una actividad futbolística extraordinaria, y estoy segura de que...

—¡Y nosotros desarrollamos una actividad futbolística extraordinaria aquí! —ataja Vega.

La mujer respira rápido por la nariz varias veces.

—Debemos seguir un reglamento para la Copa de Enero. De lo contrario, cualquiera podría presentarse y jugar. Sería caótico, como comprenderán. Si no cuentan con un entrenador con licencia, lo siento mucho pero no podrán participar. Pueden presentar una solicitud para el año que viene, la tramitaremos y...

La voz que la interrumpe desde algún punto de la oscuridad reinante entre el carro rojo y el camión de Karl resuena resacosa y, claramente, no admite discusión.

—Yo tengo una maldita licencia. Anota mi nombre, si es tan importante.

La mujer se queda atónita mirando a Bank. Todos los demás también. Adónde estará mirando Bank es algo que, dicho sin prejuicios, resulta poco claro. Pero el perro, sin duda, está mirando a Britt-Marie. Ella lo mira de reojo, como si fueran dos delincuentes que conspiran.

—Pero, por favor, ¿ha vuelto *esta* a Borg? —le dice el hombre a la mujer en cuanto ve a Bank.

—¡Chist! —lo calla la mujer.

Bank sale de entre las sombras y agita el bastón en dirección a ambos, dándole al hombre en el muslo con bastante fuerza. Dos veces.

—Uy —dice Bank a modo de disculpa, y señala luego con el

bastón a la mujer—. Anota mi nombre. Supongo que no lo han olvidado —dice, y golpea de nuevo, sin querer pero con bastante fuerza, al hombre (tres o cuatro veces) en el hombro y un poco en la mejilla, y, luego, sin duda por accidente, le mete la punta del bastón en la boca, de modo que el hombre da un salto hacia atrás y empieza a escupir barro como un aspersor de agua defectuoso—. Ay —dice Bank.

—Nosotros... bueno, las normas del campeonato estipulan que... —intenta explicar la mujer.

Bank responde con voz atronadora y resacosa.

—¿Por qué no te callas la boca, Annika? Que te calles. Los niños quieren jugar. Hubo un tiempo en el que tú y yo también queríamos jugar y unos tipos como éste trataron de impedírnoslo.

Bank señala con el bastón en dirección al hombre al decir las últimas palabras, pero esta vez, éste se aparta de un salto. La mujer se queda un buen rato sopesando posibles respuestas. Con el paso de los segundos, parece cada vez más joven. Abre la boca, vuelve a cerrarla. Al final, escribe resignada el nombre de Bank en la documentación. El hombre no ha terminado de escupir y resoplar cuando entran en el carro rojo y dejan Borg rumbo a la ciudad.

Bank no pierde ni un segundo en tonterías. Con la resaca, tiene tanta paciencia como Vega, así que, agitando el bastón ante los niños con gesto amenazador, masculla:

—A menos que sean ciegos, ya habrán notado que yo sí lo soy. Pero no me hace falta verlos jugar para saber que son unos inútiles. Tenemos unos días antes de esa estúpida copa, así que haremos lo que podamos para que sean lo menos inútiles posible. —Reflexiona unos instantes y añade—: No se hagan muchas ilusiones.

No es, en absoluto, una charla extraordinaria. Y lo cierto es que Britt-Marie tiene la sensación de que le gustaba más Bank cuando no hablaba tanto. Pero, naturalmente, el primero que reúne valor para oponerse es Omar; en parte, porque se atreve a decir lo que está pensando todo el equipo y, en parte, porque es lo bastante tonto para hacerlo.

—¡Vaya mierda! ¡Nos ha tocado la míster ciega!

Britt-Marie junta las manos.

—Omar, eso no se dice. Es tremendamente poco civilizado.

—¡Está ciega! ¿Qué sabe ella de fútbol?

—En realidad, sólo tiene visión reducida —observa Britt-Marie, algo ofendida.

Omar maldice. Bank asiente tranquila. Señala con el bastón el balón de fútbol, con una precisión tal que pilla por sorpresa incluso a Omar.

—Tráiganme el balón —dice, y le silba al perro.

El animal sale corriendo y se coloca justo detrás de Omar. Y pega una ladrido. Bank se vuelve directamente hacia Omar y el perro. Vega lo entiende enseguida y, con el brillo de la esperanza en la mirada, se acerca corriendo y hace rodar el balón hasta Bank. Luego, rauda y entre risas, retrocede tan lejos de su hermano como puede. Omar mira nervioso al perro, a sus espaldas, y a Bank, ante él.

—O sea... qué... espera... yo no quería decir...

Con una velocidad sorprendente, Bank sale disparada hacia el balón. Al mismo tiempo, el perro se planta detrás de los pies de Omar, levanta la pata y orina. La orina forma un charco perfectamente redondo en la grava. Cuando el pie de Bank toca el cuero del balón, Omar trata de retroceder para esquivarlo, pero tropieza con el perro y aterriza de cara en el charco.

Bank para en seco con el pie en el balón. Señala a Omar con el bastón y dice entre dientes:

—Yo por lo menos sé lo que es amagar. Y, aunque esté casi ciega, puedo apostar un montón de dinero a que te has metido en un charco de pis de perro. ¿Estamos de acuerdo en que sé más de fútbol que tú?

Vega está al borde del charco de pis, totalmente fascinada.

—¿Cómo pudiste enseñarle eso al perro?

Bank llama al animal con un silbido. Le rasca el hocico. Abre el bolsillo de la chaqueta para que se coma lo que hay dentro.

—El perro conoce muchos trucos, lo tenía antes de quedarme ciega. Sé cómo entrenar cosas.

Britt-Marie ya va de camino al centro cívico en busca de bicarbonato.

Cuando vuelve al aparcamiento, los niños están jugando al fútbol a los gritos. Hay que vivirlo para comprender la diferencia entre el fútbol silencioso y el que no lo es. Britt-Marie se detiene a escuchar en la oscuridad. Cada vez que uno de los niños consigue el balón, los compañeros gritan: «¡Aquí, aquí estoy!».

—Si se los oye, es que existen —les dice Bank mientras se masajea las sienes para despejar la resaca.

Los niños juegan. Gritan. Indican dónde se encuentran. Britt-Marie se agarra al bote de bicarbonato que tiene entre las manos hasta abollarlo.

—Estoy aquí —susurra, y querría que Sven estuviera allí para poder decírselo a él.

Es un equipo sorprendente. Y un partido notable.

*　*　*

Se despiden al final del entrenamiento. Sapo se va a casa con su padre en el camión. Sami recoge a Vega, Omar y Dino. Max se aleja solo por el arcén de la carretera. A Ben lo recoge su madre, que dice adiós con la mano a Britt-Marie. Ella le devuelve el gesto. Bank no dice una palabra por el camino de regreso, y a Britt-Marie le parece inapropiado desafiar al destino. O, como mínimo, desafiar a un bastón que esta tarde ha estado en el barro y en la boca de una persona. Así que acepta el silencio.

Ya en casa, Bank retira el celofán de la cerveza y se la bebe directamente de la botella. Britt-Marie va en busca de un vaso y de un posavasos.

—Hasta ahí podíamos llegar —le dice resuelta a Bank.

—Eres una pesada, ¿te lo habían dicho ya? —pregunta Bank.

—Incontables veces —responde Britt-Marie.

Según cómo se cuente, Britt-Marie acaba de hacer una segunda amiga.

Se dirige a la escalera, pero cambia de idea, se da media vuelta y pregunta:

—Dijiste que tu padre era del Tottenham. Me gustaría, si no es molestia, que me explicaras qué significa eso.

Bank bebe cerveza de un vaso. Se deja caer en una silla. El perro se sienta con la cabeza en sus rodillas.

—Los que son del Tottenham siempre dan más amor del que reciben —dice.

Britt-Marie coloca la mano sana sobre el vendaje de la otra. Amar el fútbol es innecesariamente complicado.

—Debo suponer que con eso te refieres a que no es un buen equipo.

Bank hace un amago de sonrisa.

—El Tottenham es un equipo malo de la peor clase, porque son casi buenos. Siempre prometen que serán increíbles. Te animan a abrigar esperanzas. Así que sigues amándolo mientras ellos no dejan de encontrar formas cada vez más innovadoras de decepcionarte.

Britt-Marie asiente, como si aquello tuviera su lógica. Bank se pone de pie y afirma:

—En ese sentido, su hija siempre fue para él como su equipo favorito.

Deja la botella vacía en la encimera de la cocina y, sin necesidad de bastón, pasa frente a Britt-Marie en dirección a la sala.

—La cerveza estaba buena. Gracias.

Esa noche, Britt-Marie se pasa horas sentada en el borde de la cama de su cuarto. Se levanta y se va al balcón, esperando a un carro patrulla. Luego, vuelve al borde de la cama. No llora, no se siente desgraciada. De hecho, más bien lo contrario. Está agitada, sólo que no sabe qué hacer. Es como una especie de desasosiego. Las ventanas están limpias, ha fregado el suelo y ha limpiado el polvo de los muebles del balcón. Ha esparcido bicarbonato en la tierra de los maceteros y en el colchón. Pasa los dedos de la mano sana por la venda, que esconde la mancha blanca que quedaba oculta bajo el anillo de casada. Así que, en cierto modo, alcanzó el efecto deseado con la visita al solárium, aunque la cosa no funcionó del todo como había planeado. Nada ha ido según el plan desde que llegó a Borg.

Por primera vez desde que llegó, ha aceptado que no todo esto es malo.

*   *   *

Cuando llaman a la puerta, lleva tanto tiempo deseándolo con tanta fuerza que, al principio, cree que se lo está imaginando. Pero resulta que llaman una segunda vez y que Britt-Marie se levanta de un salto y baja las escaleras a trompicones como una loca. Lógicamente, esa actitud no es propia de ella, ni es en absoluto civilizada. No ha bajado así las escaleras desde que era adolescente, cuando su corazón llegaba a la puerta antes que sus pies. Se detiene un instante y hace acopio de todo el sentido común que puede reunir para arreglarse el pelo y todos los pliegues invisibles de la falda.

—¡Sven! Iba a… —acierta a decir con la mano en el picaporte.

Luego, se queda allí parada. Le cuesta respirar. Siente que le fallan las piernas.

—Hola, cariño —dice Kent.

23

«Los chicos buenos no besan a las chicas guapas», solía decir la madre de Britt-Marie. Aunque lo que quería decir en realidad era que las chicas guapas no debían besar a los chicos buenos, porque con ellos no podía una estar segura de tener un porvenir garantizado. «Habrá que pedirle a Dios que Britt-Marie encuentre un hombre que pueda mantenerla. Si no, vivirá en la miseria, porque está claro que no tiene habilidades propias», la oía decir al teléfono Britt-Marie. «La tuve para pagar por mis pecados», solía decir también, al teléfono si estaba sobria, directamente a Britt-Marie si había bebido.

Es imposible satisfacer a tus padres cuando has perdido a una hermana que, en todo lo esencial, era una versión mucho mejor de ti. Pese a todo, Britt-Marie lo intentaba. Con un padre que llegaba a casa cada vez más tarde, hasta que dejó de llegar, no había muchas posibilidades, así que Britt-Marie aprendió a no tener expectativas propias y a vivir en la ausencia total de expectativas de su madre.

Alf y Kent vivían en el mismo piso y se peleaban como suelen pelearse los hermanos. Tarde o temprano, los dos quisieron tener a la misma chica, como suele ocurrir con los hermanos. Si los dos querían conquistar a Britt-Marie porque de verdad la querían o porque los hermanos siempre quieren lo que tiene el otro, es algo que ella nunca supo. Britt-Marie no se hacía ilusiones, si Ingrid hubiera estado viva, la habrían cortejado a ella, naturalmente. Una no se hace ilusiones si está acostumbrada a vivir en la sombra.

Pero los chicos fueron perseverantes y competían por su atención de formas radicalmente opuestas. El uno era ruidoso; el otro, tímido. El uno andaba siempre fanfarroneando del dinero que pensaba ganar; el otro, le regalaba flores. El uno era demasiado duro con ella; el otro, demasiado bueno. Y Britt-Marie no quería decepcionar a su madre. Así que eligió al duro y altanero que siempre andaba jactándose de su dinero y rechazó al que era bueno. Eligió a Alf y rechazó a Kent.

Kent estaba en el rellano con un ramo de flores en la mano y los ojos cerrados cuando ella se fue de allí con su hermano. Cuando volvió, Kent ya se había ido.

* * *

Estuvo muy poco tiempo con Alf. Estaba cansado, recuerda. Se aburrió enseguida. Tal como les sucede a los vencedores cuando desaparece la adrenalina. Una mañana, se fue para hacer el servicio militar y pasó fuera varios meses. La mañana que debía regresar, Britt-Marie se pasó horas frente al espejo por primera vez en su vida y se probó un vestido nuevo. Su madre le lanzó una ojeada rápida y dijo: «Ja. Veo que intentas parecer fácil. Pues misión cumplida». Britt-Marie trató de explicarle que era un estilo moderno y su madre respondió que Britt-Marie debía procurar no levantar la voz porque, cuando lo hacía, parecía tonta. Britt-Marie le explicó en un tono moderado que pretendía darle a Alf una sorpresa en la estación. Su madre resopló con desprecio y dijo: «Sí, sin duda. Una sorpresa se va a llevar». Y su madre tenía razón.

Britt-Marie se presentó con un vestido viejo, las manos sudadas y el corazón latiéndole como el galopar de caballos por los adoquines. Lógicamente, había oído las historias que contaban de que los soldados tenían una novia en cada puerto, pero no había pensado que eso pudiera incluir a Alf. O, como mínimo, no creía que pudiera tener dos novias en el mismo puerto.

Llevaba toda la noche llorando en la cocina con un paño en la cara cuando su madre se levantó para reñirla porque estaba haciendo ruido. Britt-Marie le contó lo de la chica con la que vio a Alf. Su madre asintió y dijo: «Ja. ¿Qué esperabas, después de elegir a un hombre así? Ya te dije yo que te quedaras con el otro hermano, el bueno. ¿Cómo se llamaba…? ¿Kent?».

Acto seguido, volvió a la cama. Al día siguiente, se levantó más tarde de lo habitual. Al final, ni se levantaba. Britt-Marie empezó a trabajar de camarera, en lugar de estudiar, para poder mantener la casa. Le llevaba la cena a la cama a una madre que dejó de hablar, pero que, de vez en cuando, seguía siendo capaz de decir: «Ja. Camarera. Debe de ser estupendo no sentir que les debes algo más a tus padres que te lo han dado todo. Supongo que ninguna formación era lo suficientemente buena para ti, ¿no? Claro, es mucho mejor quedarte en casa y vivir de mis ahorros».

Con el tiempo, el silencio se fue haciendo cada vez mayor en el apartamento. Al final, se hizo el silencio absoluto. Britt-Marie limpió las ventanas y decidió esperar a que comenzara algo nuevo.

Hasta que un día apareció Kent en el rellano. Al día siguiente del entierro de su madre. Le habló de su divorcio, de sus hijos. Britt-Marie llevaba tanto tiempo deseando aquello que creyó que eran imaginaciones suyas y, cuando él le sonrió, sintió como si el sol le bañara la piel. Así que adoptó como propios los sueños de Kent. La vida de Kent. Porque eso a ella se le daba bien, y a la gente le gusta hacer aquello que se le da bien. Las personas quieren estar con alguien que sabe que están ahí.

* * *

Ahora, Kent está en el umbral de la casa de Borg. Lleva flores en la mano. Sonríe. El sol baña la piel de Britt-Marie. Le resulta difícil no querer volver a su antigua vida cuando ha comprobado lo duro que es empezar de nuevo. Le resulta difícil no querer recuperar la vida de siempre, cuando se ha dado cuenta de lo que cuesta empezar una nueva vida.

—¿Esperabas a otra persona? —pregunta Kent, inseguro. Ahí parado, vuelve a ser un niño en el rellano de una escalera.

Britt-Marie menea perpleja la cabeza. Él sonríe.

—Recibí la postal. Y… bueno… El contable miró tus movimientos bancarios —dice, casi avergonzado, señalando la calle en dirección a la ciudad.

Como Britt-Marie no sabe qué decir, él continúa:

—He preguntado por ti en la pizzería. La mujer de la silla de ruedas no quería decirme dónde estabas, pero había unos hombres que estaban tomando café y me lo dijeron enseguida. ¿Los conoces?

—No —susurra Britt-Marie, sin saber si es mentira o no. Kent le da las flores.

—Yo… mi amor, ¡qué demonios! ¡Perdón! Yo… Ella, esa mujer, nunca significó nada para mí. Se acabó. A quien quiero es a ti. Carajo. ¡Amor mío!

Britt-Marie mira preocupada el bastón en el que se apoya Kent.

—¡Por el amor de Dios! ¿Qué te ha ocurrido?

Él le quita gravedad al asunto con un ademán.

—Bah, no te preocupes por esto. Los médicos quieren que lo use por un tiempo, por eso del infarto. El chasis se me ha oxidado un poco, después de haber pasado la mitad del invierno aparcado en el garaje —dice con una sonrisita, señalándose las piernas con la cabeza.

Ella querría estrechar la mano de Kent entre las suyas.

No le resulta natural invitarlo a entrar. Nunca le resultó natural, ni siquiera cuando eran adolescentes. En casa de los padres de Britt-Marie no estaba permitido llevar chicos a la habitación, así que el primer chico que entró ahí fue Kent. Tras la muerte de la madre.

Y ese chico se quedó allí. Convirtió el hogar de Britt-Marie en el suyo, y su vida en la de ella.

Así que ahora a los dos les parece natural pasearse por Borg en el BMW, porque, en muchos sentidos, donde mejor estaban era en el carro. Él en el asiento del conductor y ella en el del acompañante. Pueden fingir que, simplemente, están de paso. Dejar Borg como se dejan los lugares desde los que se mandan las postales, porque sólo se envían postales desde los lugares que se van a dejar. Quienes viven allí envían cartas.

Van a la ciudad y vuelven al pueblo. Kent tiene la mano apoyada en la palanca de marchas, así que Britt-Marie alarga tímidamente los dedos de la mano sana y la coloca sobre la suya. Para sentir que ambos van en la misma dirección. Kent lleva la camisa arrugada y tiene manchas de café en la barriga. Britt-Marie piensa en lo que dijo Sami de los niños que parece que viven en los árboles porque parece que Kent se ha caído dormido de un árbol y se ha ido dando golpes con cada rama por el camino. Él sonríe, como excusándose.

—Es que no encontraba la dichosa plancha. Nada funciona como debe cuando tú no estás en casa, mi amor. Ya lo sabes.

Britt-Marie no responde. Le inquieta lo que pensará la gente de él, que digan que tiene una mujer que lo ha abandonado cuando anda con bastón y todo eso. Siente frío en el dedo anular y da las gracias por que la venda impida que Kent lo vea. Sabe que él la ha traicionado, pero no puede dejar de pensar que ella también lo traicionó. ¿Qué vale el amor si dejamos a nuestra pareja cuando más nos necesita?

Kent deja escapar una tosecilla y levanta el pie del acelerador, pese a que la carretera está desierta. Britt-Marie nunca lo ha visto hacer algo así. Aminorar la marcha sin necesidad.

—Los médicos dicen que no he estado muy bien. Durante un periodo más bien largo. No he sido yo mismo. Ahora me han recetado unas pastillas de no sé qué; antidepresivos o como se llamen.

Lo dice igual que expresa todos sus planes, como una obviedad. Como si lo que hacía que volviera a casa tarde oliendo a pizza fuera un fallo de producción que pudiera solucionarse con facilidad. Y ya está todo arreglado.

Britt-Marie quiere preguntarle por qué nunca la ha llamado. Al fin y al cabo, tiene un celular. Pero comprende que Kent ha dado por hecho que ella no sabría hacerlo funcionar. Así que no dice nada. Él mira por la ventanilla cuando vuelven a entrar en Borg.

—Hay que ver a qué lugar más extraño has venido a parar, ¿no? ¿Qué solía decir tu madre del campo? Que era «lejos de todo lo excelente».

—Lejos de lo honrado y lo honorable —responde Britt-Marie.

—Qué graciosa era tu madre. Y qué ironía que vinieras a parar a este sitio, ¿no? Tú, ¡que, en cuarenta años apenas has puesto un pie fuera de nuestro apartamento!

Lo dice como una broma. A ella le cuesta tomárselo así. Pero, cuando se detienen frente a la casa de Bank, él respira con tanta dificultad que comprende que debe de dolerle bastante. Son las primeras lágrimas que Britt-Marie le ha visto. Ni siquiera le afloraron cuando enterró a su propia madre, agarrado a la mano de Britt-Marie.

—Se ha terminado. Con ella. Con esa mujer. Nunca significó nada para mí. No como tú —dice Kent.

Le toma los dedos de la mano sana, los acaricia suavemente y dice en voz baja:

—Te necesito en casa, mi amor. Te necesito allí. No tires por la borda toda una vida, la que hemos vivido juntos, porque cometí un único error absurdo.

Britt-Marie retira unas migas invisibles de su camisa. Aspira el aroma de las flores que lleva en los brazos.

—No me está permitido subir a la habitación con un chico. A la edad que sea —dice Britt-Marie en un susurro.

Él vuelve a reír de buena gana. A ella le arde la piel.

—¿Mañana? —le pregunta cuando sale del carro.

Britt-Marie asiente.

Porque la vida es más que nuestra situación particular en un momento dado. Más que la persona que somos. Es compartirla. Que haya partes de uno en otra persona. Los recuerdos y las paredes y los armarios y los cajones con compartimentos para los cubiertos en los que uno sabe dónde se encuentra cada cosa. Toda una vida de adaptación a una organización perfecta, una existencia aerodinámica adaptada a dos personalidades. Una vida en común de todo lo que es como de costumbre. Cemento y piedra, mandos a distancia y crucigramas, camisas y bicarbonato, el armario del cuarto de baño con la maquinilla de afeitar en el tercer cajón. Él la necesita para todo eso. Si ella no está, nada funciona como de costumbre. Es valiosa, inestimable, insustituible, precisamente allí.

Sube a su cuarto. Abre cajones. Dobla toallas. Le suena el celular: el número de la joven de la oficina de empleo aparece en la pantalla, pero Britt-Marie lo apaga. Se queda toda la noche sola, sentada en el balcón. Con las maletas hechas esperando a su lado.

24

—Me miras como si me juzgaras. Permíteme que te diga que no me agrada en absoluto —señala Britt-Marie.

Al ver que no obtiene respuesta, dice, algo más diplomática:

—Quizá no sea tu intención mirarme como si me juzgaras, pero es la impresión que me da.

Como sigue sin obtener respuesta, se sienta en el taburete con las manos cruzadas sobre las rodillas y señala:

—Debo señalar que la toalla está donde está para que te limpies las patas en ella. No de adorno.

La rata come un poco del Snickers. No dice nada. Pero da la sensación de que está juzgando a Britt-Marie. Ella resopla a la defensiva.

—Puede que el amor no tenga que ser necesariamente fuegos artificiales y orquestas sinfónicas para todo el mundo, aunque pueda parecerlo. Para algunos de nosotros, el amor puede ser otras cosas. ¡Cosas sensatas!

La rata come Snickers. Da una vuelta por la toalla. Vuelve al dulce.

—Kent es mi marido. Yo soy su mujer. Así que no pienso resignarme a que una rata me da lecciones de moral —aclara Britt-Marie. Luego, se serena un poco, cambia las manos de sitio sobre la rodilla, y añade—: No es que tenga nada de malo, claro. Ser una rata. Estoy segura de que es algo excelente.

La rata no hace el menor intento de ser otra cosa. Las palabras de Britt-Marie surgen en un hondo suspiro.

—Debes entenderlo, llevo mucho tiempo sintiéndome sola.

La rata sigue comiendo. Los niños juegan al fútbol en el aparcamiento frente al centro cívico. Britt-Marie ve el BMW de Kent por la puerta entreabierta. Está jugando con los niños. Les cae bien. Puede llevar años detectar sus defectos. Con Britt-Marie ocurre lo contrario.

De hecho, no sabe si «sola» es la palabra adecuada. Se pone a buscar la correcta, como en los crucigramas. Vertical: «Desanimado». «Así se siente el que no está contento». O bien: «En un afligido tris te verás si no levantas el ánimo», quizá, si es uno de esos graciosillos que se dedican a jugar con las palabras. Britt-Marie tiene sus reservas respecto a que esos graciosillos participen en la confección de crucigramas. En su opinión, lo mejor es tomárselo en serio.

—«Apesadumbrada» quizá sea una palabra más certera —le dice a la rata.

Lleva mucho tiempo sintiéndose así.

—Claro que a ti se te antojará absurdo, pero, en cierta forma, he tenido menos tiempo de estar apesadumbrada en Borg que en casa —le explica.

La rata se da otra vuelta por la toalla. Parece estar considerando si terminarse el Snickers o si pedir que se lo envuelva para llevárselo a algún sitio.

—No es que me hayan obligado a vivir mi vida como la he vivido. Habría podido propiciar un cambio. Habría podido buscarme un empleo —dice Britt-Marie, y se da cuenta de que está defendiendo a Kent, en vez de defenderse a sí misma.

Claro que eso sigue siendo cierto. Habría podido buscar un empleo. Kent pensaba, eso sí, que estaría bien que esperase un poco. Unos años, nada más. ¿Quién se encargaría si no de la casa?, preguntaba. Y, por la forma de hacer la pregunta, ella comprendía que no se veía a sí mismo como una respuesta posible a esa pregunta. De modo que, tras quedarse en casa unos años con su madre, Britt-Marie se quedó en casa unos años con los hijos de Kent y después enfermó la madre de Kent, así que Britt-Marie se quedó en casa con ella durante unos años. Kent opinaba que era lo mejor. Naturalmente, sólo sería un periodo de transición, hasta que se hubieran cumplido todos los planes de Kent, pero, de todos modos, lo mejor para toda la familia era que Britt-Marie se quedara en casa por las tardes por si los alemanes tenían ganas de venir a cenar. Con «toda la familia», se refería a toda la familia menos Britt-Marie. «Los gastos de representación de la empresa desgravan», aseguraba siempre Kent, pero nunca decía para quién.

Unos años se convirtieron en muchos años, y muchos años en todos los años. Una mañana, se despertó con más vida vivida que por vivir, sin saber muy bien cómo había ocurrido.

—Habría podido buscarme un empleo. Fui yo quien decidió que me quedaría en casa. No soy ninguna víctima —observa Britt-Marie.

No cuenta lo cerca que estuvo. Acudió a entrevistas de trabajo. A más de una. No se lo contó a Kent, naturalmente, porque sólo le habría preguntado por su sueldo. Y, cuando ella se lo dijera, se reiría y diría: «Pero entonces es mejor que te pague yo para que te quedes en casa, carajo». Lo habría dicho como una broma, pero ella no habría sido capaz de tomárselo así, de modo que nunca le contó nada. Siempre acudía a la entrevista con mucha antelación, pero en la sala siempre había ya más gente esperando. Mujeres jóvenes, casi todas. Una de ellas empezó a hablar con Britt-Marie, puesto que no podía imaginarse que alguien tan mayor hubiera ido en busca del mismo puesto que ella. Ella tenía tres hijos y su marido la había abandonado. Uno de los niños estaba enfermo. Cuando llamaron a la mujer para la entrevista, Britt-Marie se levantó y se fue a casa. De Britt-Marie podían decirse muchas cosas, pero ella no era, en absoluto, de las que trataban de robarle el trabajo a alguien que lo necesitara más.

Eso no se lo cuenta a la rata, naturalmente, porque no quiere hacerse la mártir. Y tampoco sabe qué experiencias vitales habrá tenido el animal. Quién sabe si no habrá perdido a toda su familia en un atentado, por ejemplo. Esas cosas pasan.

—Kent ha sufrido mucha presión, ¿sabes? —le explica Britt-Marie a la rata.

Porque es así. Mantener a toda una familia lleva su tiempo, y el tiempo hay que respetarlo.

—Lleva mucho tiempo conocer a una persona —le dice Britt-Marie a la rata, bajando un poco más la voz con cada palabra.

Lo primero que Kent pone en el suelo cuando anda son los talones. No todo el mundo se da cuenta de esas cosas, pero así es. Cuando duerme, se encoge, como si tuviera frío, sin importar con cuántos edredones lo cubra ella. A Kent le dan miedo las alturas.

—Y posee una extraordinaria cultura general, ¡sobre todo de geografía! —señala.

La geografía es una materia excelente con la que compartir sofá cuando se hacen crucigramas. No es fácil aprenderla, la verdad sea dicha. El amor no tiene por qué ser fuegos artificiales para todo el mundo. En un momento dado, también puede ser una capital de cinco letras o saber exactamente cuándo hay que llevar los zapatos a que les cambien las suelas.

—Kent puede cambiar —Britt-Marie quiere decirlo en voz alta y con seguridad, pero apenas logra susurrarlo.

Pero por supuesto que puede. Ni siquiera tiene que convertirse en una persona totalmente distinta. Basta con que vuelva a ser el que era antes de ser infiel. Al fin y al cabo, se está medicando y, hoy en día, los medicamentos pueden hacer cosas increíbles.

—Hace unos años clonaron a una oveja, ¿te lo puedes creer? —le dice Britt-Marie a la rata.

Y la rata se va.

Retira el plato. Lo friega. Recoge. Limpia los cristales y, a través de ellos, ve a Kent jugando al fútbol con Omar y Dino. Ella también puede cambiar, de eso está segura. No tiene por qué ser aburrida. Quizá no pueda volver a ser guapa, pero no tiene por qué ser aburrida. Puede que la vida no resulte distinta si vuelve con Kent, pero por lo menos será como siempre.

—No estoy preparada para una vida fuera de lo normal —le dice Britt-Marie en voz alta a la rata, antes de caer en la cuenta de que ya no está.

Conocer a fondo a una persona lleva su tiempo. Y no está preparada para conocer a otra persona. Ha decidido que tiene que aprender a vivir con la persona que es ella misma.

Está parada en el umbral y ve a Kent marcar un gol. Toma carrera apoyándose en el bastón, da un salto y hace una pirueta. Es imposible que el médico le haya recomendado que se dedique a ese tipo de actividades después de un infarto, pero Britt-Marie se abstiene de criticarlo, porque se lo ve muy feliz. Y supone que ser feliz después de un infarto también puede conllevar aspectos beneficiosos para la salud.

Omar insiste en que le dé una vuelta en el BMW, argumentando que es tremendo, y Britt-Marie entiende que es algo positivo, de modo que logra contenerse y no criticar eso tampoco. Kent da vueltas al aparcamiento con Omar y Dino en el BMW. Parece que les está contando cuánto cuesta, y parece que el precio los deja impresionadísimos. En la tercera vuelta, Kent deja que Omar conduzca, y es como si le hubieran dicho que va a cabalgar sobre un dragón y a luchar con una espada dentro de casa sin que nadie se moleste.

Sven sale de la pizzería, pero no lleva el uniforme, de modo que Britt-Marie no se da cuenta de que es él hasta que están a unos metros el uno del otro. Mira el BMW, mira a Britt-Marie, carraspea un poco.

—Hola, Britt-Marie —dice.

—Hola —responde ella, sorprendida.

Ella agarra fuerte el bolso, él tiene las manos hundidas en los bolsillos de la chaqueta, como un adolescente. Lleva una camisa y trae el pelo húmedo y bien peinado. No le dice que lo ha hecho por ella y, antes de que Britt-Marie pueda decir alguna insensatez, su sentido común explota:

—¡Ése es mi marido!

Señala el BMW. Sven hunde las manos un poco más en los bolsillos. Kent detiene el carro cuando los ve, sale muy seguro de sí mismo, girando el bastón en una mano, le ofrece la otra a Sven y le da un apretón de manos algo más largo y más enérgico de lo necesario.

—¡Kent! —se presenta Kent con una risotada.

—Sven —responde Sven con un susurro.

—Mi marido —insiste Britt-Marie.

Sven devuelve la mano al bolsillo. Parece que le apriete la ropa. Britt-Marie agarra el bolso cada vez más fuerte, hasta que le duelen los dedos, y quizá también otras partes. Kent sonríe indiferente.

—¡Qué chicos más divertidos! El de los rizos quiere ser emprendedor, ¿lo has oído?

Se ríe mirando en dirección a Omar. Britt-Marie baja la mirada. Sven levanta resuelto la vista hacia Kent.

—Ahí no puede aparcar —le dice, señalando con el codo hacia el BMW, sin sacar la mano del bolsillo.

—Ya, claro —responde Kent, quitándole importancia con un ademán.

—He dicho que ahí no puede aparcar. Y aquí no permitimos que un chico adolescente lleve un carro por el centro del pueblo. Es una irresponsabilidad —insiste Sven, inflamado por una rabia repentina que Britt-Marie no le había visto hasta ahora.

—Eh, oye, relájate —dice Kent con una sonrisa de superioridad.

Sven tiembla de rabia. Señala exaltado con los índices de ambas manos a través de los bolsillos:

—Repito que ahí no puede aparcar y que es ilegal dejar que un niño conduzca un carro. Me da igual de dónde venga.

Al pronunciar las últimas palabras, baja la voz. Como si ya hubiera empezado a arrepentirse. Kent se apoya en el bastón y tose un tanto distraído. Mira a Britt-Marie, pero ella no le corresponde, así que se dirige a Sven.

—¿Qué problema tienes? ¿Es que eres poli o qué te pasa? —pregunta.

—¡Sí! —responde Sven.

—¡Ah, carajo! —dice Kent riéndose, y pone enseguida una cara de fingida seriedad y la espalda muy recta. Se lleva la mano a la frente y hace el saludo militar.

Sven se ruboriza y clava la mirada en la cremallera de su chaqueta. Britt-Marie empieza a respirar más deprisa y da un paso al frente, como si tratara de interponerse físicamente entre los dos, pero se limita a colocar los pies bien juntos en la grava, antes de decir:

—Por favor, Kent, ¿podrías retirar el carro? Está en mitad del campo de fútbol.

Kent suspira, pero después le hace un breve gesto de asentimiento y levanta ambas manos, como si lo estuvieran amenazando.

—Claro, claro que sí, si el *sheriff* lo manda. ¡Por supuesto! ¡No dispares!

Da un par de pasos teatrales hacia delante y se acerca a Britt-Marie. Ella no recuerda cuándo fue la última vez que la besó en la mejilla.

—Tengo habitación en el hotel de la ciudad. Menuda ratonera, ya sabes cómo son esos sitios, pero he visto que enfrente hay un restaurante. Y no tenía mal aspecto, dadas las circunstancias —dice para que lo oiga Sven.

Al decir «las circunstancias», Kent señala con un gesto de superioridad la pizzería, el centro cívico y la carretera. Pisa el acelerador más a fondo de lo necesario cuando cambia de sitio el BMW. Al terminar, le da a Omar su tarjeta de negocios, porque a Kent le gusta casi tanto repartir tarjetas de negocios como decir lo que cuestan las cosas que posee. El niño parece muy impresionado. Britt-Marie se da cuenta de que no ha reparado en qué momento Sven se ha dado media vuelta y se ha ido, pero el caso es que ya no está.

Y allí está ella sola, frente a la pizzería. Si en ese instante se le rompe algo por dentro, trata de convencerse de que, al fin y al cabo, es su culpa, pues nunca debería haber dado rienda suelta a estos sentimientos. Porque es demasiado tarde para empezar una nueva vida.

*   *   *

Cena con Kent en el restaurante de la ciudad. Tiene manteles blancos y una carta sin fotografías, y da la impresión de tomarse en serio los cubiertos. O, al menos, de no tomárselos a broma. Kent dice que sin ella se siente solo. «Perdido», es la expresión que utiliza. Da la impresión de tomarse en serio a Britt-Marie. O, al menos, de no tomársela a broma. Lleva puesto su viejo cinturón roto, observa Britt-Marie, y comprende que es porque no ha encontrado el que ella llevó a arreglar justo antes de irse. Siente el impulso de decirle que está perfectamente enrollado en el segundo cajón del armario del dormitorio. El dormitorio de los dos. Quiere que Kent grite su nombre.

Pero él se rasca la barba incipiente y trata de parecer indiferente cuando pregunta:

—Ese... ese policía... ¿es... son... amigos?

Britt-Marie hace lo que puede por parecer igual de indiferente cuando responde:

—Sólo es un policía, Kent.

Kent asiente y cierra los ojos, apesadumbrado.

—Créeme que soy consciente de que hice el ridículo, mi amor. Y ya se ha terminado. Jamás volveré a tener contacto con ella. No puedes castigarme toda la vida por un único paso en falso, ¿no? —dice mientras le toma con cuidado la mano vendada.

Él lleva puesta la alianza. Ella siente cómo la mancha blanca del dedo anular le arde acusadora. Kent da una palmadita a la venda, como si ni siquiera hubiera reparado en su existencia.

—Vamos, mi amor, te escucho. Alto y claro. ¡Entiendo lo que me quieres decir!

Ella asiente. Porque es verdad. Porque ella nunca quiso que él sufriera, sólo que supiera que estaba equivocado.

—Obviamente te parece que lo del equipo de fútbol es absurdo, ¿no? —dice en un susurro.

—¿Bromeas? ¡Me parece maravilloso! —exclama Kent.

Y le suelta la mano porque ha llegado la comida. Ella ya la echa de menos. Se siente como cuando sale de la peluquería tras cortarse el pelo más de lo que tenía pensado.

Se extiende pulcramente la servilleta sobre las rodillas, le da unas palmaditas suaves, como si la servilleta estuviera dormida, y susurra:

—A mí también. A mí también me parece maravilloso.

A Kent se le ilumina la cara. Se acerca a ella. La mira intensamente a los ojos.

—Escucha, mi amor, ¿qué te parece esto? Tú te quedas aquí hasta que los chicos hayan jugado el campeonato del que no paraba de hablar hoy el de los rizos. Y luego nos vamos a casa. A nuestra vida. ¿De acuerdo?

Britt-Marie suelta un suspiro tan hondo que empieza a entrecortarse a medio camino.

—Te lo agradecería mucho —dice en un susurro.

—Por ti, lo que sea, mi amor —dice Kent asintiendo, y para a la camarera para pedirle pimienta, a pesar de que aún no ha probado la comida.

Son platos corrientes, claro, pero, antes de que el sentido común acierte a detener a Britt-Marie, se plantea la posibilidad de contarle a Kent que ha comido tacos. Quiere que se entere de que en la vida de Britt-Marie también han pasado cosas últimamente. Pero guarda silencio porque, probablemente, ya dé igual. Además, Kent quiere contarle detalles de sus negocios con los alemanes.

Britt-Marie ha pedido papas fritas para acompañar la comida. No se las va a comer, porque a ella las papas fritas no le gustan, pero las pide siempre que Kent y ella salen a comer fuera porque le preocupa que él necesite comer un poco más.

Cuando, sin preguntarle siquiera, Kent alarga el brazo para servirse las papas, Britt-Marie mira por la ventana y, por un instante, le parece que ha visto un carro patrulla por la calle. Aunque, claro está, pueden haber sido imaginaciones suyas. Se avergüenza y baja la mirada a la servilleta que tiene sobre las rodillas. Allí está ella, una mujer adulta, creyendo haber visto un carro patrulla. ¿Qué va a pensar la gente?

Kent la lleva al entrenamiento, se queda en el BMW y espera a que termine. Bank también está allí, así que Britt-Marie deja que se encargue de los ejercicios mientras ella se ocupa de la lista. Cuando terminan, Britt-Marie apenas recuerda lo que han hecho, ni si ha hablado con los niños o si se ha despedido siquiera.

Kent las lleva a casa, a Bank y a ella. Bank y el perro salen sin preguntar cuánto cuesta el carro, lo que parece molestar tremendamente a Kent. Bank acierta a dar con el bastón en la carrocería, las dos primeras veces muy probablemente sin querer. Kent anda mirando el celular y Britt-Marie está sentada a su lado esperando, porque a ella se le da bien esperar. Hasta que finalmente Kent dice:

—Tengo que ir a ver al asesor fiscal mañana. ¡Hay varias cosas en marcha con los alemanes! ¡Un gran negocio!

Asiente con entusiasmo para ilustrar con exactitud lo grande que es el negocio. Britt-Marie sonríe, alentadora. Abre la puerta al mismo tiempo que se le ocurre una idea, y pregunta sin haberla considerado a fondo:

—¿Tú de qué equipo eres?

—Del Manchester United —responde Kent, sorprendido, y levanta la vista del celular.

Ella asiente y sale del carro.

—Ha sido una cena muy agradable, Kent. Gracias.

Él se inclina sobre el asiento del acompañante y la mira.

—Cuando lleguemos a casa, iremos al teatro, tú y yo solos. ¿De acuerdo, mi amor? ¡Te lo prometo!

Se queda en el vestíbulo con la puerta abierta hasta que él desaparece. Luego, ve que las ancianas del jardín de la otra acera la miran fijamente, apoyadas en los andadores, así que se apresura en cerrar. Bank está sentada en la cocina comiendo tocino.

—Mi marido es del Manchester United —informa Britt-Marie.

—Qué cabrona sorpresa —responde Bank.

Britt-Marie no tiene ni idea de lo que significa eso.

25

Britt-Marie dedica la mañana siguiente a limpiar los muebles del balcón. Los echará de menos. Las mujeres de los andadores que están en el jardín de enfrente van al buzón en busca del periódico. En un repentino impulso de parecer sociable, Britt-Marie trata de saludarlas con la mano, pero ellas la miran airadas y cierran su puerta de un portazo. Britt-Marie se siente como una tonta.

Bank está friendo tocino en la cocina cuando ella baja, pero, lógicamente, no ha encendido el extractor. Para Bank debe de ser estupendo no sufrir por el olor a grasa quemada ni por lo que vayan a pensar los vecinos.

Se detiene algo dubitativa en el umbral entre el vestíbulo y la cocina. Como Bank no parece notar su presencia, carraspea un par de veces, puesto que tiene la sensación de que, después de todo lo ocurrido, quizá le debe una explicación a su casera.

—Comprendo que pensarás que mereces una explicación sobre todo este asunto con mi marido —le dice.

—No —responde Bank, resuelta.

—Ja —replica Britt-Marie decepcionada.

—¿Beicon? —pregunta Bank con un gruñido, y vierte un chorro de cerveza en la sartén.

—No, gracias —responde Britt-Marie, en absoluto asqueada, y continúa—: ese hombre es mi marido. No nos hemos separado. Sencillamente he pasado un tiempo fuera de casa. Han sido como unas vacaciones. Pero voy a volver, como comprenderás. Entiendo perfectamente que no entiendas esta clase de cosas, pero él es mi marido. Y resulta que es tremendamente inapropiado abandonar a un esposo a mi edad.

Bank pone cara de no querer hablar de la relación de Britt-Marie y Kent.

—¿Seguro que no quieres beicon? —mascula.

Britt-Marie menea la cabeza.

—No, gracias. Pero quiero que comprendas que no es un mal hombre. Cometió un error, pero todos podemos cometer errores. Estoy segura de que ha tenido montones de posibilidades de cometer errores con anterioridad y no lo ha hecho. Así que no puede culparse a una persona para toda la eternidad por un único error.

—Es beicon del bueno —dice Bank.

—Una tiene deberes. Deberes matrimoniales. No puedo rendirme sin más —explica Britt-Marie.

—Te ofrecería huevos si los hubiera, pero se los ha comido el perro. Así que tendrás que contentarte con el beicon.

—No está bien abandonar al otro sin más tras toda una vida en común —dice Britt-Marie.

—Te serviré beicon —afirma Bank, y enciende el extractor.

Podría pensarse que lo ha hecho más porque le molesta el ruido de la voz de Britt-Marie que por el olor a carne frita. Así que Britt-Marie da un pisotón.

—¡Yo no como beicon! No es bueno para el colesterol. Estoy segura de que Kent también ha reducido el consumo. Estuvo en el médico el otoño pasado. Tenemos un médico extraordinario. Es inmigrante, ¿sabes? ¡De Alemania!

Bank pone el extractor a la máxima potencia, de modo que Britt-Marie tiene que levantar la voz para hacerse oír por encima del ruido, y ya casi le habla gritando cuando dice:

—¡No es razonable dejar al esposo de una cuando acaba de sufrir un infarto! ¡Yo no soy de esa clase de mujeres!

Bank deja el plato bruscamente frente a Britt-Marie, así que la grasa salpica la mesa.

—Cómete el beicon —dice Bank.

Britt-Marie se lo da al perro. Pero no dice nada más de Kent. O, por lo menos, lo intenta. Así que pregunta:

—¿Qué implica que alguien sea del Manchester United, o como se llame?

Bank responde con la boca llena de beicon.

—Ganan siempre. Así que han empezado a creer que se lo merecen.

—Ja —dice Britt-Marie.

Bank no añade nada más. Britt-Marie se levanta y friega su plato. Lo seca. Se queda ahí parada unos instantes por si Bank, pese a todo, quisiera decir algo más, pero, cuando ve que parece haberse olvidado de su presencia, Britt-Marie carraspea un poco y dice con un rotundo énfasis:

—Kent no es un mal hombre. No siempre ha ganado.

El perro mira a Bank como si pensara que debería sentirse culpable. Bank parece percibirlo, porque sigue comiendo en silencio más malhumorada de lo habitual. Britt-Marie ya se ha ido de la cocina, se ha puesto el abrigo y ha guardado la lista en el bolso cuando el perro empieza a gruñir en la cocina y Bank le responde con un lamento de protesta. Al final, grita hacia el vestíbulo:

—¿Quieres que te lleve?

—¿Disculpa? —dice Britt-Marie.

—¿Que si quieres que te lleve en carro al centro cívico? —pregunta Bank.

Britt-Marie se la queda mirando y casi se le cae el bolso.

—¿Llevarme en carro? ¿Cómo…? Yo… no, gracias, no hace falta. Yo no quiero… no sé… yo no juzgo, no, pero ¿cómo…?

Guarda silencio cuando ve la sonrisa de satisfacción en la cara de Bank.

—Soy casi ciega. No puedo conducir. Estaba bromeando, Britt-Marie.

El perro parece animarla. Britt-Marie se atusa el pelo.

—Ja. Muy… amable de tu parte.

—¡No te preocupes tanto, Britt-Marie! —le grita Bank mientras se aleja. Y Britt-Marie se queda sin palabras ante semejante despropósito.

Va a pie hasta el centro cívico. Ordena. Limpia las ventanas y se asoma a la calle. Ahora ve cosas distintas a las que veía cuando llegó a Borg. El Faxin tiene esa propiedad.

Sirve el Snickers junto a la puerta. Cruza hasta el campo de fútbol que ella había confundido con un aparcamiento. El carro patrulla de Sven está aparcado frente a la pizzería. Britt-Marie respira hondo antes de entrar.

—Hola —dice.

—¡Britt! ¡Buenas! —dice Alguien con entusiasmo, saliendo de la cocina con una cafetera en la mano.

Sven está junto a la caja, vestido de uniforme. Se quita deprisa la gorra de policía y la sujeta entre las manos.

—Hola, Britt-Marie —dice sonriendo, y parece crecer un par de centímetros.

Entonces, se escucha otra voz desde la ventana:

—¡Buenos días, mi amor!

Kent está sentado en una mesa, tomándose un café. Se ha quitado los zapatos y tiene un pie sobre una silla. Es uno de sus principales talentos: es capaz de sentarse a tomar café en cualquier sitio y ponerse tan cómodo como si estuviera en el salón de su casa. Nadie posee como Kent el arte de sentirse como en casa sin que nadie lo invite a ello.

Sven se encoge de nuevo como si perdiera aire. Britt-Marie trata de no mostrar que le ha dado un vuelco el corazón.

—Creía que ibas a ver al asesor fiscal —logra decir.

—Sí, me iré enseguida. Es que ese chico, Omar, quería enseñarme unas cositas primero —dice Kent sonriendo, como si tuviera todo el tiempo del mundo. Después, le lanza a Sven un guiño provocador y dice en voz alta:

—No se preocupe, *sheriff*, hoy no he aparcado mal. Tengo el carro al otro lado de la calle.

Sven se seca las palmas de las manos en el pantalón y mira al suelo mientras responde:

—Ahí tampoco está permitido aparcar.

Kent asiente con fingida seriedad.

—¿Quiere ponerme una multa, *sheriff*? ¿Acepta dinero en metálico?

Pone sobre la mesa la cartera, que es tan gruesa que tiene que ponerle una goma alrededor para poder llevarla en el bolsillo trasero del pantalón. Luego, se echa a reír como si todo fuera una broma. Eso se le da bien a Kent, hacer como que todo es broma. Entonces, nadie puede ofenderse, claro, porque él siempre puede decir: «Vamos, ¿es que no tienes sentido del humor?». Quien tiene menos sentido del humor siempre pierde en este mundo.

Sven mira al suelo.

—Yo no pongo multas. No soy vigilante municipal.

—¡Okey, *sheriff*, okey! Pero, claro, el señor *sheriff* sí que puede aparcar donde le plazca —dice Kent con una sonrisita, señalando el carro patrulla que se entrevé por la ventana.

Antes de que Sven pueda responder, Kent le dice alegremente a Alguien:

—De pagar el café del *sheriff* me encargo yo, tranquila. Al fin y al cabo, somos nosotros, los contribuyentes, quienes pagamos el salario del *sheriff*. No importa que el café también corra a nuestra cuenta.

Sven no responde. Pone el dinero en el mostrador y le dice a Alguien en voz baja:

—Puedo pagarme mi propio café.

Luego, mira de reojo a Britt-Marie y añade:

—Para llevar, por favor.

Ella quiere decir algo, pero no le da tiempo.

—¡Fíjate, mi amor! Las he hecho para ese chico, Omar —grita Kent, agitando un puñado de tarjetas de negocios.

Al ver que todos los parroquianos de la pizzería se quedan sentados en lugar de ir corriendo a su mesa, Kent se levanta ceremoniosamente y suspira como si ninguno de ellos tuviera el menor sentido del humor. Entonces, se acerca a la caja, descalzo, lo que hace a Britt-Marie gritar por dentro, y le da a Sven una tarjeta de negocios.

—¡Aquí tiene, *sheriff*! ¡Tome una tarjeta de negocios!

Luego, le sonríe a Britt-Marie y le muestra la tarjeta. En ellas. se lee: OMAR — EMPRENDEDOR.

—Hay una imprenta en la «ciudad». Las imprimieron a toda máquina esta mañana. Estaban pletóricos, imagínate, ¡los pobres apenas tienen clientes! —le cuenta Kent, animado, marcando en el aire las comillas al decir «ciudad».

Sven está a su lado y traga saliva. Alguien le sirve el café en un vaso de papel y Sven se va con él en dirección a la puerta.

Cuando pasa junto a Britt-Marie, aminora la marcha y la mira a los ojos brevemente.

—Que tengas… que tengas un buen día —le dice.

—Usted… quiero decir… tú también. Que tengas un buen día tú también —responde Britt-Marie, y se muerde las mejillas.

—*Be careful out there, sheriff!* —le grita Kent en el inglés de las series de televisión.

Sven se queda quieto con la mirada clavada en el suelo. Britt-Marie logra ver cómo aprieta el puño hasta hacer palidecer sus nudillos, antes de meterse la mano en el bolsillo. Como si hubiera obligado a un animal a meterse en un saco. La campanilla de la puerta tintinea alegremente cuando se aleja.

Britt-Marie se ha quedado perpleja frente a la caja. Es una habilidad extraordinaria de Kent: es capaz de sentirse tan en casa en cualquier lugar que hace que Britt-Marie se sienta como una extraña. Kent le da una fuerte palmada en la espalda y le muestra las tarjetas de negocios.

—Por favor, Kent, ¿puedes al menos ponerte los zapatos? —le susurra.

Kent se mira los calcetines, sorprendido. Mueve un poco el dedo gordo a través de un agujero.

—Claro, claro, mi amor. Por supuesto. De todos modos, tengo que irme ya. ¡Dáselas al chico, a Omar, cuando venga!

Agita teatralmente la muñeca para hacer tintinear su reloj de oro. Es muy caro, eso lo sabe Britt-Marie y cualquiera que haya coincidido con Kent en la cola de la gasolinera. Luego, le planta en la mano las tarjetas de negocios y le da un beso en la mejilla.

—¡Volveré esta tarde! —grita al salir y, acto seguido, desaparece.

Britt-Marie se queda allí, más desconcertada que nunca. Como no sabe qué hacer, empieza a hacer lo de siempre: limpiar.

Alguien la deja. O porque no le preocupa, o, precisamente, por todo lo contrario.

* * *

Omar llega a la hora del almuerzo. Busca enseguida a Britt-Marie por la pizzería como si fueran los dos últimos supervivientes en la Tierra y ella tuviera en sus manos la última bolsa de papas fritas.

—¿Está Kent? ¿Va a venir? ¿Está aquí? —pregunta tironeándole del brazo.

—Kent ha ido a ver al asesor. Volverá esta tarde —le informa Britt-Marie.

—¡Le he localizado unas llantas bien cabronas para el BMW! ¡Son tremendas! ¿Quiere verlas? Le haré precio de amigo... ¡ya sabe! —dice Omar, entusiasmado.

Britt-Marie no pregunta a qué se refiere porque asume que algún camión, aunque no tuviera ninguna parada programada en Borg, ha salido del pueblo más ligero de lo que entró.

Cuando Britt-Marie le da las tarjetas al chico, éste calla en el acto. Las sujeta entre las manos como si estuvieran hechas de una seda de un valor incalculable. La campanilla de la puerta tintinea cuando Vega entra en el local. No mira a Britt-Marie.

—Hola, Vega —dice Britt-Marie.

Vega no se da por aludida.

—¡Hola, Vega! —repite Britt-Marie.

—¡Mira estas tarjetas de negocios! ¡Están tremendas! ¡Me las ha dado Kent! —exclama Omar con un destello en la mirada.

Vega se muestra indiferente y entra bruscamente en la cocina. No tarda en escucharse que se ha puesto a fregar platos, lo que suena como si en el fregadero hubiera alguna alimaña que tratara matar. Alguien sale de la cocina y se encoge de hombros.

—Vega muy enfadada, ¿sabes?

—¿Cómo lo sabes? —pregunta Britt-Marie.

—Adolescente. Friega platos sin que se lo pida. Cabreadísima, ¿no?

Britt-Marie debe reconocer que ese razonamiento tiene su lógica.

—¿Por qué está enfadada?

Omar responde enseguida:

—Porque sabe que Kent ha estado aquí, ¡y se imagina que te vas a largar!

Él, en cambio, no parece particularmente apenado por ello, puesto que la posibilidad de cambiar a la entrenadora de fútbol por un posible comprador de llantas le parece un negocio razonable.

—Me quedaré en Borg hasta después del torneo —dice Britt-Marie, tanto para sí misma como para los demás.

El chico no parece prestarle atención. Ni siquiera le corrige «torneo» por «copa». Britt-Marie casi hubiese preferido que lo hiciera.

Los hombres de barba y gorra entran en el local. Toman café y leen el periódico sin reparar siquiera en que Britt-Marie se encuentra allí, aunque hoy parecen más relajados de lo habitual, como si supieran que pronto podrán dejar de seguir fingiendo.

Karl llega con una gorra roja y recoge otro paquete. Britt-Marie casi se anima a preguntar qué contiene, pero la puerta se cierra tras él antes de que logre pronunciar una palabra. Alguien rueda adelante y atrás en la silla junto a Britt-Marie. Está comiendo cereales directamente del paquete. Britt-Marie no va a buscarle un plato. Alguien pone cara de haber preferido que lo hiciera.

—Karl construye... ¿cómo se llama? ¡Invernadero!

—¿Perdón? —se excusa Britt-Marie, sacudiéndose unos cereales de la chaqueta.

—Invernadero. Ya sabes. Para plantas y cosas —explica Alguien, solícita.

—Ja. ¿Eso es lo que contienen todas las cajas?

—Claro, sabes. Karl y la mujer de Karl casaron un viernes. Y cada viernes desde hace catorce años Karl compra las flores, ¿no? Luego, crisis, empresa de transporte cierra, todo cierra, Karl era... ¿cómo se dice? ¡Mecánico de camiones! Pero ahora desempleado, ¿no? Floristería de Borg, cerrada. Ningún dinero, ningunas flores. Así que Karl construye invernadero en jardín, así la mujer de Karl tiene flor todos los viernes, ¡sí!

Alguien se vuelca el resto del paquete de cereales directamente en la boca, de modo que más de la mitad le cae sobre el pulóver.

—Hay poeta que lo cuenta, ¿sí? ¿Cómo se llama...? «Lo más grande es el amor», ¿sí?

—Es de la Biblia —dice Britt-Marie, porque eso lo preguntan a menudo en los crucigramas, «¿Qué es lo más grande?», así que Britt-Marie sabe muy bien que lo más grande es el amor.

Parece que Vega no encuentra ya con qué seguir haciendo ruido en la cocina, así que sale de allí en tromba en dirección a la salida.

—Ja. Vas a salir, ¿no? —dice Britt-Marie con su mejor intención.

—Como si le importara algo —le suelta Vega.

—¿Volverás a tiempo para el entrenamiento? —pregunta Britt-Marie.

—¿Qué carajo importa?

—Ponte algo de abrigo por lo menos. Fuera hace frío…

—¡Váyase a la mierda, bruja! ¡Lárguese a su mierda de vida con ese marido de mierda que tiene!

La niña da un portazo. La puerta responde con un alegre tintineo. Omar reúne sus tarjetas de negocios y echa a correr tras ella. Britt-Marie lo llama, pero él no la oye, o no le importa.

Después, Britt-Marie limpia la pizzería entera en un incómodo silencio. Nadie trata de impedírselo.

Cuando termina, se desploma en un taburete de la cocina. Alguien está sentada a su lado tomándose una cerveza. La observa pensativa.

—Cerveza, Britt-Marie. ¿Quieres una?

Britt-Marie parpadea y la mira con los ojos muy abiertos.

—Pues mira, ¿sabes qué? Sin duda. Por supuesto que sí. Creo que me tomaría una cerveza.

Así que las dos beben cerveza sin decir nada. Britt-Marie habrá tomado dos o tres tragos cuando la puerta vuelve a tintinear. Sale de la cocina justo a tiempo de ver entrar al joven. No está en absoluto acostumbrada a esas cantidades de alcohol en pleno día, así que, quizá por eso, no se da cuenta enseguida de que el hombre lleva la cara cubierta con un pasamontañas negro. Pero Alguien sí lo ve. Deja la cerveza en el suelo. Se acerca con la silla por detrás de Britt-Marie y le tira de la manga de la chaqueta.

—Britt-Marie. Al suelo. ¡Ahora!

Es entonces cuando Britt-Marie ve la pistola.

26

Es una cosa muy extraña, mirar el cañón de una pistola. Te envuelve. Caes dentro de él. Dentro de unas horas llegarán a la pizzería unos policías de la ciudad y le preguntarán a Britt-Marie si puede describir el aspecto del joven, qué llevaba puesto, si era alto o bajo, si hablaba algún dialecto o si tenía acento extranjero. Pero la única descripción que podrá hacer ella es: «Llevaba una pistola». Uno de los policías le explicará entonces que tiene que comprender que los robos son sólo por dinero y que «no debe tomárselo como algo personal».

Naturalmente, para el policía será fácil decirlo, pero lo cierto es que resulta dificilísimo no tomarse como algo bastante personal el que te apunten directamente con una pistola. Ésa es la firme opinión de Britt-Marie.

* * *

—¡Abre la pendeja caja de mierda, carajo! —le grita el ladrón.

El ladrón se dirige a ella como si fuera una herramienta, no una persona. Alguien trata de acercarse a la caja, pero Britt-Marie le bloquea el paso porque parece haberse quedado clavada en el suelo.

—¡Ábrela! —ruge el ladrón de tal modo que tanto Alguien como los hombres de la gorra se tapan instintivamente la cara con las manos, como si eso sirviera de algo.

Pero Britt-Marie no se mueve. El terror la ha dejado tan paralizada que ni siquiera es capaz de asustarse. Y no sabe por qué hace
lo que hace, naturalmente, pero hay en las personas muchas cosas
cuya existencia desconocemos hasta que les apuntan con una pistola
a la cara. De modo que lo que Britt-Marie escucha salir de su boca,
para su espanto, el de Alguien y el de los hombres, es lo siguiente:

—Antes tiene usted que comprar algo.

—¡Que la abras! —aúlla el ladrón.

Pero Britt-Marie no se inmuta. Pone la mano vendada sobre la
otra. Le tiembla, pero resulta que hoy ha sido un día raro, así que
Britt-Marie tiene la sensación de que ya es suficiente. Y por eso
responde, en un tono muy considerado:

—Hay que marcar una suma en la caja para poder abrirla,
¿entiende? De lo contrario, no cuadrará al cierre.

La pistola sube y baja en la mano del ladrón; en parte, por furia;
en parte, por sorpresa.

—¡Pues pon cualquier cosa!

Britt-Marie intercambia la posición de sus manos. Tiene los
dedos resbaladizos por el sudor. Pero algo en su interior decide,
contra las más enérgicas protestas de su sentido común, que ése es
un momento ideal para, por primera vez en la vida, no ceder.

—Debe comprender que no puedo marcar cualquier cosa. Porque entonces no saldrán bien los totales.

—¡Me importan un carajo los totales, vieja de mierda! —grita
el ladrón.

—No hay ningún motivo para levantar la voz —lo interrumpe
Britt-Marie, resuelta, y le explica con suma paciencia—: Y, por
supuesto, ¡tampoco es necesario recurrir a ese lenguaje, joven!

La silla de ruedas de Alguien rueda por el suelo a toda velocidad
y placa a Britt-Marie a la altura de los muslos, de modo que Alguien,
su silla y Britt-Marie caen al suelo. El estallido de la pistola que, al
mismo tiempo, se dispara hacia el techo deja en los oídos de Britt-

Marie un pitido que la desorienta. Nievan fragmentos de cristal de los fluorescentes y no sabe si está tumbada bocarriba o bocabajo, qué es la pared y qué es el suelo. Siente la pesada respiración de Alguien en la oreja y le parece oír a lo lejos un tintineo.

Entonces, escucha las voces de Vega y Omar.

—¿Qué mierda…? —logra articular Vega.

Britt-Marie se pone de pie instintivamente, pese a que le siguen pitando los oídos y que el sentido común le grita que se comporte y que se quede tumbada como un ser civilizado.

Es mucho lo que ignoramos de una persona antes de habernos convertido en ella. No sabemos de qué es capaz. El valor que puede tener. El ladrón se vuelve hacia Vega y Omar con el ardor de la sorpresa radiando a través de los orificios del pasamontañas:

—¿Qué mierda están haciendo aquí?

—¿Psico? —susurra Omar.

—¿¡Qué mierda están haciendo aquí!? ¡Carajo! ¡He estado esperando a que se fueran! ¡¿Qué mierda están haciendo aquí, niños de mierda?!

—Me olvidé el abrigo —alcanza a decir Vega.

Psico agita furibundo la pistola ante ellos, pero Britt-Marie ya se ha colocado entre el cañón y los niños. Extiende los brazos hacia atrás para estar segura de que cubre con su cuerpo a la niña y al niño y luego se queda allí sin moverse ni un milímetro. Otra vez clavada en el suelo, pero sostenida por toda una vida de ambiciones contenidas.

—¡Ya es suficiente! —sisea en tono amenazador.

No recuerda haber sido amenazadora nunca antes en la vida.

Después de esto se crea en el local una atmósfera un tanto ambivalente. Probablemente ésta sea la mejor manera de describirla. Es evidente que Psico no sabe muy bien qué hacer con la pistola y, mientras se decide, nadie en la pizzería sabe qué hacer. Britt-Marie mira disgustada los zapatos del chico.

—Acababa de fregar el suelo.

—¡Cállate la boca, hija de puta! —grita Psico.

—¡De ninguna manera! —responde Britt-Marie.

El sudor de Psico se filtra por los agujeros del pasamontañas. Da dos barridos por la pizzería con la pistola a la altura de los ojos, haciendo que los tipos de la gorra vuelvan a tirarse al suelo. Luego, clava otra vez su mirada llena de odio en Britt-Marie y huye a la carrera.

La campanilla de la puerta resuena alegremente y el cuerpo de Britt-Marie empieza a desmoronarse hacia el suelo, aunque Vega y Omar hacen cuanto pueden para sostenerla con brazos temblorosos. Nota cómo se le humedece el cuello de la chaqueta por el llanto y no sabe qué lágrimas son suyas y cuáles de los niños, ni en qué momento deja de estar entre los brazos de ellos y ellos pasan a estar entre los suyos. Cuando nota que están a punto de caer, encuentra la fuerza necesaria para mantenerse en pie ella sola. Porque eso es lo que hacen las mujeres como Britt-Marie: encuentran la fuerza necesaria cuando tienen que hacer algo por otra persona.

—Perdón, perdón, perdón, perdón… —jadea Vega.

—¡Chist! —susurra Britt-Marie, meciendo en sus brazos a Vega y a Omar.

—Siento haberla llamado bruja —solloza Vega.

—No es, en absoluto, la primera vez que me lo dicen —la tranquiliza Britt-Marie.

Muy despacio, acomoda a los niños en sendas sillas. Los envuelve en unas mantas y prepara chocolate caliente con cacao de verdad, porque los niños de Kent siempre querían chocolate caliente cuando eran pequeños y alguna horrible pesadilla los despertaba en plena noche. Puede que la calidad del cacao sea dudosa, puesto que Alguien asegura que es «casi cacao, ¿eh? ¡De Asia!», pero, en cualquier caso, los niños están demasiado conmocionados para que les importe.

Omar balbucea sin cesar que tienen que localizar a Sami y Vega llama sin cesar al móvil de su hermano mayor. Britt-Marie trata de calmarlos diciéndoles que está prácticamente segura de que Sami no ha tenido nada que ver con el robo. Los dos niños se la quedan mirando boquiabiertos y Omar susurra:

—No lo entiende. Cuando Sami se entere de que Psico nos ha apuntado con una pistola, no parará hasta encontrarlo y lo matará. ¡Tenemos que encontrar a Sami!

Sami no responde. Los niños están cada vez más asustados. Britt-Marie los envuelve cada vez más fuerte en las mantas y les prepara más chocolate. Luego, hace lo que puede. Lo que sabe. Va en busca del cepillo, el trapeador y el bicarbonato y recoge los cristales y friega el suelo.

Cuando termina, se coloca detrás de la caja y se agarra al mostrador tan fuerte como puede para no desmayarse. Alguien le trae un analgésico y otra cerveza. Los hombres de gorra y barba se levantan de la mesa, llevan las tazas a la caja y las dejan frente a Britt-Marie sin hacer ruido. Luego, se quitan la gorra, inclinan la cabeza ante ella, buscan algo en sus periódicos y se lo dan.

Los crucigramas.

27

Britt-Marie no sabe si es la voz de Kent o la de Sven la que escucha primero. Sven acude porque lo ha llamado Vega; Kent, porque lo ha llamado Omar.

El carro patrulla y el BMW derrapan al llegar al aparcamiento. Los dos hombres entran en la pizzería con la cara pálida y se quedan en la entrada mirando anonadados el fluorescente hecho añicos. Luego, miran a Britt-Marie. Ella se da cuenta de lo asustados que están. Se da cuenta de lo mucho que les remuerde la conciencia el no haber estado allí para protegerla. Se da cuenta de lo mal que se sienten los dos por haber perdido la oportunidad de ser su héroe. Tragan saliva. No parecen saber sobre qué pie apoyarse. Entonces, hacen instintivamente lo que casi cualquier hombre en su situación haría.

Empiezan a discutir entre ellos sobre quién ha tenido la culpa.

—¿Están todos bien? —pregunta Sven nada más entrar, pero es interrumpido por Kent que señala con la mano a todos los presentes y ordena:

—Bueno, todo el mundo tranquilo hasta que llegue la policía.

Sven se gira como un maniquí ofendido.

—¿Qué te crees que llevo puesto, *yuppie* insoportable? ¿Un traje de carnaval?

—Me refiero a la policía de verdad, ¡los que saben *parar* un robo! —masculla Kent.

Sven da un par de pasos furibundos y levanta la barbilla:

—Claro, claro, porque, de haber estado aquí, tú podrías haberlo parado con la billetera, ¿no?

Sus pálidas caras se vuelven rojas en un instante. Britt-Marie nunca había visto a Sven así de enfadado y, a juzgar por la expresión de Vega, Omar y Alguien, ellos tampoco. Kent, que enseguida ve amenazada su posición en la sala, trata a su vez de alzar la voz más aún para tomar el control de la situación.

—¿Están bien, niños? —les pregunta a Omar y a Vega, señalando con la mano.

—¡No les preguntes cómo están! ¡Tú no conoces a estos niños! —ataja Sven, y, fuera de sí, aparta la mano de Kent, se vuelve hacia los niños y les pregunta—: ¿Están bien, niños?

Vega y Omar asienten desconcertados. Alguien trata de decir algo, pero no tiene la menor oportunidad. Kent se cuela delante de Sven y agita las dos manos.

—A ver, todo el mundo tranquilo para que podamos llamar a la policía.

—¡Ya estoy aquí, pendejo! —vocifera Sven.

A Britt-Marie todavía le zumban los oídos. Carraspea un poco y trata de decir:

—Por favor, Kent. Por favor, Sven. Voy a tener que pedirles que se tranquilic…

Los hombres no la oyen siquiera y siguen discutiendo y gesticulando como si ella fuera un aparato que pudieran detener con un mando a distancia.

Kent dice entre dientes algo así como que Sven no podría «proteger ni una mano poniéndole un guante» y Sven responde que Kent es «muy valiente dentro de un BMW con los pestillos cerrados». Kent grita entonces que no se vaya a creer Sven que «es alguien» sólo porque es «policía de un pueblo de mierda» y Sven le grita a su vez que no se vaya a creer que «puede llegar y comprar la admira-

ción de la gente con tarjetas de negocios y otras mierdas como esa».
A lo que Kent responde a gritos, otra vez, que «¡El chico quiere ser
emprendedor, carajo!», a lo que Sven le dice que «¡ser emprendedor
no es un trabajo!» y Kent replica, burlón: «¿Y qué quieres que sea,
eh? ¿Policía? ¿Cuánto gana un policía?». Y, entonces, Sven vocifera,
hecho una furia: «¡Tenemos dos puntos y medio de aumento salarial
al año y excelentes beneficios para el fondo de pensiones! ¡Lo sé
porque hice un curso!».

Britt-Marie trata de interponerse entre los dos, pero ellos ni la ven.

—¡Es que hice un *cursooo*! —se burla Kent, imitándolo.

—¡Oye! Agarrar del uniforme a un policía es delito, ¡carajo!
—ruge Sven, y le tira a Kent de la camisa.

—¡Cuidado con la camisa! ¿Sabes lo que cuesta? —aúlla Kent.

—¡Palurdo presumido! ¡Normal que Britt-Marie te abandonara!
—grita Sven.

—¿Que me abandonó? ¿Es que crees que va a quedarse aquí
contigo, vigilante glorificado? —vocifera Kent.

Britt-Marie agita los brazos ante ellos con todas sus fuerzas para
que la vean.

—¡Por favor, Kent! ¡Por favor, Sven! ¡Paren inmediatamente!
¡Acabo de fregar el suelo!

Pero es inútil. Cada uno atenaza con el brazo derecho la cabeza
del otro y empiezan a trastabillar doblados en un baile de maldiciones y resoplidos. Un segundo después, la puerta de la pizzería estalla
hecha añicos con un estruendo terrible cuando ambos hombres se
empotran contra ella como dos osos borrachos. Aterrizan sobre la
grava que hay amontonada fuera en una postura muy poco digna
para sus insuficiencias físicas.

Britt-Marie sale a la carrera y los mira, perpleja. Los dos hombres
levantan la vista hacia ella. Se callan, conscientes de lo que acaban
de hacer. Kent trata de ponerse de pie.

—Mi amor, ya lo estás viendo, ¡este hombre es un idiota!

—¡Si ha empezado él! —protesta Sven enseguida, levantándose como puede junto a Kent.

—¿Estás mal de la cabeza? —vocifera Kent.

—¿Yo? Pero si eres tú el que… —responde Sven, a gritos.

Y, entonces, Britt-Marie se harta. Se harta de todo. Le han gritado, la han empujado y la han amenazado con una pistola, y ahora va a tener que fregar el suelo de nuevo porque hay astillas de la puerta por toda la pizzería. Ya es suficiente.

No la oyen ni la primera, ni la segunda, ni la tercera vez. Así que llena los pulmones de aire y dice, tan terminante como puede:

—Debo pedirles que se marchen.

Al ver que siguen sin oírla, hace algo que no recuerda haber hecho desde hace veinte años, un día que el viento derribó del balcón una de sus macetas. Britt-Marie grita.

—¡Que se vayan de aquí ahora mismo! ¡Los dos!

El silencio en la pizzería es mayor que si hubiera entrado otro ladrón armado. Kent y Sven se quedan con la boca abierta de par en par y emiten sonidos que podrían haber sido palabras si hubieran cerrado la boca entre una sílaba y otra. Britt-Marie planta bien los talones en el suelo y señala la puerta rota:

—Fuera de aquí. Inmediatamente.

—Pero, por lo que más quieras, mi am… —comienza Kent, pero ella corta el aire con la mano vendada con un movimiento que podría calificarse de nuevo arte marcial y lo calla en el acto:

—Podrías haberme preguntado cómo me lastimé la mano, Kent. Podrías haber preguntado, porque entonces quizá habría creído que te importo de verdad.

—Pensé que…, vamos, mi amor, pensé que te la habrías enganchado con el lavavajillas o algo así… ya sabes qué cosas te pasan… No creí que fuera nada grav…

—¡Porque no preguntaste! —remata Britt-Marie.

—Pero… mi amor… no te enfades aho… —balbucea Kent.

Sven lo mira sacando pecho.

—¡Eso es! ¡Eso es! Así que lárgate ahora mismo, maldito *yuppie*. ¡Britt-Marie no te quiere aquí! ¿No entiendes que…? —le ordena inundado de confianza en sí mismo.

La mano de Britt-Marie corta el aire ante él y lo tambalea con la corriente de aire.

—¡Y tú, Sven! ¡No hables de cómo me siento! ¡Tú no me conoces! ¡Ni siquiera yo misma me conozco, obviamente, porque éste no es un comportamiento normal en mí en absoluto!

En algún rincón del establecimiento, Alguien trata de contener la risa. Vega y Omar parecen querer tomar notas para no olvidar ningún detalle. Britt-Marie se serena, se atusa el pelo, se sacude unas astillas de la falda, coloca cuidadosamente la mano vendada sobre la otra y explica con toda su buena intención y con toda la consideración posible:

—Ahora voy a limpiar esto. Buenas tardes a los dos.

La campanilla de la puerta resuena triste y chillona cuando se van Kent y Sven. Los dos se quedan un buen rato en la puerta gritándose: «¿Ves lo que has hecho?». Luego, se hace el silencio.

Britt-Marie se pone a limpiar.

Alguien y los niños se esconden en la cocina hasta que termina. No se atreven ni a reír.

28

Claro que no es culpa de los dos policías, en absoluto. Ellos han llegado a Borg de la ciudad y, con total seguridad, sólo tratan de hacer su trabajo lo mejor posible.

Pero puede que Britt-Marie esté un tanto susceptible. Ocurre a menudo cuando a alguien le han disparado.

—Entendemos que esté conmocionada, pero necesitamos que responda a nuestras preguntas —trata de explicarle uno de los policías.

—Veo que no les importa lo más mínimo entrar aquí con los zapatos llenos de barro, cuando el suelo está recién fregado. Debe ser estupendo —responde Britt-Marie.

—Ya le hemos dicho que lo sentimos. Muchísimo. Pero como ya le hemos explicado varias veces, debemos interrogar a todos los testigos que estuvieron aquí en el momento de los hechos —insiste el otro policía.

—Me han destrozado la lista —observa Britt-Marie.

—¿Disculpe? —pregunta el policía.

—Me han pedido que testifique. Eso me ha destrozado la lista. Nada de esto figuraba en ella esta mañana cuando salí de casa, así que ahora está completamente alterada.

—No era nuestra intención… —dice el primer policía.

—Ajá. Y ahora resulta que mi testimonio también está mal —afirma Britt-Marie.

—Necesitamos saber si pudo ver bien al asaltante —insiste el otro policía.

—Permítame que le diga que veo perfectamente. Lo tengo hablado con mi oculista. «Ve usted estupendamente, Britt-Marie», me dice siempre —dice Britt-Marie, frunciendo los labios. Después, añade con toda su buena intención—: Debe saber que es un oculista excelente. Muy bien educado. No entra en los sitios con los zapatos llenos de barro.

Los policías suspiran al mismo tiempo. Britt-Marie respira sonoramente en respuesta. Sin suspirar, por supuesto.

—Si pudiera describir al asaltante, nos sería de gran ayuda —le ruega uno de los policías.

—Por supuesto que puedo describirlo —sisea Britt-Marie.

—¿Y cómo lo describiría? —pregunta el policía esperanzado.

—¡Llevaba una pistola! —dice Britt-Marie.

—¿Recuerda algo más? ¿Algún detalle destacable? —pregunta el policía.

—Ja. ¿Una pistola no es un detalle destacable? —pregunta Britt-Marie.

—No… no… por supuesto que lo es…

En este punto, los interrumpe el otro policía, obviamente con cierta esperanza de ganarse la confianza de Britt-Marie cambiando de estrategia. Le pone la mano en el hombro, baja la voz y le dice en tono confidencial:

—No debe tener miedo, Britt-Marie. Lo más importante a tener en cuenta con este tipo de delitos es que no debe tomárselo como algo personal.

Britt-Marie se sacude del hombro la mano del policía como si se tratara de un pájaro sucio.

—¿Y cómo consideran que debo tomármelo entonces?

A los policías no les queda otro remedio que reconocer que no tienen ninguna respuesta satisfactoria para esa pregunta. Así que Britt-Marie señala los zapatos de los policías y observa:

—Por supuesto que me tomo como algo personal que hayan entrado aquí con los zapatos llenos de barro cuando acabo de fregar el suelo.

En ese punto, los policías deciden volver a la ciudad.

* * *

Britt-Marie vuelve a fregar el suelo. Con tanto afán que, al final, Alguien tiene que pararla.

—Cuida trapeador, Britt-Marie, ¡trapeador caro, carajo! —le dice con una sonrisa.

A Britt-Marie no le parece en absoluto que sea el mejor de los días para andar rodando por ahí en la silla de ruedas con una sonrisa en la cara. Pero Alguien se encarga de que Britt-Marie se tome la cerveza y se coma un trozo de pizza. Después, le da las llaves del carro.

—¡Estaba convencida de que el carro aún no estaba reparado! —exclama Britt-Marie.

Alguien se encoge de hombros, un tanto avergonzada.

—Bah, ya sabes. Terminado... muchos días, ¿no?, pero... ya sabes.

—Pues no. Naturalmente que no sé —dice Britt-Marie.

Alguien se frota incómoda las rodillas con las manos.

—El carro, listo muchos días... Pero Britt, sin carro, no puedes irte de Borg, ¿no?

—¿Así que me ocultaste la verdad? ¿Me has mentido a la cara? —pregunta, dolida, Britt-Marie.

—Sí —reconoce Alguien.

—¿Puedo saber por qué?

Alguien se encoge de hombros.

—A mí caes bien. Eres… ¿cómo se dice? ¡Soplo fresco! Borg es aburrido sin Britt, ¿sabes?

Ante ese argumento Britt-Marie carece de buena respuesta. Así que Alguien va en busca de otra cerveza y anuncia, como de pasada:

—Pero, Britt, oye, te hago pregunta: ¿qué te parece carro azul?

—¿Qué pretendes decir con eso? —pregunta Britt-Marie casi sin aliento.

Luego, en el campo de fútbol, dedican un buen rato a discutir sobre este asunto porque Alguien insiste en explicarle que podría pintar sin problemas el carro entero del mismo color que la nueva puerta. No sería ninguna molestia. De hecho, Alguien está casi segura de que en algún momento registró con las autoridades competentes una empresa de chapa y pintura de carros.

Al final, Britt-Marie se indigna tanto por este asunto que saca el bloc de notas del bolso y arranca toda la lista del día y comienza una nueva. Es algo que no había hecho nunca en la vida, pero circunstancias desesperadas exigen medidas desesperadas.

Regresa por las calles de Borg con Vega y Omar, puesto que, dado que en total se ha bebido casi media cerveza, ni se plantea ponerse al volante. Sobre todo en un carro con una puerta azul. ¡Qué iba a pensar la gente! Omar no abre la boca en todo el camino hasta a casa, y eso son muchos minutos de silencio, más de lo que Britt-Marie lo ha visto callado desde que se conocieron.

Vega llama a Sami una y otra vez, pero él no contesta. Britt-Marie trata de convencerla de que es posible que Sami no sepa nada del robo, pero Vega le responde que esto es Borg. Y en Borg todos lo saben todo de todos. Así que Sami lo sabe y no contesta porque está ocupado buscando a Psico para matarlo.

En esas circunstancias, Britt-Marie no es capaz de dejar a los niños solos, así que los acompaña a su apartamento y empieza a preparar la cena. Se la comen a las seis en punto. Los niños comen con la mirada fija en el plato, como hacen los niños que han aprendido a esperar lo peor. La primera vez que suena el celular de Britt-Marie, todos se sobresaltan, pero es Kent, así que no contesta. Un minuto después, cuando llama Sven, tampoco responde y, cuando la joven de la oficina de empleo la llama tres veces seguidas, apaga el teléfono.

Vega vuelve a llamar a Sami. No contesta. Entonces, empieza a fregar sin que nadie se lo pida. Es ahí cuando Britt-Marie comprende que la situación es grave de verdad.

—Estoy segura de que no ha ocurrido nada grave —dice Britt-Marie.

—¿Qué sabrá usted? —responde Vega.

Omar susurra:

—Sami nunca llega tarde a cenar. Es un nazi de las cenas.

Luego, retira su plato y lo mete en el lavaplatos. Voluntariamente. En ese momento Britt-Marie comprende que hay que hacer algo drástico, así que se concentra en respirar hondo inhalando y exhalando media docena de veces antes de abrazar fuerte a los dos niños. Cuando ellos empiezan a llorar, ella también llora.

*   *   *

Cuando por fin suena el timbre, todos corren a contestar a trompicones. A ninguno se le ocurre pensar que, si fuera Sami, hubiese abierto con la llave, así que, cuando bajan el tirador de la puerta y ven allí sentado al perro blanco, Omar se siente decepcionado, Vega se enfada y Britt-Marie se preocupa. Estos parecen ser sus sentimientos fundamentales en la vida.

—Aquí no puedes entrar con las patas sucias —informa Britt-Marie al perro.

El animal se mira las patas y de pronto parece estar preso de baja autoestima. Bank se encuentra a su lado y, junto a ella, Max, Ben, Dino y Sapo. Bank alarga el bastón y le da suavemente con él a Britt-Marie en la barriga.

—¡Buenas, Rambo!

—¡Cómo te atreves! —protesta Britt-Marie.

Max, que no la conoce lo suficiente como para saber lo que hace, trata enseguida de explicarle el malentendido.

—No es nada malo, ¡es fachero!

Britt-Marie lo observa como si la hubiera interpelado recurriendo al alfabeto morse. Dirige la mirada al siguiente niño de la fila, que resulta ser Sapo, como si esperase que él le interpretara lo que Max acaba de decir para aclarar lo que Bank acababa de decir. Sapo parece entenderlo así, de modo que se aclara la garganta solemnemente y explica articulando con suma claridad:

—Pues eso, que consiguió espantar al ladrón. Como Rambo. ¡Significa que es una *supercool motherfucker*!

Britt-Marie apoya pacientemente la mano vendada sobre la otra y mira a Ben. Él sonríe y asiente alentador.

—O sea, es algo bueno.

Britt-Marie asimila la información y pasea la mirada por los niños hasta volver a Bank.

—Ja. Gracias, muy amable.

—No hay de qué —masculla Bank, impaciente, y se señala la muñeca, como si llevara reloj—. ¿Qué va a pasar con el entrenamiento?

—¿Qué entrenamiento? —pregunta Britt-Marie.

—¡El entrenamiento! —responde Max, que lleva la camiseta del equipo de *hockey*, sin parar de dar saltitos como si estuviera haciéndose pis.

Britt-Marie se balancea de los talones a los dedos de los pies con un movimiento incómodo.

—Suponía que era obvio que está cancelado. Dadas las circunstancias.

—¿Qué circunstancias? —pregunta Max.

—El robo, querido.

Max parece estar forzando su cerebro para arrojar algo de luz sobre qué puede tener que ver lo uno con lo otro. Y luego saca la única conclusión lógica:

—¿Han robado el balón?

—¿Perdón? —pregunta Britt-Marie.

—Si no se han llevado el balón, podemos jugar, ¿no? —insiste Max.

El grupo del rellano considera esto y, dado que ninguno de ellos parece capaz de aportar ningún argumento racional en contra, no hay mucho más que hacer.

Así que empiezan a jugar en la explanada frente al edificio de apartamentos, entre el cuarto de la basura y el aparcamiento de las bicicletas, con tres guantes y un perro para señalar las porterías.

Es un juego.

Max le hace un placaje a Vega justo cuando ella está a punto de marcar un gol, y ella lo amenaza agitando los puños en el aire. Él retrocede. Ella ruge: «¡No me toques, niño rico!». Todos retroceden. Omar evita el balón, como si le diera miedo.

El carro negro se detiene en la carretera cuando Sapo acaba de darle por tercera vez en el hocico a uno de los postes, que se niega a seguir participando. Omar sale corriendo a abrazar a Sami; Vega da media vuelta y entra en el edificio sin decir nada.

El poste come golosinas directamente del bolsillo de Bank, que lo rasca detrás de las orejas mientras Sami se acerca.

—Buenas, Bank —dice Sami.

—¿Lo has encontrado? —pregunta Bank.

—No —dice Sami.

—¡Mejor para Psico! —suelta Sapo con entusiasmo, moviendo la mano con el índice y el pulgar formando una pistola, aunque para enseguida al ver que Britt-Marie lo mira como si se hubiera negado a utilizar posavasos.

Bank le da a Sami suavemente con la punta del bastón en el estómago.

—Mejor para Psico. Pero, sobre todo, mejor para ti, Sami.

Se dirige a casa, seguida de Max, Dino, Sapo y Ben. Antes de doblar la esquina, Ben se para y le dice a Britt-Marie:

—Usted viene mañana, ¿verdad?

—¿Adónde? —pregunta Britt-Marie, a quien la mirada colectiva parece preguntar si ha perdido del todo la razón.

—¡A la copa! ¡La copa es mañana! —ruge Max.

Britt-Marie se sacude la falda para que no vean que ha cerrado los ojos y que se está mordiendo las mejillas por dentro.

—Ja. Ja. Por supuesto que sí. Por supuesto.

No dice nada de que será su último día en Borg. Y ellos tampoco dicen nada.

Se queda sentada en la cocina hasta que Sami sale del dormitorio de Vega y Omar.

—Ya se han dormido —dice, sonriendo sin ganas.

Britt-Marie se levanta y se prepara y lo informa implacable:

—No quiero entrometerme, porque yo no soy, en absoluto, de ese tipo de personas, pero si resulta que estabas pensando acabar con ese Psico esta noche, por el bien de Vega y de Omar quiero dejarte claro que no es propio de un caballero andar por ahí matando gente.

Sami enarca las cejas. Ella aprieta el bolso con los dedos.

—Yo no soy un caballero —contesta, sonriendo.

—¡No, pero puedes llegar a serlo! —asegura Britt-Marie.

Él se ríe. Ella no. Así que él deja de reír.

—Bah, por favor, no lo habría matado. Es mi mejor amigo… Es sólo que está jodido de la cabeza… ¿entiende?

—Sí —responde Britt-Marie, porque, a estas alturas, eso sí que lo entiende.

—Le debe dinero a gente. Mala gente. Así que está desesperado. No creía que Vega y Omar fueran a estar en la pizzería.

—Ya —dice Britt-Marie.

—Que no es que usted no sea importante, ¡claro! —añade Sami enseguida.

—No pensaba en eso en absoluto —protesta Britt-Marie.

—Lo siento. Necesito un cigarrillo —dice Sami con un suspiro y, en ese momento, Britt-Marie se da cuenta de que le tiemblan las manos.

Lo acompaña al balcón, tose un poco y sin ninguna intención. Él echa el humo lejos de ella y se disculpa.

—*Sorry*, ¿le molesta?

—¿Por casualidad no tendrás más cigarrillos? —dice Britt-Marie sin pestañear.

Él se echa a reír.

—No sabía que fumara.

—Desde luego que no fumo —se defiende Britt-Marie—. Es sólo que he tenido un día muy largo.

—Okey, okey —ríe Sami, dándole un cigarrillo y encendiéndoselo.

Ella va dando caladas breves y superficiales. Cierra los ojos.

—Permíteme que te diga que no eres el único que ha vivido de forma salvaje e irresponsable. Yo misma fumé muchos cigarrillos en mi juventud.

Él suelta una carcajada, ella tiene la sensación de que se ríe más de ella que con ella, así que se explica:

—Durante un periodo de mi juventud, ¡trabajé de camarera!

Asiente con vehemencia para subrayar que no se lo acaba de inventar. Sami parece impresionado y la invita a sentarse en una caja de refrescos que está boca abajo.

—¿Quiere un *whisky*, Britt-Marie?

Es obvio que el sentido común de Britt-Marie se ha retirado a sus aposentos, porque se escucha a sí misma decir:

—¡Sí, por supuesto! ¿Sabes qué, Sami? ¡Sí que quiero un *whisky*!

Así que beben *whisky* y fuman. Britt-Marie trata de hacer anillos de humo porque recuerda que le hubiera gustado saber hacerlos cuando trabajaba de camarera. Los cocineros sí sabían. Y parecía tener un efecto calmante.

—Mi padre no se largó, lo echamos nosotros. Magnus y yo —le cuenta Sami sin más preámbulo.

—¿Quién es Magnus? —pregunta Britt-Marie.

—Le gusta más Psico. La gente no se asusta tanto con Magnus —dice Sami, sonriendo.

—Ja —dice Britt-Marie, pero más como un «¡Oh!» que como un «¡Ah!».

—Mi padre maltrataba a mi madre cuando bebía. Nadie lo sabía. Ya sabe cómo son estas cosas. Pero, un día, Magnus iba a recogerme para ir al entrenamiento de fútbol cuando éramos pequeños, y él nunca había visto nada igual en su vida. Él viene de la típica familia modelo: su padre trabajaba en una compañía de seguros y tenía un Opel, imagínese. Pero... yo qué sé. Aquel día me vio interponerme entre mi madre y mi padre, y mi padre me dio una paliza de muerte, como siempre, así que, de la nada, salió Magnus bien encabronado gritando y amenazando a mi padre con un cuchillo en el cuello. Creo que no entendí hasta ese momento que no todos los niños vivían como nosotros. Que no todos se morían de miedo al llegar a casa. Omar lloraba. Vega lloraba. Así que... me pareció que ya estaba bien, que no aguantaba más. ¿Entiende?

Britt-Marie tose y le sale el humo por la nariz. Sami le da unas palmaditas en la espalda y va por agua. Ella se queda de pie junto a la barandilla y mira hacia abajo, como si midiera la distancia de la caída hasta el suelo.

—Magnus y yo echamos a mi padre. No es fácil encontrar un amigo así.

—¿Dónde está su madre, Sami?

—Estará fuera sólo un tiempo. Volverá dentro de poco —dice Sami.

Britt-Marie se compone y lo señala amenazadora con el cigarrillo.

—Me voy a permitir informarte, Sami, de que, sin duda, soy muchas cosas. Pero no soy idiota.

Sami apura el vaso. Se revuelve el pelo.

—Está muerta —confiesa al fin.

* * *

Britt-Marie no sabe exactamente cuánto tiempo le ha tomado hacerse una idea clara de la historia completa. Ha caído la noche sobre Borg y cree que puede estar nevando. Cuando el padre de Sami, Vega y Omar dejó Borg, su madre aceptó más viajes para la empresa de transportes. Año tras año. Cuando la empresa despidió a todos los conductores, empezó a buscar trabajo en compañías extranjeras, allí donde había y como podía. Año tras año, como hacen las madres. Una noche, se vio en un atasco, se retrasó y corría el riesgo de perder la bonificación. Así que condujo toda la noche, con mal tiempo y un camión demasiado viejo. Al amanecer, se cruzó con un carro cuyo conductor alargó el brazo para agarrar su celular y se desvió hacia el lado contrario de la carretera. Ella viró, los neumáticos se despegaron del asfalto, el camión perdió el equilibrio y volcó. Llovieron cristales y sangre mientras tres niños a cientos de kilómetros de allí esperaban escuchar el ruido de la llave en la cerradura.

—Era una madre tremenda. Era una guerrera —susurra Sami.

Britt-Marie tiene que llenarse el vaso antes de poder articular:

—Lo siento muchísimo, Sami, muchísimo.

Suena insignificante e insuficiente, pero no tiene más que decir. Sami le da unas palmaditas en el brazo, como si fuera él quien la consolara a ella.

—Vega está asustada, aunque parezca furiosa. Omar está furioso, aunque parezca asustado.

—¿Y tú? —pregunta Britt-Marie.

—A mí no me da tiempo de sentir nada. Tengo que cuidar de ellos —responde Sami.

—Pero... ¿cómo...? Quiero decir... las autoridades... —comienza a preguntar Britt-Marie en una mezcla de pensamientos desordenados.

Sami le enciende otro cigarrillo y enciende uno para sí.

—Nunca denunciamos que nuestro padre se había largado. Estará en algún país extranjero, pero sigue figurando en esta dirección. Teníamos su permiso de conducir, así que un día Omar sobornó a un camionero en la gasolinera para que fuera a las autoridades de la ciudad y se hiciera pasar por él. Para que hablara con ellos y firmara unos papeles. El seguro de mi madre nos pagó unos miles de coronas. Nadie ha preguntado nada desde entonces.

—Pero no puede ser, no pueden... ¡Por Dios, Sami! ¡Esto no es como en *Pippi Calzaslargas*, por favor! ¿Quién se va a ocupar de los niños? —estalla Britt-Marie.

—Yo. Yo me ocupo de ellos —ataja Sami.

Britt-Marie respira hondo. Tose *whisky* y humo. Él le vuelve a dar unas palmaditas en la espalda.

—¿Cuánto hace...? —pregunta, y vuelve a toser.

—Unos meses. Ya sé que pronto nos pillarán, no soy idiota, claro. Pero necesito algo de tiempo, Britt-Marie. Sólo un poco. Tengo planes. Sólo tengo que demostrar que puedo mantenernos a los tres, ¿comprende? Si no, se llevarán a Vega y a Omar y los meterán en una mierda de hogar de menores. Y no puedo permitirlo. ¡Yo no soy de los que se largan!

Britt-Marie se pone de pie, sacude el polvo de su ropa y el de la barandilla y el de todo lo que encuentra a su alcance.

—No consigo quitar las manchas de la barandilla —dice Sami con un punto de frustración, y se levanta para señalarlas.

—¿Has probado con bicarbonato? —pregunta Britt-Marie.

Él menea la cabeza. Cierra los ojos con fuerza. Ella observa su imagen reflejada en la ventana; el humo empaña el cristal.

—Puede que te dejen a cargo de los niños. Si cuentas las cosas tal como son, puede que…

—Míreme, Britt-Marie: con antecedentes, sin trabajo y carnal de gente como Psico. ¿Usted me dejaría a cargo de dos niños? —pregunta.

—¡Podemos mostrarles tu cajón de los cubiertos! ¡Podemos hacerles ver que tienes potencial para ser un caballero!

—Gracias —dice Sami, y le pone la mano en el hombro.

Ella se apoya en él.

—¿Y Sven lo sabe todo?

Sami le acaricia el pelo, despacio.

—Fue él quien recibió la llamada de la policía extranjera que encontró el camión. Vino a casa y nos lo contó. Lloraba tanto como nosotros. Tener una madre camionera es como tener un padre en el ejército, ya sabe. Si alguien de uniforme llama a tu puerta, sabes para qué ha venido.

—Así que… Sven…

—Lo sabe todo.

Britt-Marie parpadea con fuerza pegada a la camisa de Sami. Es una cosa extraña. Una mujer adulta en el balcón de un joven a medianoche, así sin más. ¡Por favor! ¿Qué pensaría la gente de esto?

—Yo tenía la idea de que uno se hace policía porque cree en las leyes y las normas —susurra Britt-Marie.

—Pues yo creo que Sven se hizo policía porque cree en la justicia —responde Sami.

Britt-Marie se recompone. Se pasa las manos por la cara.

—Vamos a necesitar más *whisky*. Y, si no es mucha molestia, te pediría también un frasco de limpiacristales.

Tras sopesarlo un rato considerable, añade:

—Dadas las circunstancias, puedo plantearme aceptar cualquier marca.

29

Britt-Marie se despierta con un dolor de cabeza de unas proporciones espectaculares. Está en la cama de su dormitorio, en casa
de Bank, y se ve que hay un vecino que está taladrando la pared,
porque toda la habitación se mueve cuando ella se levanta. Está
sudando y se encuentra mal, le duele todo el cuerpo y tiene la
boca llena de un amargor pestilente. Britt-Marie no es, en absoluto, una mujer del todo carente de experiencia de la vida, así que
enseguida comprende en qué clase de estado físico se encuentra.
El día después de haber bebido en casa de Sami más alcohol del
que había bebido en los últimos cuarenta años juntos, sólo cabe
una conclusión plausible:

—¡Tengo gripe! —declara con seguridad ante Bank cuando
baja a la cocina.

Bank está haciendo huevos con beicon. El perro olisquea el aire
y se aparta un poco de Britt-Marie.

—Apestas a alcohol —constata Bank, sin poder ocultar que la
situación la divierte.

—Exacto. Y, lógicamente, por eso me encuentro en este estado
—asiente Britt-Marie.

—Pues me ha parecido oírte decir que tenías gripe —dice
Bank.

Britt-Marie asiente con expresión considerada.

—Pero, querida mía, claro, ¡es lo que acabo de decir! Es la

única explicación posible. Cuando bebemos alcohol, nos bajan las defensas, como comprenderás. Lo he leído más de una vez. Y por eso he contraído la gripe.

Bank da la vuelta a los huevos. El perro ladea la cabeza.

—Gripe, sí —murmura Bank, poniendo en la mesa los huevos para Britt-Marie.

Ella cierra los ojos conteniendo las náuseas y se los da al perro. Entonces, Bank le pone delante un vaso de agua fría. Britt-Marie bebe. La gripe la deja a una deshidratada. Lo ha leído más de una vez.

—La verdad, es extrañísimo, porque yo nunca me enfermo —dice.

Bank asiente no del todo convencida, de modo que Britt-Marie asiente con más ímpetu, para compensar.

—Kent y nuestros hijos estaban enfermos a todas horas, si no por lo uno, por lo otro, pero yo nunca me enfermo, no señor. «Britt-Marie, ¡estás más sana que una pera!», me dice siempre mi médico, ¡sí señor!

Al ver que ni Bank ni el perro responden, Britt-Marie respira hondo y parpadea con expresión tristona. Las palabras se vacían de oxígeno cuando se corrige:

—Los hijos de Kent.

Se bebe el agua en silencio. Bank y el perro comen huevos. La acompañan a la pizzería, donde va a reunirse con el equipo de fútbol, puesto que Britt-Marie no es de ese tipo de mujeres que dejan de ir al trabajo por una gripe. El perro se aparta ostensiblemente del cerco que hay frente a la casa, porque apesta como si alguien hubiera vomitado en él por la noche.

—¡Qué horror! ¿Puede saberse por qué apesta el cerco? —pregunta Britt-Marie, no porque quiera inmiscuirse, faltaría más, pero, si es a causa del abono que usa Bank, es normal que ahí no crezca nada.

—Alguien llegó borracho anoche y ha vomitado ahí —informa Bank.

—¿En el cerco? ¡Bárbaros! —exclama Britt-Marie, horrorizada. Bank asiente sin tratar siquiera de disimular la risa.

—Estoy de acuerdo: bárbaros.

El perro se aleja un poco más.

Cuando llegan, Alguien está sentada al otro lado de la puerta destrozada de la pizzería tomándose un café. Hace una mueca de repulsión cuando Britt-Marie se le acerca y Britt-Marie le corresponde con una mueca peor.

—Aquí dentro apesta. ¿Han estado fumando? —pregunta en tono acusador.

Alguien arruga la nariz.

—Y tú, Britt, ¿es que has…? ¿Cómo se dice…? ¿Has ardido por dentro y has tratado de apagarte con *whisky*?

—Permíteme que te informe de que tengo gripe —resopla Britt-Marie.

Alguien ladea la cabeza de una forma no muy distinta a la del perro. Bank empuja la silla de Alguien con el bastón.

—Déjate ya de tonterías y dale un Bloody Mary.

—¿Y eso qué es? —quiere saber Britt-Marie.

—Es bueno para… la gripe —murmura Bank.

Alguien desaparece en el interior de la cocina y vuelve con un vaso lleno de algo que parece jugo de tomate. Britt-Marie toma algo escéptica un sorbito y lo escupe sobre el perro. El animal no parece muy contento.

—¡Sabe a pimienta! —se queja Britt-Marie.

El perro sale y se sienta en la grava, poniendo cuidado en tumbarse a favor del viento. Bank sostiene el bastón ante sí con el brazo extendido para cerciorarse de que se encuentra fuera del radio de la escupida. Alguien frunce el ceño y va a buscar un trapo para limpiar la mesa que hay entre ellas, mientras refunfuña:

—No sé qué es esa gripe que tienes, Britt, pero me haces el favor,

¿sí?, y... ¿cómo se dice...? No enciendas cerilla delante de la boca
antes de dientes cepillados, ¿eh? Pizzería sin seguro antincendios,
ya sabes.

Lógicamente, Britt-Marie no sabe qué quiere decir, pero se excusa educadamente ante Alguien y Bank y les aclara que tiene cosas
que hacer en el centro cívico y que no tiene tiempo de quedarse allí
charlando toda la mañana. Luego, cruza rauda el aparcamiento, se
dirige dignamente hacia los servicios del centro cívico y cierra con
llave una vez dentro. Y es que no le parece que sea adecuado vomitar
frente a la gente en medio de la cafetería.

Cuando sale, la rata está sentada en el suelo, como un huésped
minúsculo y peludo que echara de menos un reloj de pulsera exclusi-
vo en el que poder dar unos toquecitos para mostrar su descontento.
Britt-Marie va en busca de un Snickers y un plato, pone la mesa y
se excusa educadamente diciéndole que tiene que limpiar. Luego, va
en busca de la aspiradora, la pone en marcha, la lleva al cuarto de
baño y cierra fuerte con pestillo pisando el cable con la puerta, para
que la rata no vaya a creer que se ha metido allí a vomitar, sino que
piense que está pasando la aspiradora al baño.

Cuando vuelve, la rata ha desaparecido. El Snickers también.
Está fregando el plato cuando la interrumpen unos leves toquecitos
con el extremo de un bastón en el marco de la puerta. Bank y el
perro están en la puerta. Bank le trae un cepillo de dientes y un tubo
de dentífrico. Britt-Marie pone una mano temblorosa sobre la otra.

—Creo que he sufrido una intoxicación alimentaria —declara.

Bank murmura algo que suena exactamente como «sí, eso, una
intoxicación ha sido», y se gira y vuelve a la pizzería.

Britt-Marie se cepilla los dientes varias veces y se atusa bien el
pelo. Limpia el cuarto de baño con bicarbonato, como si estuviera
eliminando las pruebas de un asesinato. Luego, cierra las cortinas
y se toma tres grandes vasos de agua, uno tras otro, algo que no

quiere arriesgarse a que la vean hacer, puesto que sólo los animales y las personas tatuadas son capaces de tragar líquido de ese modo.

Cuando Britt-Marie sale del centro cívico, ve a Sven en cuclillas atornillando las bisagras de la puerta de la pizzería. Se incorpora torpemente y se quita la gorra de policía en cuanto la ve. En el suelo, junto a sus pies, hay una caja de herramientas. Trata de sonreír.

—Bueno… he pensado que, bueno, que iba a arreglar la puerta. Eso iba a hacer.

—Ja —dice Britt-Marie, mirando las astillas de la puerta que hay a sus pies.

—Sí, claro, o sea, pienso barrer esto luego. Fue… estoy… quiero decir… ¡lo siento!

Parece estar pensando en algo de más envergadura que las astillas. Se aparta de la entrada. Ella entra en la pizzería, conteniendo la respiración pese a que se ha cepillado los dientes.

—Estoy… quiero decir… siento muchísimo lo de ayer —dice, lastimero, mientras ella se aleja.

Britt-Marie se detiene sin girarse. Él carraspea un poco.

—Quiero decir… me siento… No era mi intención que te sintieras… como te sentiste. Yo jamás he querido ser quien te hiciera sentir… así.

Ella cierra los ojos y asiente. Aguarda hasta que todo aquello que de razonable hay en ella logra ahuyentar los sentimientos que la hacen desear que Sven la toque.

—Voy por la aspiradora —susurra entonces.

Sabe que la está mirando mientras se aleja. Y, sólo por eso, camina torpemente. Como si se le hubiera olvidado cómo se hace sin poner un pie encima del otro. Todas las palabras que ella le dice son como alojarse en un hotel, nuevas y extrañas, y como ir a tientas buscando con cuidado en la pared unos interruptores que siempre encienden unas lámparas distintas de las que uno pensaba.

Alguien aparece tras ella en la cocina cuando acaba de abrir la puerta del armario de la limpieza para sacar la aspiradora.

—Toma. Ha llegado para ti.

Britt-Marie se queda perpleja mirando el ramo que le ha puesto en las manos. Son tulipanes. De color lila. Britt-Marie adora los tulipanes de color lila, en la medida en que Britt-Marie es capaz de adorar algo sin considerar que es un arrebato sentimental inadecuado. Los sostiene cuidadosamente en las manos y hace lo posible por no temblar. «Te quiero», dice la tarjeta. De Kent.

Conocer a una persona lleva años. Toda una vida. Eso es lo que convierte un hogar en un hogar. En un hotel sólo estamos de visita. Los hoteles no saben cuál es nuestra flor preferida.

Se llena los pulmones de tulipanes; con una única inhalación muy larga, se encuentra otra vez allí, delante de su fregadero y su armario de la limpieza y sus alfombras, que sabe en qué habitación van, puesto que es ella la que las ha colocado allí. Camisas blancas y zapatos negros y una toalla húmeda en el suelo del baño. Todas las cosas de Kent. Todas sus manías. Esas cosas no se pueden reconstruir sin más. Una se levanta un día y se da cuenta de que es demasiado vieja para alojarse en un hotel.

No mira a Sven a la cara cuando vuelve de la cocina. Se alegra al comprobar que la aspiradora acalla todo aquello que no debería ser dicho. Luego llegan Vega, Omar, Ben, Sapo y Dino, puntualísimos, y, entonces, Britt-Marie está de pronto muy ocupada dándoles a cada uno su equipación recién lavada. Vega la mira, escrutadora, y le pregunta si está con resaca, porque tiene cara de estar con resaca, asegura la niña. Britt-Marie le deja muy claro que en absoluto, que debe saber que tiene gripe.

—Ah. Esa clase de gripe. Sami tenía la misma gripe esta mañana —dice Omar, riéndose.

Britt-Marie se vuelve enseguida a Bank y Alguien.

—¡Ya se lo decía yo! ¡Algún virus que anda suelto!

Bank menea la cabeza. Alguien apura la bebida roja que Britt-Marie había dejado sobre la mesa.

El primer tintineo de la campanilla de la puerta, después de que Sven la haya vuelto a colocar en su sitio, resuena cuando los hombres de barba y gorra llegan para tomar café y leer el periódico. Pero uno de ellos le pregunta a Omar «¿Cuándo empieza el primer partido?» y, cuando Omar le responde, el hombre mira el reloj. Como si, por primera vez en mucho tiempo, tuvieran un horario al que atenerse.

El segundo tintineo de la campanilla suena cuando las dos señoras ancianísimas de los andadores cruzan el umbral. Una de ellas clava la vista en Britt-Marie y la señala.

Dice algo en un dialecto ininteligible.

Britt-Marie no sabe si son palabras o sólo sonidos sueltos. Vega se inclina y le susurra:

—Quiere saber si usted es nuestra míster.

Britt-Marie asiente sin apartar la vista del índice de la anciana, como si estuviera a punto de disparar. Ante dicha confirmación, la anciana saca una bolsa del compartimento que hay bajo el manillar del andador, se lo planta entre los brazos a Britt-Marie y le dice algo.

—Es fruta para los chicos del equipo, dice —le aclara Vega.

—Ja. Pues deje que le diga que en el equipo también hay una chica.

La anciana la mira airada. Luego, mira a Vega y la camiseta de fútbol que lleva puesta. La otra anciana se adelanta, le gruñe algo totalmente inaudible a la primera anciana y ésta señala a Vega, mira furiosa a Britt-Marie y replica algo.

—Dicen que yo me lleve dos en lugar de una —asegura Vega satisfecha, descargando a Britt-Marie de la bolsa y echando un vistazo dentro.

—Ja —dice Britt-Marie, y se concentra en ajustarse frenéticamente la falda de todas las maneras que se le ocurren.

Cuando vuelve a levantar la vista, tiene a las dos ancianas tan cerca que no habría cabido entre ellas un folio. Las mujeres hablan señalándolas a ella y a Bank.

—Dice que Bank y ustedes deben llevarnos a la ciudad y decirles a esos miserables que Borg no está muerta —farfulla Vega con la boca llena de fruta.

Bank sonríe al lado de Britt-Marie.

—Y la ha llamado «joven», Britt-Marie.

Britt-Marie, a la que ni siquiera de joven llamaron «joven», no sabe qué responder a eso, de modo que, algo turbada, da una palmadita al andador y dice:

—Ja. Pues gracias. Muchas gracias.

Las mujeres sueltan un gruñido y se alejan de nuevo. Alguien va en busca de las llaves del carro blanco con una puerta azul y Vega informa a Britt-Marie de que tienen que recoger a Max por el camino.

—Ja. Tenía la impresión de que no te caía bien —dice Britt-Marie, sorprendida.

—¡No empiece usted también! —aúlla Vega de inmediato, salpicando fruta como una fuente sobre todos ellos.

Omar se burla de ella a carcajadas. Vega lo persigue por el aparcamiento y él corre con las manzanas y los mangos que le lanza su hermana silbándole cerca de la cabeza.

Britt-Marie cierra los ojos con fuerza hasta que remite el dolor de cabeza. Luego, algo nerviosa, echa mano de las llaves, tose discretamente y se las da a Sven sin mirarlo a los ojos.

—No es adecuado conducir con… gripe.

Sven se quita la gorra otra vez cuando se sientan en el carro. Ni hace falta que le diga que es por consideración. No quiere que Britt-Marie se preocupe por lo que vaya a pensar la gente si la policía la lleva a una copa de fútbol. Sobre todo, cuando va en un carro blanco con la puerta azul.

Tampoco dice nada de que hay en el vehículo bastantes más pasajeros y perros de lo apropiado, tanto desde el punto de vista legal como del higiénico, en particular cuando el perro y Sapo tienen que meterse en el maletero porque no hay espacio en ningún otro sitio. Pero se ve obligado a señalar discretamente que hay que cargar combustible. Le pregunta a Britt-Marie si quiere que lo haga él. Ella responde que no es en absoluto necesario porque eso puede hacerlo ella. Al fin y al cabo, aunque tenga la puerta azul, es su carro.

Cuando lleva diez minutos con una mano sobre la otra frente al surtidor, se abre la puerta trasera y Vega se las arregla para salir del enredo de brazos, piernas, zapatillas de fútbol y cabezas de perro y se planta a su lado, procurando colocarse de modo que Sven no pueda verlas.

—El del centro —le dice bajito a Britt-Marie, sin señalar con el brazo el surtidor.

Britt-Marie la mira aterrorizada.

—No lo he pensado hasta que he bajado del carro, ¿sabes? Que en realidad no sé cómo…

Se le quiebra la voz. Vega se ensancha todo lo que puede para que Sven no vea nada por la ventanilla. Alarga la mano y roza la de Britt-Marie.

—No pasa nada, míster.

Britt-Marie sonríe tímidamente y retira cariñosa un cabello del hombro de Vega.

—Siempre era Kent el que llenaba el tanque. Siempre era él el que… Siempre ha sido él.

Vega señala el surtidor del centro. Britt-Marie saca el mango como si temiera que le diera corriente. Vega se inclina y desenrosca el tapón del tanque.

—¿Quién te enseñó a hacer estas cosas? —pregunta Britt-Marie.

—Mi madre —responde Vega.

Luego sonríe y se ve con más claridad que nunca que es hermana de Sami.

—No hay que nacer siendo del Liverpool, míster. Es algo que se puede aprender de adulto.

Es día de jugar una copa de fútbol y también de despedidas. Y es un día en el que Britt-Marie llena el tanque de combustible de su carro. Podría escalar montañas y cruzar océanos si alguien se lo hubiera pedido.

30

Borg es un pueblo situado junto a una carretera. Cuando hace buen tiempo, carreteras y pueblos se ven de otra manera. Britt-Marie no sabe cuándo exactamente irrumpió el sol en la eterna bruma gris del cielo de enero, pero trae consigo la promesa de una nueva estación. Pasan por delante de la casa de Sapo, con el invernadero al lado. Una mujer embarazada trajina allí dentro. Dejan atrás varios jardines, con varias personas dentro, lo cual es profundamente llamativo cuando una se ha acostumbrado a que la carretera de Borg siempre esté desierta. Varias de esas personas son jóvenes, otras tienen niños, algunas saludan con la mano al ver el carro. Un hombre que lleva una gorra tiene en la mano un letrero.

—¿Él también va a poner un letrero de «Se vende»? —pregunta Britt-Marie.

Sven aminora un poco y saluda al hombre por la ventanilla.

—Lo está retirando.

—¿Por qué?

—Van a la copa. Quieren saber qué va a pasar. Hace bastante que en Borg no ocurre algo así.

El carro blanco con la puerta azul va circulando por Borg y sólo cuando dejan atrás el letrero que anuncia que están saliendo del pueblo se da cuenta Britt-Marie de que hay más carros detrás de ellos. Es la primera vez que se forma un atasco en Borg.

Max vive en una de las grandes casas que hay a las afueras del pueblo, las que tienen una pequeña calle perpendicular propia y cuyas
ventanas son tan grandes que sólo las ha podido poner alguien que
crea que es más importante ver el interior desde fuera que el exterior desde dentro. Es una zona residencial que ha luchado durante
años con creciente agresividad para que el municipio la reconozca
como una parte de la ciudad, en lugar de como una parte de Borg, le
cuenta Sven a Britt-Marie. Un instante después, frena en seco ante
el BMW que sale a la calle marcha atrás y sin mirar. Fredrik lleva
gafas de sol y va hablando por teléfono, maneja el carro como si se
le estuviera resistiendo. Sven le hace una seña, pero el BMW pasa
rugiendo como si ellos no fueran más que apariciones que pudiera
atravesar.

—Pendejo culo de limón —protesta Vega, saliendo de la parte
de atrás.

Britt-Marie la sigue. Max abre incluso antes de que hayan tocado
el timbre, sale rápido con aspecto agobiado y cierra la puerta. Aún
lleva la camiseta con la palabra «*Hockey*» en el pecho, pero lleva
también un balón de fútbol bajo el brazo.

—No tienes que llevarte el balón, Vega ya trae uno en el carro
—aclara Britt-Marie.

Max parpadea sin comprender.

—Dudo que necesiten más de un balón, ¿no?

Max mira el balón. Mira a Britt-Marie.

—¿Necesitar?

Como si fuera una palabra que no tuviera nada que ver con el
fútbol.

—Tengo que ir al baño —se lamenta Vega, acercándose impaciente a la puerta. La mano de Max la agarra del hombro, ella se
suelta, él parece asustado.

—¡No puedes!

Vega entorna los ojos, extrañada.

—¿Es que te da miedo que vea lo forrados que están o qué? ¿Crees que me importa que sean millonarios?

Max trata de apartarla de la puerta, pero ella es más rápida y se cuela por debajo de su brazo. Él le grita y le tira del abrigo, pero ella logra abrir la puerta pese a todo. Y se quedan ahí parados. Ella boquiabierta, él con los ojos cerrados.

—Pero… qué carajo… ¿Dónde están sus muebles? —pregunta Vega.

—Tuvimos que venderlos —dice Max en un susurro, cerrando la puerta sin mirar adentro.

Vega lo mira entornando otra vez los ojos.

—¿No tienen dinero?

—Nadie tiene dinero en Borg —dice Max, echando a andar hacia el carro.

—¿Y por qué no vende tu padre el maldito BMW? —le grita Vega mientras él se aleja.

—Porque entonces todos sabrán que se ha rendido —dice Max con un suspiro, y se mete en el asiento trasero.

—Pero qué caraj… —comienza Vega, y se mete detrás de él, pero la para un empujón de Omar.

—Para ya, hermana, ¿qué eres? ¿Poli? Déjalo en paz.

—Sólo quiero sab… —empieza a protestar ella, pero Omar le da otro empujón.

—¡Que lo dejes! Habla como uno de ellos, pero juega al fútbol como uno de nosotros, ¿lo captas? Déjalo en paz.

Max no dice una palabra en todo el camino a la ciudad. Cuando se detienen frente al pabellón deportivo donde se va a jugar la copa, sale del carro con su balón bajo el brazo, lo deja caer en el asfalto y lo lanza contra una pared más fuerte de lo que Britt-Marie ha visto en su vida.

Omar le echa el brazo por los hombros de camino al campo y dice, amable:

—Tienes el balón algo desinflado. ¿Quieres comprar una buena bomba? ¡Puedo buscarte una!

Britt-Marie deja salir al perro y a Sapo del maletero. Bank los sigue. Dino y Vega van detrás. Sven es el último. Britt-Marie los cuenta varias veces y trata de adivinar quién es el que falta cuando se escucha la voz lastimera de Ben desde el rincón más recóndito del asiento trasero:

—Perdón, Britt-Marie... yo no quería...

Como ella no localiza la voz de inmediato, el chico alcanza a decir:

—Es la primera vez que juego una copa. Me he puesto nervioso... No quería decir nada cuando estábamos en la gasolinera...

Britt-Marie sigue sin oír apenas lo que dice, así que mete la cabeza dentro del carro. Ve la mancha oscura en los pantalones de Ben y en el asiento.

—Perdón —susurra, y cierra los ojos.

—Eh... yo... disculpa. ¡No te preocupes! ¡Se quita con bicarbonato! —le suelta Britt-Marie, mientras rebusca una equipación de repuesto en el maletero.

Porque así se ha vuelto ella desde que vive en Borg. Se ha convertido en una persona que va a copas de fútbol y que lleva ropa extra en el maletero.

Sujeta la persiana de bambú delante de la ventanilla mientras Ben se cambia. Luego, cubre el asiento con bicarbonato. Se lleva los pantalones al pabellón deportivo y los lava en el lavabo de los vestuarios. Él está a su lado frunciendo los labios por la vergüenza, aunque le brillan los ojos y, cuando ella termina, suelta:

—Mi madre viene a verme. ¡Se ha tomado el día libre en el trabajo!

Lo dice como si estuviera describiendo un edificio hecho de chocolate. Los demás niños dan patadas a dos balones por el pasillo y Britt-Marie tiene que contenerse para no salir a explicarles lo inapropiado que es darle patadas a un balón en interiores. De hecho, le parecen inapropiados de por sí los pabellones deportivos cubiertos, pero no piensa consentir que vuelvan a mirarla como si fuera *ella* la que está loca, así que no dice nada.

El pabellón consta de unas gradas muy altas, atravesadas por una escalera igual de alta que conduce a una superficie rectangular llena de coloridas líneas que la cruzan en todas direcciones. Ahí, imagina Britt-Marie, se celebrarán los partidos. Bajo techo.

Bank reúne a los niños en círculo en lo más alto de la escalera y les dice cosas que Britt-Marie no comprende, pero que cree que son algún tipo de «charla» de esas que tanto les gustan.

Cuando Bank termina, empieza a blandir el bastón en el aire hacia donde supone que se encuentra Britt-Marie y le pregunta:

—¿Hay algo que quieras decir antes del partido, Britt-Marie?

Britt-Marie no está preparada para esta clase de eventualidades, no figuran en su lista, así que agarra bien el bolso y piensa un poco antes de decir:

—Creo que es importante que tratemos de causar una buena primera impresión.

Es posible que no sepa qué quiere decir con eso, pero es algo que Britt-Marie considera un buen consejo para la vida en general. Los niños la miran con las cejas enarcadas a distintas alturas. Vega come fruta y señala irritada a la gente de las gradas.

—¿A quién? ¿A esa gente de ahí? Por si no te has dado cuenta, nos odian.

Britt-Marie debe reconocer que la mayoría de las personas que hay en las gradas, muchas de ellas con camisetas y bufandas donde se lee el nombre del equipo de la ciudad, miran al equipo de Borg como mirarían a un extraño que acabara de estornudar en el metro.

Hacia la mitad de la escalera están el hombre de la autoridad municipal y la mujer de la Federación de Fútbol que acudieron al entrenamiento del equipo de Borg unos días atrás. La mujer parece abatida, el hombre tiene los brazos llenos de papeles y a su lado hay un hombre muy serio con una camiseta en la que se lee «Empleado» y otra persona de pelo largo y sudadera de deporte con el nombre del equipo de la ciudad en un lado del pecho y la palabra MÍSTER estampada en el otro lado. El tipo míster, Britt-Marie no tiene prejuicios, parece enfadado. Les arranca de las manos la documentación, señala a los niños de Borg y grita algo así como: «¡Es una competición seria, no es un patio de recreo!».

Britt-Marie no sabe qué significa eso, pero, cuando ve que Sapo se saca una lata de refresco del pantalón, decide que ésa no es la forma de causar una buena primera impresión, así que le ordena que no la abra. Entonces, Sapo argumenta que tiene hipoglucemia y Vega interviene: le da un golpe en el hombro y dice entre dientes: «¿Estás sordo o qué? ¡Que no abras la lata!». Por desgracia, esto provoca que Sapo, cuyo equilibrio no concuerda en absoluto con su bajo centro de gravedad, tropiece y se caiga hacia atrás. Cae rodando y gritando por la escalera, hasta que choca con las piernas de la mujer de la federación, el hombre de la autoridad municipal, el empleado y el tipo míster.

—¡Que no abras la lata! —aúlla Vega.

En respuesta, Sapo abre la lata.

No es precisamente una óptima primera impresión. En absoluto.

Cuando Britt-Marie y Bank llegan a la parte de la escalera en la que ha aterrizado Sapo, el tipo míster empieza a gritar alteradísimo por lo que acaba de ocurrir. El hombre y la mujer y los papeles se empapan bajo una lluvia de refresco, como en cámara lenta. El tipo míster tiene ahora tal cantidad de refresco en el pelo, la cara y la ropa que parecería que la cantidad original de la lata ha roto las leyes de la física.

El tipo míster señala a Bank y a Britt-Marie; a estas alturas está tan enfadado que las señala con ambas manos. A esta distancia, es difícil saber si las está señalando o si está midiendo el tamaño de un mapache.

—¿Ustedes son las «entrenadoras» de este «equipo»?

Al decir «entrenadoras» y «equipo», el tipo míster marca las comillas en el aire como un demente. El bastón de Bank le da al tipo míster una primera vez por error y cinco veces más, probablemente menos por error. La mujer parece abatida. El hombre de los papeles se pone detrás de ella y, escarmentado por la experiencia, se lleva una mano a la boca.

—Somos las entrenadoras —confirma Bank.

El tipo míster sonríe y parece enojado al mismo tiempo.

—Una vieja y una ciega, ¿en *seeerio*? ¿Es éste un campeonato *seeerio*? ¿Eh?

El empleado niega con la cabeza muy seriamente. La mujer, más abatida que nunca, mira de reojo a Bank.

—Uno de los jugadores de su equipo, el tal Patrik Ivars...

—¿Qué pasa conmigo? —interviene Sapo, preocupado, desde el suelo.

—¿Qué pasa con él? —masculla Bank.

—Sí, ¿qué pasa con Patrik? —pregunta una tercera voz.

El padre de Sapo está ahora detrás de Britt-Marie. Lleva el pelo bien peinado y se ha puesto un traje. En la solapa de la chaqueta lleva un tulipán rojo. A su lado está Kent, con la camisa arrugada. Le sonríe a Britt-Marie. Ella desearía agarrarlo de la mano.

—Patrik tiene dos años menos que los demás. Es demasiado joven para participar en este campeonato sin una autorización de los organizadores —dice la mujer carraspeando con la cabeza gacha.

—¡Pues dale la autorización! —ruge Bank.

—¡Las reglas son las reglas! —los interrumpe el tipo míster.

—¿De verdad? ¡¿De verdad?! ¡¡Ven aquí hijo de...!! —aúlla

Bank, golpeando furibunda con el bastón al tipo míster, que trata de agarrarse al bastón de Bank para no caerse y que la arrastra sin querer en su caída por las escaleras. Justo cuando pierden pie y parecen precipitarse hacia abajo, una mano enorme se aferra a la manga de la sudadera del tipo míster y, en un potente movimiento, como unas esposas, detiene la caída.

El tipo míster queda inclinada hacia atrás sobre las escaleras, mirando a Kent con los ojos abiertos de par en par. Kent lo sujeta del brazo con fuerza, se inclina hacia delante y, con la misma seguridad con que le cuenta a la gente que hace negocios con Alemania, declara:

—Si tratas de empujar a una ciega por las escaleras, te llevaré a juicio y haré que la deuda de tu familia se extienda por diez generaciones. ¿Te ha quedado claro?

El tipo míster lo mira atónito. Bank recobra el equilibrio apoyando sin querer el bastón en el estómago del tipo míster, dos o quizá tres veces. El hombre de los papeles muestra sus papeles. El empleado asiente con seriedad. La mujer abatida tose varias veces.

—También hemos recibido una queja del equipo contrario en relación con una tal «Viga», de su equipo. Según su número de seguridad social es… —comienza la mujer.

—¡Me llamo *Vega*! —resopla Vega desde lo alto de las escaleras.

La mujer se rasca incómoda las orejas. Sonríe como si le hubieran puesto anestesia local. Se dirige a Britt-Marie, que, a estas alturas, da la impresión de ser la única persona razonable del grupo.

—Tanto las niñas como los menores necesitan autorización para jugar.

—¿Así que van a suspender a Patrik y a Vega porque al equipo de la ciudad le da demasiado miedo enfrentarse a un chico dos años más joven y a una chica? —dice Kent.

—¡Están cagados! —grita Bank, dando, sin querer, con el bastón a la sudadera y un poco también al hombre de los papeles.

—Claro que no tenemos miedo, caraj... —murmura el tipo míster.

Y así es como Vega y Patrik obtienen la autorización. Patrik baja hasta el campo con el brazo de su padre rodeándole los hombros, tan feliz que parece que le han salido alas.

Los demás niños salen corriendo al campo y empiezan a tirar a una portería para calentar. A decir verdad, parece que están intentando acertar a cualquier cosa menos a la portería.

Britt-Marie y Kent se quedan solos en la escalera. Ella retira un cabello del hombro de su camisa. Le alisa un pliegue de la manga tan suavemente que ni le roza el brazo.

—¿Cómo sabías que funcionaría decir que tenían miedo? —le pregunta.

Kent se ríe y Britt-Marie se ríe por dentro.

—Tengo un hermano mayor. Conmigo siempre funcionaba. ¿Te acuerdas de cuando salté del balcón y me rompí la pierna? Las cosas más tontas que he hecho en la vida siempre han empezado con Alf diciendo que no me atrevería.

—Has sido muy amable. Y también por enviar los tulipanes —susurra Britt-Marie, sin preguntar si ella es una de esas cosas tontas.

Kent vuelve a reír.

—Se los compré al padre de Sapo. Los cultiva en el invernadero que tiene en el jardín. Está loco, ¿no? Se empeñó en que, según él, debía comprarlos rojos porque eran «mejores», pero le dije que a ti te gusta el lila.

Britt-Marie le retira unas motas invisibles del pecho. Se controla. Pone cuidadosamente una mano sobre la otra y dice:

—Tengo que irme. Pronto empezarán a jugar.

—¡Suerte! —dice Kent, y le da un beso en la mejilla, de modo que ella tiene que agarrarse a la barandilla para no caer rodando por las escaleras.

Cuando se sienta en el último asiento libre de la sección de las gradas donde se ha atrincherado la población llegada de Borg, Britt-Marie se da cuenta de que es la primera vez que Kent está en un sitio por ella. La primera vez en la vida que él tiene que presentarse diciendo que está allí con ella, y no al revés.

Junto a él, se sienta Sven con la mirada clavada en el suelo.

Britt-Marie empieza a bajar las escaleras respirando hondo en cada peldaño. Bank y el perro la esperan en un banco junto al campo. Alguien también está allí, con una expresión de satisfacción absoluta.

—¿Cómo has llegado? —pregunta Britt-Marie.

—En carro, ya sabes —responde Alguien impasible.

—Pero ¿y la pizzería y la tienda de comestibles y la oficina de correos? ¿Cómo has organizado el horario de apertura? —pregunta Britt-Marie, preocupada.

Alguien se encoge de hombros.

—¿Quién va a comprar, Britt? Todos los de Borg: ¡aquí!

Britt-Marie se alisa unos pliegues invisibles de la falda a tal velocidad que parece querer encender un fuego. Alguien le da una palmadita para tranquilizarla.

—Nerviosa, ¿no? No te preocupes, Britt. Yo le he dicho al empleado: «Yo me siento en campo con Britt». Porque tengo efecto… ¿cómo se dice…? Efecto tranquilizador sobre Britt, ¿no? Empleado suelta: «Olvídalo» y yo digo: «No veo sección minusválidos, ¿eh? Ilegal, ¿no?» y digo: «Puedo denunciar, ¿eh?». Así que ahora: aquí estoy. Mejor sitio, ¿eh?

Britt-Marie se disculpa, deja el campo, sale al pasillo, va a los servicios y vomita. Cuando vuelve al banco, Alguien sigue hablando sin parar, tamborileando nerviosamente con los dedos contra todo lo que tiene a su alcance. El perro olisquea a Britt-Marie. Bank le ofrece un paquete de chicles.

—Suele pasar. Es normal intoxicarse justo antes de un partido importante.

Britt-Marie mastica el chicle tapándose la boca con la mano porque la gente podría pensar que tiene tatuajes o cualquier otra cosa por el estilo. Entonces, el público aplaude, el árbitro entra en el campo y un equipo de Borg, que ni siquiera tiene campo de fútbol, empieza a jugar un partido. Animados por un pueblo en el que casi todo está cerrado. Pero sólo casi.

Lo primero que ocurre es que a Dino le hace un placaje un chico con un peinado complicado. La siguiente vez que Dino tiene el balón, le hace lo mismo, pero con más ímpetu. A un par de metros de Britt-Marie, el tipo míster está dando saltitos con su sudadera empapada de refresco y grita, alentador:

—¡Exacto! ¡*Asíí*! ¡Hazte respetar!

Britt-Marie tiene la convicción de que está a punto de darle un infarto de miocardio, pero, cuando se lo dice a Bank, ella le responde: «Es normal cuando se ve un partido de fútbol». «¿Quién demonios querría entonces ver el fútbol?», se pregunta Britt-Marie. La tercera vez que Dino recibe el balón, el chico grande del otro equipo toma impulso desde el otro lado del campo y se abalanza a toda velocidad con el codo en alto. Un segundo después, está bocarriba en el suelo. Max está sobre él, con el pecho hinchado y los brazos extendidos. Empieza a retirarse al banquillo antes de que el árbitro le diga que está expulsado.

—¡Max! ¡Ja! Eres un… ¿cómo se dice? —lo anima Alguien.

Bank da con el bastón en la zapatilla de Max.

—El chico habla como uno de ellos, pero juega como uno de los nuestros.

Max sonríe y responde algo, pero Britt-Marie no los oye.

El árbitro ordena que siga el juego y Britt-Marie se descubre puesta en pie. Sin saber cómo, se le ha abierto la boca. Abajo, en el terreno de juego, tres jugadores han terminado chocando y el balón ha ido rodando solo hasta la línea de banda y, de pronto, está en los pies de Ben. El niño mira fijamente el balón. Todo el campo lo mira fijamente a él.

—Patea —susurra Britt-Marie.

—¡Patea! —grita una voz desde las gradas.

Es Sami. A su lado, tiene a una mujer con la cara roja. Es la primera vez que Britt-Marie la ve sin el uniforme de enfermera.

—¡¡¡Pateaaaaaaaaaaaaaaaaaaaaa!!! —vocifera Bank, agitando el bastón por el aire en todas direcciones.

Y Ben patea. Britt-Marie esconde la cara entre las manos, Bank está a punto de volcar la silla de ruedas de Alguien mientras grita:

—¿Qué ha pasado? ¡Dime qué ha pasado, mujer!

En las gradas se hace el silencio, como si nadie pudiera creer lo que ha ocurrido. Al principio, parece que Ben vaya a llorar; después, que quiera esconderse. No le da tiempo de mucho más antes de verse aplastado bajo una pila de brazos y piernas y camisetas blancas que gritan de alegría. El Borg va ganando por 1-0. Sami recorre las gradas con los brazos extendidos haciendo el avión, Kent y Sven saltan de sus asientos con tal ímpetu que se abrazan sin querer, de modo que Sami tiene que separarlos volando entre ellos para que no empiecen a pelearse.

Del caos surge una mujer con la cara roja que corre escaleras abajo. Unos empleados tratan de interponerse en su camino cuando ven que tiene intención de acceder al campo, pero no pueden pararla. No habrían podido pararla ni con escopetas. Ben baila con su madre. Aquello no se lo puede quitar nadie.

El Borg pierde el partido 14-1. No importa. Han jugado como si fuera lo más importante del mundo.

Eso es lo que importa.

31

Alcanzada cierta edad, casi todas las preguntas que se hace una persona se reducen en realidad a una sola: ¿cómo se vive una vida?

Si la persona en cuestión cierra los ojos lo bastante fuerte y el tiempo suficiente, puede recordar casi todo lo que la ha hecho feliz. El aroma de la piel de su madre cuando tenía cinco años y subían riendo las escaleras, huyendo de una súbita lluvia torrencial. La punta de la nariz de su padre, helada contra su mejilla. El consuelo de la áspera pata de un peluche que se ha negado a consentir que laven en la lavadora. El rumor de las olas que se adentraban por las rocas durante sus últimas vacaciones en el mar. Los aplausos de un teatro. El pelo de la hermana, despreocupadamente revuelto al viento después de la función, cuando iban caminando por la calle.

¿Más allá de eso? ¿Cuándo ha sido feliz? Algunos momentos. El ruido de llaves en la puerta. Los latidos de Kent en la palma de su mano mientras dormía. Las risas de los niños. La brisa en el balcón. El aroma a tulipanes. El amor verdadero. El primer beso.

Algunos momentos. A una persona, a cualquier persona, se le presentan tan poquísimas oportunidades de vivir en uno solo de ellos… De no hacer caso del tiempo y estar en el momento. De amar algo con locura. De estallar de pasión. Algunas veces, mientras somos niños, quizá. Aquellos que han podido serlo. Pero, después, ¿cuánto tiempo podemos seguir respirando sin ser conscientes de nuestra respiración? ¿Cuántos sentimientos puros nos hacen saltar de alegría sin pudor? ¿Cuántas oportunidades se nos presentan de tener la bendición del olvido?

Toda pasión es infantil. Es algo banal e ingenuo. No es nada aprendido, sino instintivo, y nos colma por dentro. Nos vapulea. Nos arrasa. Todos los demás sentimientos pertenecen a la tierra, pero la pasión habita en el espacio celeste. Por eso es valiosa, no por lo que nos da, sino por lo que exige que arriesguemos. Nuestra dignidad. La incomprensión de otros y sus movimientos de cabeza despectivos.

Britt-Marie grita con todas sus fuerzas cuando Ben marca el gol. Las suelas de sus zapatos se elevan del suelo del pabellón deportivo. La mayoría de las personas no reciben en el mes de enero esa bendición. El espacio celeste.

Por eso amamos el fútbol.

Ya es la última hora de la tarde. La copa ha terminado hace varias horas y Britt-Marie se encuentra otra vez en el hospital. Lava en el lavabo la sangre de una camiseta de fútbol blanca mientras Vega está a su lado sentada en el retrete, aún con el burbujeo de la euforia en la voz. Como si no pudiera estarse quieta. Como si pudiera correr por el aire.

A Britt-Marie aún le late el corazón, tan desbocado, que no comprende cómo puede nadie vivir así; si los niños tienen razón y es posible tener un equipo de fútbol que juegue un partido todas las semanas. ¿Quién querría hacerse tal cosa semanalmente?

—No puedo explicarme en absoluto cómo se te ha podido ocurrir comportarte de ese modo —logra decir Britt-Marie en un susurro afónico, porque no le sale la voz de la garganta, destrozada de tanto gritar.

—¡Si no, hubieran marcado! —le explica Vega por enésima vez.

—¡Te lanzaste justo delante del balón! —dice Britt-Marie, con un gesto de reproche por las manchas de sangre del lavabo y de la camiseta.

Vega parpadea. Se nota que le duele cada vez que lo hace porque tiene la mitad de la cara hinchada y amoratada. Desde la ceja rota, bajando hasta el ojo lleno de venitas reventadas y siguiendo por la nariz, llena de sangre coagulada, y el labio partido, tan hinchado que parece que la chica hubiera intentado comerse una avispa.

—Frené el disparo —insiste.

—Sí, con la cara. Dónde se ha visto frenar un balonazo con la cara, ¡por favor! —insiste Britt-Marie, sin que quede claro si está enfadada por la sangre que Vega tiene en la cara o por la que tiene en la camiseta.

—Si no, habrían marcado un gol —insiste Vega, encogiéndose de hombros.

Britt-Marie frota la camiseta con más bicarbonato.

—Sinceramente, no me explico cómo puedes amar el fútbol hasta el extremo de estar dispuesta a arriesgar la vida así —protesta mientras frota furiosamente el bicarbonato en la camiseta.

Vega parece pensativa. Luego, dudosa.

—¿Usted nunca ha amado nada así? —pregunta.

—Ja. No. Yo… ja. No lo sé. La verdad es que no lo sé.

—Cuando estoy jugando al fútbol, no me duele —dice Vega con la mirada fija en el número de la camiseta que hay en el lavabo.

—¿Qué no te duele? —pregunta Britt-Marie.

—Nada —responde Vega.

Britt-Marie guarda silencio, algo avergonzada. Abre el agua caliente. Cierra los ojos. Vega echa la cabeza hacia atrás y observa el techo de los servicios.

—Cuando duermo, sueño con el fútbol —dice, como si eso fuera lógico. Luego, pregunta con sincera curiosidad, dando a entender que no comprende que se pueda soñar con otra cosa—: ¿Usted con qué sueña?

Britt-Marie no tiene ni idea de por qué dice aquello, pero lo susurra sin pensar:

—A veces sueño con París.

Vega asiente comprensiva.

—Pues entonces el fútbol es para mí lo que París es para usted. ¿Ha estado allí muchas veces?

—Nunca —susurra Britt-Marie, irritada consigo misma por haber dicho nada.

—¿Por qué no? —pregunta Vega.

—Es una de esas cosas que simplemente no ocurrieron. Anda, ven y lávate la cara —dice Britt-Marie para zanjar el asunto.

—¿Por qué no? —insiste Vega.

Britt-Marie ajusta el grifo para que no esté demasiado caliente. El corazón aún le late tan fuerte que puede contar los latidos. Mira a Vega, le aparta unos cabellos de la frente y le toca con cuidado la inflamación alrededor del ojo, como si le doliera más a ella que a la propia Vega. Entonces, susurra:

—Verás, resulta que, cuando era niña, mi familia y yo íbamos al mar. Mi hermana buscaba las rocas más altas para saltar al agua desde allí y, cuando se lanzaba y aparecía otra vez en la superficie, yo seguía en la roca, y ella gritaba: «¡Salta, Britt! ¡No lo pienses!». Comprenderás que, cuando estás allí en lo alto y miras abajo, hay un segundo en el que estás dispuesta a saltar de verdad. Si lo haces en ese momento, te atreves. Pero, si esperas, nunca saltas.

—¿Saltó? —pregunta Vega.

—Yo no soy de las que saltan —responde Britt-Marie.

—¿Y su hermana sí?

—Ella era como tú. Sin miedo —responde Britt-Marie.

Luego, dobla un pañuelo de papel y le susurra:

—Pero ni siquiera ella se habría lanzado de cara delante de un balón de fútbol como una loca.

Vega se levanta y deja que Britt-Marie le limpie las heridas.

—Y por eso ahora no va a París, ¿no? ¿Porque no es de las que saltan? —pregunta la niña.

—Soy demasiado vieja para París —susurra.

—¿Cuántos años tiene París? —pregunta la niña.

Britt-Marie no tiene una buena respuesta para esa pregunta. A pesar de que es perfecta como pregunta de crucigrama. Se mira en el espejo. Es absurdo, por supuesto. Es una mujer adulta, pero ahí está, en el hospital, por segunda vez en pocos días. Hay una criatura sentada en la tapa del retrete con la cara totalmente destrozada, y otra en una habitación al final del pasillo con una pierna rota. Todo por frenar un disparo. ¿Quién querría vivir de ese modo?

Vega la mira a los ojos a través del espejo. Se ríe tanto que la sangre le cae del labio a los dientes. Lo cual la hace reír más aún, a la muy loca.

—Si no es de las que saltan, Britt-Marie, ¿cómo carajo acabó en Borg?

Britt-Marie le presiona el labio con el pañuelo y le dice que ésa no es, en absoluto, una forma apropiada de hablar. Vega, enojada, murmura algo desde detrás del pañuelo, así que Britt-Marie presiona el labio más fuerte. Luego, se lleva a la niña a la sala de espera antes de que le dé tiempo a decir nada más.

Lo cual, por supuesto, resulta ser una muy mala idea, puesto que Fredrik está en la sala de espera. Se pasea furibundo de un lado a otro del pasillo, delante de la puerta de los servicios. Sapo, Dino, Ben y Omar están durmiendo en unos bancos. En cuanto la ve, Fredrik señala a Britt-Marie con gesto acusador.

—Si Max se ha roto la pierna y se pierde el campamento para deportistas de alto rendimiento, me aseguraré de que nunca pueda volver a acercarse a…

Su voz pierde fuerza y se acalla cuando cierra los ojos para tratar de serenarse. Vega se cuela por delante de Britt-Marie y aparta el dedo de Fredrik.

—¡Que te calles la boca! ¡El hueso se cura! ¡Max estaba cubriendo un disparo!

Fredrik cierra los puños y retrocede apartándose de ella, como si, en su desesperación, temiera hacer alguna locura.

—Le prohibí que jugara al fútbol antes del campamento de entrenamiento de élite. Le dije que, si se lesionaba, podía destrozar su carrera, le dije qu...

—¿Qué mierda de carrera? ¡Si está en la jodida secundaria! —lo corta Vega.

Fredrik vuelve a señalar a Britt-Marie y se hunde en un banco, como si lo hubieran dejado caer.

—¿Tú sabes lo que significa este campamento si juegas al *hockey* sobre hielo? ¿Tú sabes lo que hemos sacrificado para que tenga esta oportunidad?

—¿Tú le has preguntado a Max qué es lo que él quiere? —pregunta Vega con acritud.

—¿Eres retrasada o qué te pasa? ¡Que es el campamento de deportista de alto rendimiento! ¡Por supuesto que quiere! —vocifera Fredrik.

—¡Pues a jugar al fútbol no tiene que obligarlo nadie! —vocifera ella a su vez.

—¡Tú a lo mejor necesitas a alguien que te grite! —grita Fredrik, levantándose de un salto.

—¡¡Y tú a lo mejor necesitas tener muebles!! —aúlla Vega, abalanzándose sobre él.

Se quedan así, el uno frente al otro, respirando con dificultad, agotados. Los dos con los ojos llenos de lágrimas. Ninguno de los dos olvidará nunca la copa que el Borg ha jugado hoy. Ninguno de los habitantes de Borg la olvidará jamás.

* * *

Es cierto que perdieron el segundo partido por 5-0. Tuvieron que parar el partido unos minutos porque Sapo paró un penalti y todo el mundo tuvo que esperar a que terminara de dar la vuelta al campo haciendo el avión. Bank se echó a reír y dijo que, a juzgar por los gritos del público, se diría que el Borg hubiera ganado el Mundial. Tras varias explicaciones, Britt-Marie entendió que se trataba de otra competición futbolística particularmente importante si se es parcial a este deporte.

En el tercer y último partido, el ruido dentro del estadio era tal que al final Britt-Marie sólo escuchaba un rumor sostenido, y el corazón le latía tan fuerte que perdió la sensibilidad y los brazos le giraban alrededor del cuerpo como si ya no le pertenecieran. El equipo contrario iba ganando 2-0, pero, a unos minutos del final, Vega anotó un gol para el Borg entrando con todo el cuerpo. Justo después, Max robó el balón tirándose en plancha cerca de la portería del Borg. Cuando se puso en pie, echó una ojeada a las gradas al mismo tiempo que su padre entraba en el campo. Fredrik se quedó mirándolo enojado con las manos hundidas en los bolsillos. Max regateó a todo el equipo contrario y marcó un gol. Cuando logró sacar la cabeza del montón de brazos y piernas de sus compañeros, Fredrik se dio media vuelta decepcionado y se marchó del pabellón.

Max se quedó inmóvil junto a la línea de banda, mirándolo, mientras el árbitro ordenaba reanudar el juego. Cuando el rumor del público devolvió al chico a la realidad del partido, el equipo contrario había lanzado un balón al poste y otro al larguero. Todo el equipo, salvo Vega, estaba tendido de cualquier manera en el suelo, así que, cuando el jugador contrario tomó impulso para tirar a una portería desierta, Vega se lanzó todo lo larga que era y detuvo el disparo. Con la cara. Cuando el balón volvió rebotando al jugador contrario, estaba lleno de sangre. Sólo necesitaba un empujón con el interior del pie para decidir el partido, pero el jugador decidió disparar con fuerza de todos modos, así que Max entró corriendo directamente en la montaña de extremidades y se lanzó hacia delante con la pierna estirada. Hizo contacto con el balón, pero el jugador contrario le dio una patada en la pierna. Max pegó tal grito que Britt-Marie sintió como si la pierna rota fuera la suya.

El partido terminó 2-2. Era la primera vez en mucho, muchísimo, tiempo que el Borg no perdía un partido de fútbol. Vega iba sentada al lado de Max en la ambulancia y, durante todo el camino al hospital, fue cantando canciones completamente inadecuadas.

* * *

La madre de Ben está en el umbral de la sala de espera. Mira a Vega, luego a Britt-Marie, y asiente sin más, como ocurre al final de un largo día de trabajo.

—Max quiere verlas a las dos. Sólo a ustedes dos.

Fredrik maldice en voz alta, pero la madre de Ben es implacable.

—Sólo ellas dos.

—Yo creía que hoy tenías la noche libre —dice Vega.

—Y así era. Pero, cuando el Borg juega al fútbol, el hospital se ve obligado a pedir refuerzos —dice muy seria, pese a que es perfectamente evidente que trata de contener la risa.

Tapa a Ben, que está tendido en un banco, con una manta y le da un beso en la mejilla. Luego, hace lo mismo con Dino, Sapo y Omar, que duermen en los otros bancos.

Britt-Marie siente la mirada de odio de Fredrik en la espalda cuando Vega y ella la siguen pasillo abajo, así que se coloca detrás de la niña para que no le lleguen a ella. Max está en una cama con la pierna en alto. Sonríe al ver la cara hinchada de Vega, que acaba de entrar.

—¡Vaya cara! ¡Estás mucho mejor que antes!

Vega resopla y señala la pierna de Max.

—¿Crees que esta vez los médicos podrán ponerte la pierna recta de verdad? Así podrás aprender a patear bien.

Él sonríe. Ella también.

—¿Está enfadado mi padre? —pregunta Max.

—¿Cagan los osos en el bosque? —responde Vega.

Al oírla, Britt-Marie decide que ya es suficiente.

—¿En serio, Vega? ¿Te parece un lenguaje apropiado para un hospital? ¡Dime!

Vega se echa a reír. Max también. Britt-Marie suelta un suspiro hondo y contenido, da media vuelta y los deja allí con su manera de hablar.

Fredrik sigue en la sala de espera. Britt-Marie se queda quieta sin saber qué hacer. Contiene el impulso de alargar el brazo y retirar un cabello de Vega que le ha quedado en la manga de cuando estaban discutiendo.

—Ja —susurra Britt-Marie.

Él no responde. Se limita a mirar al suelo, furioso. Así que ella hace acopio del hilo de voz que le queda en la garganta y pregunta:

—¿Ha amado alguna vez algo tanto como estos niños aman el fútbol, Fredrik?

Él levanta la cabeza y le clava la mirada.

—¿Tiene usted hijos, Britt-Marie?

Ella traga saliva y niega con la cabeza. Él vuelve a bajar la vista al suelo.

—Pues no me pregunte lo que amo.

Se quedan sentados cada uno en una silla, sin nada más que decirse, hasta que la madre de Ben vuelve a aparecer. Britt-Marie se levanta, pero el padre de Max se queda sentado, como si ya no tuviera fuerzas para volver a levantarse. La madre de Ben le pone la mano en el hombro y le dice para consolarlo:

—Max quiere que te diga que, probablemente, podrá volver a jugar al *hockey* dentro de seis meses. El hueso se recuperará por completo. Su carrera no peligra en absoluto.

El padre de Max no se inmuta. Baja la barbilla con fuerza. La madre de Ben mira a Britt-Marie. Ella se muerde el interior de las mejillas. La madre de Ben vuelve hacia la puerta cuando el padre de Max se lleva las manos a los ojos con dos movimientos rápidos, mientras las lágrimas le caen entre los dedos y ruedan por la barba incipiente. No tiene pañuelo. El suelo se mancha.

—¿Y al fútbol? ¿Cuándo podrá volver a jugar al fútbol?

Alcanzada cierta edad, casi todas las preguntas que se hace una persona se reducen en realidad a una sola: ¿cómo se vive una vida?

32

Britt-Marie está sola, sentada en un banco de la acera frente a la puerta de las urgencias. Lleva unos tulipanes entre los brazos, siente el viento en el pelo y piensa en París. Es curioso el poder que un lugar puede ejercer sobre uno, a pesar de no haberlo visitado nunca. Si cierra los ojos, puede sentir sus adoquines bajo los pies. Ahora, quizá, con más claridad que nunca. Como si se hubiera elevado del suelo cuando Ben marcó el gol y hubiera aterrizado siendo otra persona. Una persona que salta.

—¿Te importa si me siento? —pregunta la voz.

Britt-Marie escucha que la voz sonríe. Ella también sonríe antes de abrir los ojos. Asiente despacio.

—Por supuesto —susurra.

—Estás afónica —dice Sven con una sonrisa.

Ella asiente.

—Una gripe.

Él se ríe en voz alta. Ella se ríe por dentro. Él se sienta y le ofrece un jarrón de cerámica.

—Verás, lo he hecho para ti. Estoy asistiendo a un curso… He pensado que, bueno, he pensado que quizá podrías poner aquí los tulipanes.

Ella lo sujeta fuerte entre los brazos. Nota su superficie rugosa en la piel, como la pata de un peluche que uno se ha negado a consentir que sus padres laven en la lavadora.

—Hoy ha sido fantástico. Debo reconocerlo. Ha sido algo fabuloso —dice al fin.

—Es un deporte fabuloso —responde Sven.

Como si la vida fuera así de sencilla.

—Ha sido maravilloso poder volver a emocionarme —susurra Britt-Marie.

Él sonríe y se vuelve hacia ella con cara de ir a decir algo, pero ella se lo impide haciendo acopio de todo su sentido común en un único y ansioso suspiro y le dice:

—Si no es mucha molestia, te agradecería que llevaras a los niños a casa.

Britt-Marie lo mira, allí sentado, encogiéndose poco a poco en los segundos subsiguientes. Se le retuerce el corazón por dentro. A él también.

—Debo suponer entonces que, que eso significa, bueno. Debo suponer que eso significa que será Kent quien te lleve a ti a Borg —acierta a decir al fin.

—Sí —responde ella en un susurro.

Se queda sentado, con las manos aferradas al borde del banco. Ella se queda igual, porque le gusta agarrar el banco mientras él también lo está agarrando. Lo mira de reojo; querría decirle que no es culpa suya. Que es simplemente que ella es demasiado mayor para enamorarse. Quiere decirle que puede encontrar algo mejor. Que se lo merece. Que merece algo perfecto. Pero no dice nada, porque teme que él le diga que ella es ese algo perfecto.

* * *

Sigue sosteniendo fuerte el jarrón cuando la ciudad y la carretera pasan volando al otro lado de la ventanilla del BMW. Le duele el pecho de tantos deseos reprimidos. Kent va hablando todo el camino, naturalmente. Al principio, del fútbol y los niños, pero no tarda en hablar de sus negocios y de los alemanes y de sus planes. Quiere ir de vacaciones, dice, solos ella y él. Pueden ir al teatro, al mar. Pronto. Hay unos negocios que tienen que salirle bien y, entonces, irán. Cuando entran en Borg, bromea diciendo que el pueblo es tan pequeño que dos personas pueden estar cada una en un extremo, junto a los letreros de BIENVENIDOS A BORG y HASTA PRONTO, y hablar entre sí sin tener que levantar la voz.

—¡Te tumbas aquí y te llegan los pies al pueblo siguiente! —dice a carcajadas y, al ver que ella no se ríe enseguida, lo repite.

Como si ése fuera el problema.

—Bueno, corre recoge tus cosas, ¡y nos vamos!

—¿Ya? —dice Britt-Marie con voz ronca y con la garganta latiéndole de dolor con cada sílaba.

—Sí, mañana tengo una reunión. Si salimos ahora, no habrá tráfico —le dice aleccionador mientras tamborilea con los dedos en el tablero, impaciente.

—De ninguna manera podemos irnos en plena noche —protesta Britt-Marie en voz baja.

—¿Por qué no? —pregunta Kent.

—Sólo los delincuentes viajan en plena noche —susurra Britt-Marie en tono resuelto.

—Pero, por Dios, mi amor, vamos ya —se lamenta él.

Ella clava las uñas en el jarrón.

—Ni siquiera he presentado la dimisión en el trabajo. Y desde luego que no puedo irme de aquí sin presentar mi dimisión. Tengo que devolver las llaves, como comprenderás.

—Por favor, mi amor, tampoco es que fuera un «trabajo» de verdad, ¿no crees?

Britt-Marie se muerde las mejillas.

—Es un trabajo apropiado para mí —susurra.

—Bueno, bueno, no era eso lo que quería decir, mi amor. No te enfades. Pero puedes llamarlos por el camino, ¿no? Tan importante no es, ¿verdad? ¡Mañana tengo una reunión! —dice Kent, como si fuera él el que estuviera siendo flexible.

Ella no responde.

—¿Te pagan un sueldo siquiera, por ese «trabajo»?

A Britt-Marie le duelen las uñas cuando se le doblan contra el macetero que lleva en las rodillas.

—No soy ninguna delincuente. No pienso irme en plena noche. No pienso hacerlo, Kent —susurra.

Kent suspira, resignado.

—No, no, muy bien. Pues mañana temprano, entonces, si te empeñas. No puedo creer que este pueblo se te haya metido así en la cabeza, mi amor. ¡Si a ti ni siquiera te gusta el fútbol!

Britt-Marie saca despacio las uñas del macetero. Pasa el pulgar por el borde. Coloca bien los tulipanes.

—Kent, el otro día me dieron un crucigrama. Había una pregunta sobre la pirámide de Maslow.

Kent ha empezado ya a revisar el móvil, así que Britt-Marie insiste y levanta un poco la voz:

—La ponen mucho en los crucigramas. La pirámide de Maslow. Así que leí sobre el tema en una revista. Trata de las necesidades humanas. En la franja más baja, se encuentran las necesidades básicas de las personas. El alimento y el agua.

—Hum… —dice Kent, mientras, según parece, responde a un mensaje de texto en el móvil.

—Y el aire también, me figuro —añade Britt-Marie, tan bajito que ni siquiera ella misma está segura de haberlo dicho.

En la segunda franja de la pirámide, se encuentra la «seguridad»; en la tercera, la «afiliación»; en la cuarta, el «reconocimiento». Lo recuerda muy bien porque el tal Maslow es particularmente recurrente en los crucigramas.

—En la franja más alta de la pirámide, se encuentra la «autorrealización». Y eso es lo que yo he sentido aquí, Kent. Para mí ha sido una autorrealización.

Se muerde el labio.

—Supongo que te parecerá ridículo.

Él levanta la vista del teléfono. La observa y respira honda y ruidosamente, como respira cuando está durmiendo, justo antes de empezar a roncar.

—¡Claro, claro! Por supuesto que entiendo toda esta vaina, mi amor. Claro que sí. ¡Es fantástico, de verdad!

—A mí también me parece fantástico —susurra ella, dándole la mano.

Él asiente y sonríe.

—Y ahora ya te has sacado las ganas. ¡Mañana nos vamos a casa!

Ella se muerde el labio y le suelta la mano. Agarra fuerte el jarrón entre sus brazos y sale como puede por la puerta del carro.

—¡Carajo, mi amor! ¡No vuelvas a enojarte! ¿Cuánto dura este trabajo? ¿Hasta cuándo dura el contrato? —pregunta.

—Tres semanas —reconoce al fin.

—¿Y después? Cuando acaben las tres semanas y ya no tengas trabajo, ¿piensas vivir en Borg como desempleada? —le pregunta en voz alta mientras ella se aleja.

Al ver que no responde, Kent suspira y sale del carro.

—Mi amor, tú sabes perfectamente que éste no es tu hogar, ¿no?

Ella sabe que tiene razón.

Kent la alcanza. Ella se detiene y se muerde las mejillas. Él se hace cargo del jarrón con los tulipanes y lo lleva al interior de la casa, ella lo sigue despacio. Él inclina un poco la cabeza.

—Lo siento, mi amor —dice, poniéndole las manos cariñosamente en la barbilla cuando ya están los dos en el vestíbulo.

Ella cierra los ojos. Él le besa los párpados. Siempre lo hacía, al principio, cuando la madre de Britt-Marie acababa de morir. Cuando más sola estaba en el mundo y él llegó un día y apareció en la escalera del edificio y ella dejó de estar sola. Porque él la necesitaba y, cuando alguien te necesita, no estás sola. Así que a ella le encanta que le bese los párpados.

—Es sólo que estoy estresado. Por la reunión de mañana. Pero todo se arreglará, te lo prometo —le dice Kent.

Ella quiere creerle. Él sonríe, le da un beso en la mejilla y le dice que no se preocupe. Que vendrá a buscarla mañana a las seis de la mañana, para evitar el tráfico de la hora pico. Luego se ríe:

—¿Quién sabe si los tres carros que hay en Borg decidirán salir al mismo tiempo? ¡Menudo atasco!

Ella sonríe, como si tuviera gracia. Se queda en el vestíbulo con la puerta ya cerrada hasta que él se aleja con el carro.

Luego, sube la escalera y hace la cama. Organiza las maletas. Dobla todas las toallas. Baja otra vez, sale y da un paseo por Borg. Todo está oscuro y en silencio, como si allí no viviera nadie, como si el campeonato nunca hubiera tenido lugar. Pero hay luz en la pizzería y escucha a Bank y a Alguien riendo en el interior. Y también otras voces. El tintineo de vasos. Canciones de fútbol y otras canciones que canta Bank con unas letras que Britt-Marie de ningún modo considera apropiado repetir.

Abre el centro cívico y enciende la lámpara de la cocina. Se sienta en un taburete y espera que aparezca la rata. Pero no lo hace. Así que se queda allí un buen rato, sentada, sosteniendo el celular entre las manos como si fuera líquido, hasta que se decide a llamar. La joven de la oficina de empleo responde al tercer intento.

—¿Britt-Marie? —logra articular, recién arrancada del sueño.

—Quisiera presentar mi dimisión —susurra Britt-Marie.

Al otro lado, se escucha como si la joven tropezara y tirase algo. Una lámpara, quizá.

—No, no, mamá sólo está hablando por teléfono, preciosa, tú duérmete otra vez, mi dulce —la oye decir Britt-Marie.

—¿Disculpe? —pregunta Britt-Marie.

—Perdón. Estaba hablando con mi hija. Nos hemos quedado dormidas en el sofá —se disculpa la joven.

—No estaba al corriente de que tuviera una hija —susurra Britt-Marie.

—Tengo dos —responde la joven, y se oye como si fuera a una cocina, encendiera la luz y empezara a preparar café.

—¿Qué hora es? —pregunta.

—No es una hora razonable para tomar café —responde Britt-Marie, pero añade enseguida—: Pero usted haga lo que quiera, por supuesto.

La joven inspira y espira metódicamente al otro lado del hilo telefónico. Parece que se tomará ese café, pese a todo.

—¿Qué puedo hacer por usted, Britt-Marie?

—Quiero presentar mi dimisión. Tengo que... volver a casa —susurra Britt-Marie.

La joven se queda un rato en silencio.

—¿Cómo fue la copa de fútbol? —pregunta al fin.

Algo en esa pregunta remueve a Britt-Marie. Quizá sea porque de verdad aterrizó siendo otra persona tras el gol de Ben. No lo sabe. Pero respira hondo y le cuenta todo a la joven.

Le habla de los pueblos situados al filo de la carretera, de ratas y de gente que lleva gorra bajo techo. De la primera cita de unos chicos y de camisetas colgadas en la pared de una pizzería. Sencillamente, no puede parar. Le habla del Faxin y de persianas de bambú, de botellas de cerveza envueltas en celofán y de muebles de IKEA. Pistolas y suplementos de crucigramas. Policías y emprendedores. De jugar al Idiota a la luz de los faros de un camión. De puertas azules y antiguos partidos de fútbol. Gripe. Latas de refresco. El 1-0 contra el equipo de la ciudad. Una niña que detiene un balonazo con la cara. El espacio exterior.

—Seguro que todo esto le suena ridículo... —susurra.

La joven no puede responder con voz firme cuando le dice:

—¿Le he contado por qué trabajo en esto, Britt-Marie? No sé si lo sabe, pero a los que trabajamos en la oficina de empleo la gente nos trata como a una verdadera mierda. La gente puede ser muy mala. Y cuando digo «mierda», lo digo literalmente. Una vez una persona me envió una caca en un sobre.

—¡El colmo de los colmos! —exclama Britt-Marie tan rápido que le da un ataque de tos.

—Como si la crisis económica fuera culpa mía —dice la joven.

Britt-Marie se queda allí sentada, sumida durante un buen rato en honda reflexión.

—¿Britt-Marie? —pregunta la joven al fin, para comprobar que sigue ahí.

Britt-Marie tose.

—¿Puede saberse cómo rayos lograron meterla en el sobre?

—¿La caca? —pregunta la joven.

Britt-Marie asiente resuelta.

—Ja. Ja. Debe haber sido muy difícil... apuntar.

La joven se pasa varios minutos riéndose bien fuerte. Britt-Marie se alegra de estar afónica porque piensa que la joven no puede oír que ella también se está riendo. Puede que no sea estar flotando en el espacio, pero la sensación la eleva un poquito del taburete.

—¿Sabe por qué trabajo en esto, Britt-Marie? —vuelve a preguntar la joven.

—No —responde Britt-Marie.

—Mi madre se pasó toda la vida trabajando en los servicios sociales. Decía que, entre toda la porquería, entre todo lo peor, siempre aparecía una historia alentadora como un rayo de sol. Y que, entonces, todo lo demás valía la pena.

Las siguientes palabras suenan a sonrisa.

—Su historia es mi rayo de sol, Britt-Marie.

Britt-Marie traga saliva.

—No es conveniente hablar por teléfono en plena noche. Si no le importa, volveré a llamar mañana.

—Que duerma bien, Britt-Marie —susurra la joven.

—Usted también —susurra Britt-Marie.

Y cuelgan las dos.

Britt-Marie sigue sentada en el taburete, con el teléfono en las palmas de las manos. Se sorprende deseando tan vivamente que aparezca la rata que, cuando llaman a la puerta, piensa que quizás es ella. Luego, lógicamente, se calma y recuerda que las ratas no pueden llamar a la puerta porque carecen de nudillos. O, al menos, eso cree ella.

—¿Hay alguien en casa? —pregunta Sami desde el umbral.

Britt-Marie baja volando del taburete.

—¿Ha pasado algo? ¿Algún accidente?

Está apoyado tranquilamente en el marco de la puerta.

—No. ¿Por qué lo pregunta?

—Porque es plena noche, Sami. ¡Y uno no se presenta en casa de la gente en plena noche sin avisar, como un vendedor de aspiradoras o de cualquier otra cosa, a menos que haya ocurrido algo!

—¿Es que vive aquí? —pregunta Sami, sonriendo.

—Creo que me has entendido perfectamente —susurra Britt-Marie.

El joven menea la cabeza.

—*Chill*, Britt-Marie. He pasado con el carro y he visto luz. Quería ver si quería un cigarro. O una copa.

Él se ríe a su costa. A ella no le agrada en absoluto.

—En absoluto —susurra Britt-Marie.

—Está bien. Tranquila —ríe Sami.

Ella se ajusta la falda.

—Pero, si un Snickers te parece aceptable, puedes pasar.

Se sientan cada uno en un taburete, junto a la ventana de la cocina.

Miran las estrellas a través de las ventanas más limpias de todo Borg y se comen un Snickers, cada uno de su plato.

—Hoy ha estado muy bien —dice Sami.

—Sí. Ha estado… muy bien —sonríe Britt-Marie.

Quiere decirle que tiene que abandonar Borg y volver a casa al día siguiente, pero no alcanza a saber si él se lo ha visto en la cara porque, antes de que abra la boca, le dice:

—Tengo que ir a la ciudad. Tengo que ayudar a un amigo.

—¿Qué amigo es ése? Es noche cerrada —dice Britt-Marie.

—Magnus. Tiene problemas con unos chicos de allí. Les debe dinero, ya sabe. Tengo que ayudarlo —dice Sami.

Britt-Marie se lo queda mirando, atónita. Él asiente. Sonríe con cierta ironía.

—Ya sé lo que está pensando. Pero esto es Borg. En Borg, nos perdonamos unos a otros. No tenemos opción. Si no lo hiciéramos, no nos quedaría ningún amigo con el que enfadarnos.

Ella se levanta. Retira despacio su plato. Duda un buen rato, pero, al final, le acaricia la mejilla con la mano vendada.

—Tú no tienes por qué ser siempre el que salva a todo el mundo, Sami —le susurra.

—Claro que sí.

Ella se pone a fregar. Él está a su lado, secando los platos. Limpian cada uno su parte de la encimera.

—Si me pasara algo, ¿me promete que cuidará de Omar y Vega? ¿Me promete que encontrará a unas buenas personas que se ocupen de ellos? —pregunta.

A Britt-Marie se le va toda la sangre de la cara.

—¿Por qué iba a pasarte nada? —pregunta, asustada.

Él le rodea los hombros con el brazo.

—Bah, no me va a pasar nada, soy un maldito Superman. Pero, ya sabe, si pasara algo… ¿Procurará que vivan con buenas personas?

Ella se limpia las manos en el paño a conciencia para que él no vea cómo le tiemblan.

—¿Por qué me preguntas a mí? ¿Por qué no a Sven o a Bank o…?

—Porque usted no es de las que se largan, Britt-Marie —dice Sami.

—¡Ni tú! —protesta ella.

Sami se para en el umbral y enciende un cigarrillo. Ella se queda detrás y aspira el humo. El sol todavía no ha salido. Le quita un cabello de la manga de la chaqueta. Lo pone en un pañuelo de papel y lo dobla.

—¿De qué equipo de fútbol era su madre? —pregunta en un susurro.

Él sonríe y responde, como si fuera una obviedad, lo que todos los hijos responden a esa pregunta:

—Del nuestro.

Sami la lleva a casa de Bank. Le da un beso en la cabeza. Ella se sienta en el balcón, junto a las maletas hechas, y lo ve alejarse en dirección a la ciudad. La ha obligado a prometerle que no va a pasarse la noche despierta esperando a verlo llegar a Borg en el carro.

Britt-Marie lo espera de todos modos.

33

—Quiero que sepas que he presentado mi dimisión. Debo volver a casa, compréndelo.

Britt-Marie tironea de la venda alrededor de su dedo anular.

—Puedo entender que no lo entiendas, faltaría más, pero es que mi sitio está con Kent. Las personas deben tener un hogar.

Asiente, como disculpándose.

—Con eso no quiero decir, obviamente, que las ratas no necesiten también un hogar. Yo en eso no me meto en absoluto. Estoy segura de que tú tienes un hogar excelente.

La rata está sentada en el suelo, observando el plato que tiene delante, como si el plato le hubiera pisado la cola y la hubiera llamado estúpida.

—No les quedaban Snickers —se disculpa Britt-Marie.

La rata observa los frascos que hay en el plato.

—Eso es mantequilla de maní. Y eso otro se llama «Nutella» —dice Britt-Marie, orgullosa, antes de aclararse un poco la garganta—. No les quedaban Snickers en la tienda de comestibles, pero me han informado de que, en esencia, esto es exactamente lo mismo.

Aún es de noche. Alguien no se alegró en absoluto de que la despertaran, pero Britt-Marie no se veía capaz de seguir sentada allí sola con las maletas en el balcón de Bank. No pudo soportarlo. Así que volvió al centro cívico para despedirse. De la rata y del pueblo.

Sirve en el plato un poco de cada frasco con sumo cuidado. Coloca a un lado una ramita de eneldo. Dobla una servilleta y la pone junto al plato.

—El eneldo no tienes que comértelo si no quieres. Es sólo decorativo —le aclara Britt-Marie.

La rata se come la mantequilla de maní. Britt-Marie está parada junto a la ventana. Pronto amanecerá. Alguien ha apagado las luces de la pizzería y se ha ido otra vez a la cama, con la esperanza de que Britt-Marie no vaya otra vez a aporrear su puerta para pedirle chocolate con maní. La fiesta hace mucho que terminó. La carretera está desierta. Britt-Marie frota el anillo de casada con una papa con bicarbonato, porque ésa es la mejor manera de limpiar los anillos de boda. Suele hacerlo también con el anillo de Kent, cuando se lo olvida en la mesilla de noche antes de alguna reunión con los alemanes. Britt-Marie lo limpia hasta que reluce, para que él no pueda evitar verlo cuando se levante la mañana siguiente.

Esta es la primera vez que limpia el suyo. La primera vez que se lo ha quitado. Sin mirar a la rata, susurra:

—Kent me necesita. Todo el mundo necesita que lo necesiten, comprendes.

No sabe si las ratas se pasan las noches despiertas en la cocina pensando en cómo viven su vida. O con quién.

—Sami me dijo que yo no soy de las que se largan, comprendes, pero eso es precisamente lo que soy. Haga lo que haga, estaré abandonando a alguien. De modo que lo único correcto debe ser quedarme en el lugar al que pertenezco. En mi vida de siempre.

Britt-Marie trata de parecer segura de sí misma. La rata se lame las patas. Hace un breve semicírculo por la servilleta. Luego, sale furtivamente por la puerta.

Britt-Marie no sabe si es que piensa que habla demasiado. No sabe por qué sigue viniendo. La provisión de Snickers es uno de los motivos, naturalmente, pero ella confía en que haya algo más.

Retira el plato y cubre con un plástico los restos de la mantequilla de maní y la Nutella, lo pone todo en el refrigerador, por costumbre, porque ella no es de las que tiran la comida. Limpia a fondo el anillo y lo envuelve en un trozo de papel de cocina antes de guardárselo en el bolsillo del abrigo. Será un alivio poder quitarse la venda y volver a llevarlo en el dedo. Se sentirá como cuando uno vuelve a acurrucarse en su cama tras un largo viaje.

Una vida normal. Ella nunca ha querido tener otra cosa. Habría podido elegir otras opciones, se dice, pero escogió a Kent. Nadie elige sus circunstancias, pero sí sus acciones, insiste para sus adentros. Sami tenía razón. Ella no es de las que se largan. Así que tiene que volver a casa, allí donde la necesitan.

Está sentada en el taburete de la cocina, mirando la carretera a la espera de ver un carro negro. No ve ninguno. Se pregunta si Sami reflexiona sobre cómo se vive una vida, si alguna vez ha podido permitirse ese lujo. Las personas pueden elegir sus acciones, cierto, pero, en la vida de Sami, las circunstancias han podido más que las acciones. Se pregunta si son nuestras elecciones o nuestras circunstancias las que nos convierten en las personas que llegamos a ser; qué es lo que habrá convertido a Sami en una de esas personas que median entre los demás. Se pregunta qué exige más de una persona: ser de las que saltan o ser de las que deciden no saltar.

Se pregunta cuánto espacio le queda en el alma a una persona para poder cambiar cuando alcanza una edad lo bastante avanzada. Qué personas le quedan por conocer y qué pueden ver en ella, qué pueden conseguir que ella vea en sí misma.

Sami fue a la ciudad para proteger a alguien que no lo merece, Britt-Marie se prepara para volver a casa por la misma razón. Porque, si no perdonamos a aquellos a los que queremos, ¿quién nos queda? ¿Qué es el amor, sino amar a nuestros seres queridos cuando no lo merecen?

Todas las preguntas que se hace Britt-Marie tratan de cómo se vive una vida. Por quién se vive. De quién es la vida vivida.

Los faros relucen en la carretera, se extienden despacio saliendo de la oscuridad como unos brazos saliendo del agua. Deja atrás el letrero de BIENVENIDOS A BORG. Reduce la velocidad al llegar a la parada del autobús. Gira sobre la grava. Britt-Marie ya está en el umbral.

*　*　*

Cuando se refieran los hechos, se dirá que, poco antes del amanecer, un grupo de jóvenes encontró a Magnus a la salida de un bar. Uno de ellos llevaba un cuchillo. Otro joven se interpuso entre ellos. Uno de esos que siempre tratan de salvar a todo el mundo.

El carro frena despacio sobre la grava. Exhala un cálido suspiro cuando se para el motor. Los faros se apagan al mismo tiempo que se encienden las luces en el interior de la pizzería. En algunos lugares, la gente sabe lo que significa que un carro se detenga frente a la puerta antes del alba. Saben que nunca es para nada bueno. Alguien sale en la silla de ruedas y se detiene en el acto al ver al policía uniformado.

Sven se queda allí parado con la gorra entre las manos y el labio inferior con la marca de los dientes que se ha clavado intentando contenerse. El dolor que reflejan las marcas enrojecidas de sus mejillas indica lo inútil que ha sido su esfuerzo.

Britt-Marie deja escapar un grito. Cae al suelo. Se desploma bajo el peso de una persona que ha dejado de existir.

34

Éste no es un dolor lento. No va creciendo según las fases de negación, ira, negociación, depresión y aceptación. Es un dolor que estalla de inmediato, como un incendio que la devora por dentro, un fuego que consume todo el oxígeno, hasta que cae al suelo pateando y dando puñetazos en la grava y tratando de respirar. Su cuerpo intenta plegarse sobre sí mismo, como una invertebrada, como si tratara desesperadamente de apagar las llamas de su interior.

La muerte es la impotencia extrema. La impotencia es la desesperación extrema.

Britt-Marie no sabe cómo logra ponerse en pie. Cómo Sven logra meterla en el carro. Ha tenido que ayudarla a entrar. Encuentran a Vega a medio a camino entre el centro cívico y el apartamento, tendida sobre la grava, con el pelo pegado a la piel. Sus palabras son un borboteo jadeante, como si tuviera los pulmones llenos de lágrimas. Como si la pobre niña se estuviera ahogando por dentro.

—Omar. Tenemos que encontrar a Omar. Irá a matarlos.

De nuevo en el carro, en el asiento trasero, Britt-Marie no sabe si es ella la que abraza más fuerte a Vega o si es al contrario.

A su alrededor, el alba despierta a la ciudad de Borg como un amante suspirando en su oído. Con sol y promesas. Como el cosquilleo de una luz sobre cálidas mantas, como el aroma a café recién hecho y tostadas. No debería haber sido así. El día de hoy no debería ser así. Hoy no tiene que ser un día bonito, pero al amanecer le da igual. El carro patrulla avanza a través de los primeros minutos de la mañana, solitario por la carretera. Los dedos de Sven se aferran tan fuerte al volante, palpitando por la sangre que los abandona, que tiene que dolerle. Como si tuviera que reunir todo el dolor en algún punto. Organizarlo. Aumenta la velocidad cuando ve el otro carro. El único carro que tiene algo que hacer fuera de Borg a estas horas. El único hermano que a Vega le queda por salvar.

* * *

Toda muerte es injusta. Todo aquel que está de duelo busca un culpable. La ira casi siempre termina encontrándose con la cruel realidad de que nadie es culpable de la muerte. Pero ¿y si hubiera un culpable? ¿Si se supiera quién ha arrebatado a la persona amada? ¿Qué hacer? ¿En qué carro ir? ¿Qué llevar entre las manos?

El carro patrulla se adelanta a toda velocidad y gira para detenerse frente al otro carro y cortarle el paso. Los pies de Sven pisan el asfalto antes de que ninguno de ellos se haya detenido. Se queda allí, solo en la carretera, una eternidad, con la cara enrojecida por el llanto y las marcas de los dientes todavía en los labios. Al final, la puerta se abre y Omar se baja del carro. Los ojos de un hombre en el cuerpo de un niño. El final de una infancia.

Ésta es la clase de noche cuyos efectos perseguirán para siempre a quien la vive.

—¿Qué, Sven? ¿Qué vas a decirme? ¿Que tengo demasiado que perder? ¿Qué carajo me queda que perder?

Sven extiende los brazos, con las palmas de las manos hacia arriba. La mirada vacilante ante lo que Omar sostiene en la mano. Apenas le sale la voz.

—Dime dónde acabará esto, Omar. Cuando los hayas matado, y cuando ellos te hayan matado a ti. Dime dónde acaba.

Omar no se mueve. Como si él también tuviera que concentrar el dolor en algún punto. Los dos jóvenes que hay en el asiento de atrás del carro abren las puertas, pero no se bajan. Se quedan allí sentados esperando a que Omar decida.

Britt-Marie los reconoce. Estuvieron jugando al fútbol con Sami y Magnus a la luz de los faros del carro negro de Sami hace… ¿cuánto tiempo? ¿Días? ¿Semanas? Toda una vida. Ellos también son poco más que niños.

La muerte es impotencia. La impotencia es desesperación. Las personas desesperadas escogen acciones desesperadas. A Britt-Marie se le agita el pelo con la corriente cuando Vega abre la puerta del carro patrulla y se baja. Mira a su hermano. Ahora está de rodillas. Ella lo abraza, le presiona la cabeza contra su cuello y le susurra:

—¿Qué hubiera hecho Sami?

Al ver que no responde enseguida, repite:

—Contéstame: ¿Qué…haría…Sami?

—Quedarse con nosotros —jadea Omar.

Los dos jóvenes del carro echan una última ojeada a Sven. Quizá hubo un tiempo en que fue posible detenerlos. Quizá un día sea posible detenerlos otra vez. Pero esta noche no.

El carro deja a Britt-Marie, Sven y dos niños en la carretera. Sobre todos ellos se alza el alba.

Es lo único que el alba sabe hacer.

El carro patrulla cruza Borg despacio, continúa hasta el otro lado, gira por un camino de grava. Avanza eternamente, hasta que Britt-Marie no sabe si se ha dormido o si sólo está entumecida. Se detienen junto a un lago. Britt-Marie envuelve la pistola en todos los pañuelos que lleva en el bolso, no sabe por qué, quizá para que la niña no se ensucie. Vega insiste en hacerlo personalmente. Sale del carro y la arroja al agua con todas sus fuerzas.

* * *

Britt-Marie no sabe cómo las horas se convierten en días, ni cuántos días pasan. Duerme por las noches entre los niños en la cama de Sami. Con sus latidos en la palma de la mano. Se queda allí varios días. No es nada que haya planificado, ninguna decisión. Se queda sin más. Amaneceres y crepúsculos se funden y se confunden. Más adelante, recordará vagamente que habló por teléfono con Kent, pero no qué se dijeron. Cree que quizá le pidió que organizara aspectos prácticos, que hiciera alguna llamada. A él se le dan bien esas cosas. Todo el mundo dice siempre que a Kent se le dan bien esas cosas.

Sven viene al apartamento una tarde, Britt-Marie no sabe cuántas lleva allí. Lo acompaña una joven de los servicios sociales. Es cariñosa y amable. Parece que la nuca de Sven ya no puede soportar sus pensamientos. La joven se sienta con todos ellos a la mesa de la cocina y habla despacio y con dulzura, pero nadie es capaz de concentrarse. Britt-Marie mira hacia la ventana. Uno de los hermanos mira al techo; el otro, al suelo.

La noche siguiente, a Britt-Marie la despierta un ruido en el apartamento. Se levanta, busca a tientas los interruptores de la luz. El viento entra por la puerta del balcón. Vega se mueve obsesivamente de un lado a otro de la cocina. De un lado a otro. Ordenando. Limpiando todo lo que encuentra. Frotando frenéticamente con las manos la encimera y las sartenes. Una y otra vez. Como si se tratara de lámparas maravillosas que pudieran devolvérselo todo.

Las manos de Britt-Marie dudan en el aire detrás de sus hombros temblorosos. Flexiona los dedos, pero no llega a tocarla.

—Lo siento muchísimo, comprendo que debes sentirte... —susurra.

—No tengo tiempo de sentir cosas. Tengo que ocuparme de Omar —la interrumpe la niña, fuera de sí.

Britt-Marie quiere tocarla, pero ella se aparta, así que Britt-Marie va en busca de su bolso. Saca el bicarbonato. La niña la mira a los ojos y la tristeza no tiene nada más que decir. Las palabras no pueden hacer nada. Así que siguen limpiando hasta que llega de nuevo el día. Pese a que, para esto, ni siquiera el bicarbonato sirve.

* * *

Un domingo de enero, al mismo tiempo que el Liverpool se enfrenta al Stoke fuera de casa a mil kilómetros de allí, entierran a Sami junto a su madre, para que descanse bajo un mullido manto de flores rojas. Dos hermanos lo lloran, todo el pueblo lo recuerda. Omar deja una bufanda en el cementerio. Britt-Marie sirve café en la pizzería y procura que todos tengan posavasos. Todos los habitantes de Borg se encuentran allí. El aparcamiento de grava está bordeado de velas encendidas, camisetas blancas con números a la espalda cuelgan en una ordenada hilera en la valla contigua. Algunas son nuevas, otras tan viejas y con tantos lavados que se ven grises. Pero todas lo recuerdan.

Vega está en la puerta, con un vestido recién planchado y bien peinada. Recibe las condolencias de la gente como si fueran ellos los que tienen todo el derecho a estar tristes. Les estrecha la mano mecánicamente. Con la mirada apática, como si alguien le hubiera apagado un interruptor por dentro. Algo aporrea en el aparcamiento, pero nadie lo oye. Britt-Marie trata de conseguir que Vega coma algo, pero la niña ni siquiera responde cuando le habla. Se deja conducir a la mesa, deja que la sienten en la silla, pero su cuerpo reacciona como dormido. Se vuelve instintivamente hacia la pared para evitar todo contacto físico. El aporreo arrecia en el aparcamiento. La desesperación de Britt-Marie se acrecienta. Las personas experimentan la impotencia de diversas formas, pero, en el caso de Britt-Marie, se expresa con la máxima claridad cuando no es capaz de conseguir que una persona coma.

El murmullo de la gente concentrada en la pizzería crece hasta alcanzar las proporciones de un huracán en sus oídos. Sus manos resignadas tantean en busca del hombro de Vega, como si se extendieran sobre un precipicio. Pero el hombro se aparta. Se desliza hacia la pared. Los ojos de la niña huyen, volviéndose hacia dentro. El plato queda intacto.

Cuando el aporreo del aparcamiento sigue aumentando el volumen, como si tratara de demostrar algo, Britt-Marie se vuelve irritada hacia la puerta con los puños tan apretados que se le suelta la venda de los dedos. Está a punto de reprender al responsable diciéndole que ya está bien de tanto estruendo cuando nota el cuerpo de la niña que se adelanta abriéndose paso a través de la masa de gente.

Max está ahí afuera, apoyado en las muletas. Se eleva sobre el suelo poniendo todo su peso en las axilas. Mantiene el equilibrio balanceando su cuerpo en el aire y, con la pierna sana, da una patada al balón, que sale volando en un ángulo agudo, primero hacia la pared del centro cívico, luego hacia la valla con las camisetas blancas y, después, de vuelta a él. Bum-bum-bum, va resonando. Bum-bum-bum. Bum-bum-bum. Bum-bum-bum.

Como los latidos de un corazón.

Cuando Vega está lo bastante cerca, Max suelta el balón sin volverse a mirar. Va rodando hasta ella y se detiene a sus pies. Sus dedos lo rozan a través de los zapatos. Ella se inclina y pasa las yemas de los dedos de sus manos por las costuras del cuero.

Entonces, llora desconsoladamente.

A mil kilómetros de allí, el Liverpool gana por 5-3.

35

Omar y Dino son los primeros en lanzarse a jugar con Vega. Al principio, con cuidado, como si los moviera el dolor, pero pronto juegan como una noche normal. Juegan sin memoria, porque no saben hacerlo de otra manera. Aparecen más niños. Primero, Sapo y Ben, pero no tardan en llegar otros. Britt-Marie no los reconoce a todos, pero tienen los pantalones rasgados por los muslos. Juegan como si vivieran en Borg.

—¿Britt-Marie? —le dice Sven en un tono formal al que no está acostumbrada.

Está a su lado, en compañía de un hombre muy alto. De una estatura insólita, de hecho. Britt-Marie no se imagina cómo se instalaría una iluminación funcional en una casa en la que viva él.

—¿Ja? —dice.

Sven presenta al tío de Dino en un inglés con un acento muy marcado, pero Britt-Marie no lo juzga. Ella no es de las personas que se dedican a criticar.

—*Hello* —dice Britt-Marie, y, en lo que a ella respecta, ahí termina la conversación.

No porque Britt-Marie no sepa hablar inglés. Es sólo que no sabe cómo hablarlo sin sentirse como una estúpida. Ni siquiera sabe cómo se dice «estúpida» en inglés. Le parece que eso ilustra perfectamente su situación.

El hombre altísimo, que de verdad es desproporcionadamente alto, y no es que Britt-Marie tenga complejos, señala a Dino y les cuenta que vivieron en tres países y siete ciudades distintas antes de llegar a Borg.

Sven va traduciendo solícito para Britt-Marie. Ella entiende muy bien el inglés, pero lo deja por miedo a que, de lo contrario, esperen que ella diga algo. Las comisuras de los labios del hombre alto se mueven melancólicas cuando cuenta que los niños pequeños no recuerdan, que eso es una bendición. Pero Dino era lo bastante mayor para ver y oír y recordar. Y él recuerda todo aquello de lo que huyeron.

—Dice que sigue sin hablar apenas. Sólo con ellos... —explica Sven, señalando por la ventana hacia la calle.

Britt-Marie pone una mano sobre la otra. El hombre alto hace lo mismo.

—Sami —dice el hombre melódicamente, como cuidando cada letra. A ella le pesan las pestañas.

—Dice que Sami vio a un niño solitario caminando por la carretera. Vega y los demás le preguntaron si quería jugar, pero él no los entendía. Así que Sami le pasó un balón rodando y él le dio una patada —dice Sven.

Britt-Marie mira al hombre alto y el sentido común le impide contarle que, en una ocasión en la que se alojó con Kent en un hotel, encontró en la habitación un periódico extranjero y resolvió ella sola un crucigrama casi entero en inglés.

—*Thank you* —dice el hombre alto.

—Quiere darte las gracias por haber entrenado al equipo. Significa much...

Britt-Marie lo interrumpe porque lo ha entendido:

—Soy yo quien tiene que estar agradecida.

Sven empieza a traducirle al hombre, pero él lo detiene, porque también ha comprendido. Le estrecha la mano a Britt-Marie. Ella vuelve a la pizzería, Sven la sigue, y ayuda a Alguien a recoger vasos y platos de las mesas.

—Trabaja de noche en el hospital. Dino siempre cenaba en casa de Vega y Omar porque Sami no quería que el chico comiera solo —le cuenta Sven.

Luego aprieta fuertemente los labios hacia dentro.

—Ha sido un entierro muy bonito —dice, porque es lo que suele decirse.

—Precioso —dice Britt-Marie, porque es lo que se dice.

Sven saca algo del bolsillo y se lo entrega. Las llaves del carro de Britt-Marie. La mira vacilante. Por la ventana, ven entrar al aparcamiento el BMW de Kent.

—Supongo que ahora Kent y tú se irán a casa, ¿verdad? —dice Sven con la mirada perdida.

—Será lo mejor —dice Britt-Marie. Se muerde las mejillas, pero las palabras surgen de sus labios de todos modos.

—A menos que me necesiten… Vega y Omar…

Sven levanta la mirada y se viene abajo enseguida durante el breve espacio de tiempo que transcurre entre la primera pregunta y la toma de conciencia de que ella está pensando en si la necesitan los niños. No si la necesita él.

—Yo… yo… claro, claro. Ya me he contactado con los servicios sociales. Han enviado a Borg a una chica —dice resuelto, como si ya hubiera olvidado que hace varias noches que llevó a la chica a hablar con los niños.

—Por supuesto —responde ella.

—Es una chica… Te va a gustar. Ya he trabajado con ella varias veces. Es una buena persona. Les tiene cariño, no es como… no es como pensamos que pueden ser los servicios sociales —dice Sven.

Britt-Marie se seca el sudor de la frente con un pañuelo para que él no se dé cuenta de que se está secando los ojos.

—Le prometí a Sami que estarían bien. Le prometí… deben tener la oportunidad de… tiene que haber un rayo de sol en sus vidas, Sven, alguna vez —dice al fin.

—Haremos todo lo que podamos. Todos haremos todo lo que esté en nuestra mano —responde.

—Por supuesto, por supuesto —dice Britt-Marie, mirándose los zapatos.

Sven manosea la gorra de policía.

—La joven de los servicios sociales, bueno, se va a quedar a vivir con los niños unos días. Hasta que lo hayan arreglado todo. Es muy considerada, no tienes que preocuparte. A mí... en fin, a mí me ha pedido que esta noche lleve a los niños a casa.

Britt-Marie tarda varios segundos en comprender el significado de lo que acaba de decir. Hasta que entiende que ya no la necesitan.

—Por supuesto. Por supuesto. Será lo mejor, por supuesto —dice en un susurro.

Fuera, en el campo de fútbol, Kent se ha bajado del BMW. Ve a Britt-Marie y a Sven por la ventana, se mete distraído las manos en los bolsillos con el aspecto de alguien que se encuentra en una esquina y no quiere reconocer que se ha extraviado. A él nunca se le ha dado bien hablar de la muerte, Britt-Marie lo sabe. Él es de los que organizan los aspectos prácticos, llama por teléfono, te besa los párpados... Pero nunca se le dio bien lo de sentir.

A juzgar por su mirada, parece estar sopesando si entrar o no en la pizzería; sin embargo, los pies lo llevan en sentido contrario. Sus movimientos indican al principio que se dirige de vuelta al BMW, pero el balón llega rodando y se detiene a sus pies. Omar se encuentra a unos metros. Kent pone la suela sobre el balón y mira al chico. Se lo pasa. Omar lo golpea con el interior, de modo que se lo devuelve a Kent.

Treinta segundos después, Kent se encuentra entre el grupo de niños, con la camisa arrugada y colgándole de cualquier manera por fuera del pantalón y con el pelo alborotado. En ese momento, es feliz. Cuando recibe el balón a la altura de su rodilla, toma impulso y patea con todas sus fuerzas, pero falla y lo que sale volando por encima del tejado del centro cívico es su zapato.

—Por el amor de Dios —murmura Britt-Marie desde la ventana.

Los niños siguen el zapato con la mirada. Se vuelven a Kent. Él los mira y se echa a reír. Ellos también ríen. Juega el resto del partido con un zapato. Cuando marca un gol, sale corriendo por el campo con Omar a la espalda, de modo que Britt-Marie puede ver con toda claridad que tiene un agujero en el calcetín y la gente va a pensar que no tiene a nadie en la vida que le diga que debe cambiarse de calcetines.

Omar lo abraza un poco más fuerte de lo normal. Más tiempo de lo normal. Algo que los adolescentes tienen pocas ocasiones de hacer fuera de un campo de fútbol. Kent le devuelve el abrazo. Porque el fútbol lo permite.

Sven ha apartado la vista de la ventana cuando dice en un murmullo:

—No pienses mal de mí, Britt-Marie, por no haber llamado antes a los servicios sociales. Quería darle a Sami la oportunidad de arreglarlo todo. Creí... yo... yo sólo quería darle la oportunidad. No me juzgues por ello.

Los dedos de Britt-Marie acarician el aire que los separa, acercándose a él lo máximo posible sin rozarlo.

—Al contrario, Sven. Al contrario.

Parece a punto de decir algo, de modo que ella interviene rauda:

—Ahora hay más niños que antes. ¿De dónde han salido?

Sven se pone la gorra en la cabeza. Le queda torcida.

—Han estado viniendo todas las tardes desde que se jugó la copa. Cada día vienen más. Si esto sigue así, llegará un momento en que el Borg no será un equipo, sino un club.

Britt-Marie no sabe lo que significa eso, pero suena bien. Cree que a Sami le habría gustado.

—Se los ve felicísimos. A pesar de todo, pueden estar así de felices mientras juegan —constata con cierta envidia.

Sven se pasa el dorso de la mano por la cara sin afeitar. Parece cansado. Ella nunca lo había visto cansado hasta ahora. Pero, al final, mueve levemente las comisuras de los labios, la mira con un destello en los ojos y le dice:

—El fútbol obliga a que la vida continúe. Siempre hay otro partido. Siempre viene otra temporada. Siempre está el sueño de que todo puede ser mejor. Es un deporte fabuloso.

Britt-Marie le alisa una arruga de la camisa con la yema de los dedos, ligera cual mariposa, sin rozar el cuerpo bajo el tejido.

—Si no es totalmente inadecuado, me gustaría hacerte una pregunta muy personal, Sven —se disculpa.

—Por supuesto —responde él con tristeza.

—¿Tú de qué equipo eres?

Se le relaja la cara con la sorpresa.

—Yo nunca he sido de ningún equipo. Creo que amo demasiado el fútbol. A veces, la pasión por un equipo puede ser un obstáculo para el amor al juego.

Britt-Marie se dice que es propio de un hombre como Sven creer más en el amor que en la pasión. Un policía que cree más en la justicia que en la ley. Piensa que le sienta bien. Pero no se lo dice.

—Muy poético —dice simplemente.

—Un curso —le responde él, sonriendo.

Ella quisiera decir mucho más. Puede que él también. Pero lo único que logra articular es:

—Britt-Marie, quiero que sepas que cada vez que llaman a mi puerta, tengo la esperanza de que seas tú.

Cabe la posibilidad de que tenga la intención de decir algo más trascendente, pero se calla y se aleja. Ella quiere llamarlo, pero ya es tarde.

La campanilla de la puerta tintinea alegremente a sus espaldas, porque las campanillas no saben determinar cuándo no es adecuado.

Britt-Marie se pasa el pañuelo por las mejillas para que no se note que se lo está pasando por los ojos. Luego, cruza la pizzería y se dirige a Alguien. Allí dentro aún hay gente por todas partes. La madre de Ben y el tío de Dino y los padres de Sapo, pero también otro montón de gente cuyas caras Britt-Marie apenas recuerda haber visto en las gradas del estadio. Están ordenando y colocando las sillas y ella controla a duras penas el impulso de corregirlos.

—Ha sido… ¿cómo se dice…? Bonito entierro, ¿no? —dice Alguien con voz apagada.

—Sí —coincide Britt-Marie, sacando el monedero—. Me gustaría saber cuánto te debo por la puerta del carro.

Alguien tamborilea con los dedos en el borde de la silla de ruedas.

—Pues sí. Verás, he pensado en carro, Britt-Marie. Yo no buen mecánico, ¿no? Quizá mal hecho, ¿sabes? Entonces, tú primero compruebas trabajo, ¿sí? Luego vuelves. Pagas.

—No te entiendo —dice Britt-Marie.

Alguien se rasca la mejilla para que nadie vea que se está secando los ojos.

—Britt-Marie es persona muy honrada, ¿sí? Britt-Marie no roba. Así sé que Britt-Marie volverá a Borg, ¿no? Para pagar.

Britt-Marie se guarda el monedero. Saca un pañuelo. Vuelve a secarse la cara.

—Por supuesto. Por supuesto.

Quiere estar ocupada, implicarse en la limpieza, pero comprende con descarnada claridad que los desconocidos que llenan la pizzería ya la han limpiado. Alguien ha distribuido las tareas. No queda ninguna.

Allí ya no necesitan a Britt-Marie.

Se queda sola en el umbral de la puerta hasta que los niños dejan el juego. Uno tras otro, se van a casa. Sven espera pacientemente a Vega y a Omar a unos metros de allí. Deja que se tomen su tiempo. Vega va directamente al asiento trasero del carro y cierra la puerta, pero Omar camina solo a lo largo de la valla y va pasando la mano por las camisetas blancas. Se inclina sobre las velas que hay en el suelo, toma cuidadosamente una que se ha apagado y la enciende con otra antes de dejarla de nuevo. Cuando se levanta, ve a Britt-Marie en la puerta. Mueve la mano de un modo casi imperceptible desde la cintura y la saluda discretamente. Es más el saludo de un joven que el de un niño. Ella se lo devuelve y procura que no se dé cuenta de que está llorando.

Britt-Marie sale al aparcamiento al mismo tiempo que el carro patrulla gira hacia la carretera y desaparece en dirección a la casa de los niños. Kent la está esperando. Está empapado en sudor y tiene la camisa arrugada y por fuera del pantalón. Por un lado de la gran cabeza se ve el pelo totalmente tieso hacia arriba y aún va con un pie descalzo. Tiene un aspecto espantoso. A Britt-Marie le recuerda cómo era cuando eran niños. Entonces, no temían sus pasiones el gesto censor de los demás, nunca tuvo miedo de quedar en ridículo. La única confirmación que necesitaba era la de ella.

Le da la mano y ella acerca los ojos cerrados a sus labios. Logra articular:

—Vega está asustada, aunque parezca furiosa. Omar está furioso, aunque parezca asustado.

—Todo va a salir bien —le dice Kent con los labios entre sus cabellos.

—Le prometí a Sami que estarían bien —solloza Britt-Marie.

—Y lo estarán, tienes que dejar que las autoridades se encarguen del asunto —le dice él en voz baja.

—Lo sé. Claro que lo sé —susurra.

—No son tus hijos, mi amor —dice Kent.

Ella no responde. Porque lo sabe. Claro que lo sabe. Así que se yergue un poco y se seca los ojos con un pañuelo, alisa una arruga de su falda y unas cuantas de la camisa de Kent. Se serena, cruza las manos a la altura de las caderas y le ruega:

—Me gustaría resolver un último asunto. Mañana. En la ciudad. Si no es mucha molestia.

—Voy contigo —le dice él.

—No tienes por qué estar siempre a mi lado, Kent.

—Claro que sí —dice él.

Y luego sonríe. Ella trata de sonreír.

Pero, cuando echa a andar hacia el BMW, ella se queda allí con los talones clavados en la grava y le dice, porque en algún límite hay que marcar:

—¡No, Kent, desde luego que no! ¡No pienso ir contigo a la ciudad a menos que lleves puestos los dos zapatos!

36

Una característica extraña de los pueblos de carretera es que uno puede encontrar tantas razones para dejarlos como excusas para quedarse. Hay quien nunca termina de decidirse por una cosa o por otra.

Pasará aún casi una semana después del entierro antes de que Britt-Marie se siente en su carro blanco con la puerta azul y tome la carretera que deja Borg en dos direcciones. Ciertamente, los empleados del municipio no son los únicos responsables. Ellos seguramente sólo tratan de hacer su trabajo. No es culpa suya si no están al corriente de lo exhaustiva que es Britt-Marie a la hora de completar los puntos de sus listas.

De modo que, el primer día, un lunes, el joven que trabajaba de sustituto en la recepción del ayuntamiento de la ciudad pone cara de pensar que Britt-Marie está bromeando. La recepción abre a las 08:00, de modo que Britt-Marie y Kent llegan a las 08:02, puesto que Britt-Marie no quiere agobiar a nadie.

—¿Borg? —dice el recepcionista sustituto con el mismo tono que se utiliza para pronunciar los nombres de seres mitológicos.

—Jovencito, no puede usted trabajar en el ayuntamiento y no saber que Borg forma parte del municipio, ¡por favor! —señala Britt-Marie.

—Es que no soy de aquí. Soy sustituto —le informa el joven.

—Ja. Y, lógicamente, usted considera que eso es excusa sufi-

ciente para no tener que saber nada de nada —dice, vehemente,
Britt-Marie.

Pero Kent le da un empujón en el costado, animándola, y le susurra al oído que tiene que tratar de ser un poco más diplomática, así
que se serena, le sonríe consideradamente al joven y dice:

—Es muy valiente por su parte llevar esa corbata. Porque es
absolutamente ridícula.

A tal observación, le sigue un intercambio de opiniones que,
seguramente, no puedan calificarse de «diplomáticas». Pero Kent
logra por fin calmar a los dos combatientes hasta el punto de que el
joven promete no llamar a los vigilantes de seguridad y Britt-Marie
promete no volver a darle con el bolso.

Una característica extraña de los pueblos de carretera es que no
es necesario pasar en ellos mucho tiempo para sentirse profunda
y personalmente humillado al comprobar que los jóvenes no se
preocupan por saber que esos pueblos existen. Que están ahí.

—He venido a solicitar que se construya un campo de fútbol en
Borg —aclara Britt-Marie con toda la santa paciencia que es capaz
de reunir.

Señala su lista. El joven hojea un archivador. Se vuelve ostentosamente a Kent y dice algo de un «comisionado» que está en una
reunión.

—¿Por cuánto tiempo? —quiere saber Britt-Marie.

El joven hojea de nuevo el archivador.

—Es una reunión con desayuno, así que hasta eso de las diez.

—¡Las diez! ¿Se sientan a desayunar hasta las diez? ¡Por favor!
Eso explica que aquí nadie haga su trabajo —dice, considerada,
Britt-Marie.

Dicho esto, tanto ella como Kent se ven obligados a abandonar el
ayuntamiento, puesto que el joven rompe su promesa de no llamar a
los vigilantes de seguridad.

Vuelven a las diez. Les dicen que el comisionado estará reunido hasta después del almuerzo. Vuelven después del almuerzo y les dicen que el comisionado estará reunido el resto del día. Britt-Marie le expone al joven de la recepción el asunto del campo de fútbol con más claridad, puesto que considera que el asunto no debería llevarles un día entero. El vigilante de seguridad que acude considera que la claridad de Britt-Marie es exagerada. Le dice a Kent que, si Britt-Marie vuelve a hacer lo mismo otra vez, se verá obligado a quitarle el bolso. Kent sonríe y dice que, si lo hace, será porque el vigilante es más valiente que él. Britt-Marie no sabe si sentirse ofendida u orgullosa.

—Volveremos mañana, mi amor, no te preocupes —le dice Kent para tranquilizarla mientras se van de allí.

Britt-Marie desecha la propuesta con un gesto de la mano.

—No, Kent, tú tienes tus reuniones... Tenemos que volver a casa. Lo comprendo perfectamente, por supuesto. Es sólo que quería...

Suspira tan hondo que parece que el suspiro saliera del fondo de su bolso.

—Cuando juega al fútbol, Vega no sufre.

—¿Sufrir por qué? —pregunta Kent.

—Por todo —dice Britt-Marie.

Kent baja su gran cabeza y se queda pensativo.

—No pasa nada, mi amor. Volveremos mañana.

Britt-Marie se coloca bien el vendaje de la mano.

—Soy consciente de que los niños no me necesitan. Por supuesto que lo soy, Kent. Es sólo que me gustaría darles algo. Me gustaría poder darles por lo menos un campo de fútbol.

—Volveremos mañana —repite Kent, abriéndole la puerta del carro.

—No, no, tú tienes que asistir a tus reuniones, comprendo que tienes tus reuniones… Tenemos que volver a casa —dice con un suspiro.

Kent se rasca la cabeza, distraído. Carraspea. Clava la mirada en el listón de goma que hay entre la puerta y el cristal, y responde:

—Lo cierto, mi amor, es que sólo tengo una reunión. Con el concesionario.

—Ja. No sabía que tuvieras intención de comprar un carro nuevo —dice ella.

—No voy a comprar otro. Voy a vender este —dice Kent, señalando el BMW en el que ella se acaba de sentar.

Tiene la cara abatida, como si ésta supiera que eso es lo que se espera de ella. Pero, cuando se encoge de hombros, parecen los de un joven, como si fueran ligeros y ágiles y acabaran de liberarlos de un gran peso:

—La empresa ha quebrado, mi amor. Traté de salvarla hasta el final, pero… en fin. Ya sabes. La crisis económica.

Britt-Marie lo mira boquiabierta.

—Pero creí que la crisis había terminado.

Él reflexiona un momento y contesta:

—Me equivoqué, mi amor. Me equivoqué mucho.

—¿Qué vas a hacer?

Él responde con una sonrisa despreocupada y juvenil.

—Empezar de nuevo. Eso es lo que hay que hacer, ¿no? Hubo un tiempo en que no tenía nada, ¿no te acuerdas?

Sí, sí se acuerda. Sus dedos buscan los de él. Ahora son mayores, pero él se ríe:

—Construí una vida entera. Puedo hacerlo otra vez.

Con las manos de ella entre las suyas, la mira a los ojos y le promete:

—Puedo volver a ser ese hombre otra vez, mi amor.

Están a medio camino entre la ciudad y Borg cuando Britt-Marie se vuelve hacia él y le pregunta cómo le ha ido al Manchester United. Él suelta una carcajada. Es maravilloso.

—Bah, se han ido a la mierda. Han jugado su peor temporada en más de veinte años. Al entrenador lo van a despedir de un momento a otro.

—¿Y cómo ha podido ocurrir?

—Han olvidado qué fue lo que los llevó al éxito.

—¿Y qué se hace cuando ocurre eso?

—Empezar de nuevo.

Kent alquila una habitación para esa noche en casa de los padres de Sapo. Britt-Marie no le pregunta si prefiere quedarse en casa de Bank, porque Kent le ha confesado que «esa mujer ciega me da un poco de miedo».

Al día siguiente vuelven a visitar el ayuntamiento. Y al otro. Seguramente hay trabajadores que piensan que, tarde o temprano, se rendirán, pero esas personas no entienden el peso que tienen las listas escritas con tinta. En la mañana del cuarto día los recibe un hombre de traje que está al frente de un comité. A la hora del almuerzo, llama a una mujer y a otro hombre, los dos con traje. No se sabe si los ha convocado por su experiencia en el área en cuestión o simplemente porque el primer trajeado quiere mejorar sus probabilidades de evitar que Britt-Marie lo aporree con el bolso.

—He oído muchas cosas buenas de Borg. Parece un sitio encantador —dice la mujer en tono alentador, como si el pueblo que hay a veinte kilómetros de su despacho fuera una isla exótica que sólo fuera posible visitar mediante la magia.

—Estoy aquí por un asunto de un campo de fútbol —afirma Britt-Marie.

—Ah —dice la trajeada.

—No tenemos presupuesto —manifiesta el trajeado segundo.

—Como ya he dicho —señala el trajeado primero.

—Entonces, tendré que pedirles que modifiquen los presupuestos —informa Britt-Marie.

—¡Eso es inviable! ¿Cómo vamos a hacer eso? ¡Entonces nos veríamos obligados a modificar todos los presupuestos! —dice, horrorizado, el trajeado segundo.

La mujer trajeada sonríe y le pregunta a Britt-Marie si quiere café. Pero Britt-Marie no quiere. La mujer trajeada sonríe más aún.

—Tenemos entendido que Borg ya tiene campo de fútbol.

El trajeado segundo emite un zumbido de insatisfacción entre los dientes y casi grita:

—¡No! El terreno del campo de fútbol se vendió para la construcción de viviendas. ¡Así figura en los presupuestos!

—Pues, entonces, tendré que pedirles que vuelvan a comprar el terreno —dice Britt-Marie.

El zumbido entre los dientes del trajeado segundo viene acompañado en esta ocasión de una fuentecilla de saliva.

—¿Y cómo vamos a hacer eso? Entonces *todo el mundo* querría revendernos sus terrenos. ¡No podemos construir campos de fútbol por todas partes! ¡Nos veríamos inundados de campos de fútbol!

—Pues —dice el trajeado primero, mirando el reloj con cara de aburrimiento.

En ese momento, Kent se ve obligado a sujetar bien fuerte el bolso de Britt-Marie. La mujer trajeada se inclina hacia delante con gesto conciliador y sirve café para todos pese a que nadie quiere café.

—Sabemos que ha sido usted empleada del centro cívico de Borg —dice con una cálida sonrisa.

—Sí. Así es, pero yo... he dimitido —responde Britt-Marie, mordiéndose las mejillas.

La mujer sonríe, más amable aún, y acerca un poquito más la taza a Britt-Marie.

—Nunca pensamos contratar a nadie, querida Britt-Marie. La idea era cerrar para siempre el centro cívico antes de Navidad. La contratación fue un error.

El trajeado segundo empieza a zumbar como el motor de un barco.

—La contratación no figura en el presupuesto. ¿Cómo iba a figurar?

El trajeado primero se pone de pie.

—Tendrán que perdonarnos, pero nos espera una reunión importante.

Así deja Britt-Marie el ayuntamiento: descubriendo que su llegada a Borg fue un error. Tienen razón. Por supuesto que tienen razón.

—Mañana, mi amor. Volveremos mañana —intenta consolarla Kent cuando ya están los dos en el BMW, pero ella apoya abatida y en silencio la cabeza en la ventanilla y sujeta un pañuelo bajo su barbilla. Un destello de resolución aflora en los ojos de Kent, un atisbo de venganza, pero ella no se percata en ese momento.

* * *

El quinto día en el ayuntamiento es un viernes. Vuelve a llover.

Kent tiene que obligar a ir a Britt-Marie. Al ver que ella insiste en que es inútil, se ve obligado a amenazarla diciéndole que escribirá con tinta en su lista cosas totalmente irrelevantes. Entonces, ella protege la lista como si fuera una maceta que Kent hubiera amenazado con arrojar por el balcón y, a su pesar, entra en el BMW, protestando por lo bajo y diciendo que Kent es un salvaje.

Una mujer los está esperando cuando llegan al ayuntamiento. Britt-Marie la reconoce: es la mujer de la Federación de Fútbol.

—Ja. Habrá venido a detenernos, naturalmente —observa Britt-Marie.

La mujer mira a Kent, sorprendida. Se frota las manos con gesto nervioso.

—No. Kent me llamó. He venido a ayudarlos.

Kent le da a Britt-Marie una palmadita en el hombro.

—He hecho unas llamadas. Me he tomado la libertad de hacer lo que se me da bien.

Cuando Britt-Marie entra en el despacho de las personas trajeadas, ya están esperando allí aún más personas trajeadas. Al parecer, por una serie de circunstancias que escapan al control de las tres primeras personas trajeadas, el campo de fútbol de Borg se ha convertido en una cuestión de interés, no sólo para un comité, sino para varios.

—Ha llegado a nuestro conocimiento que hay fuertes intereses que apoyan la iniciativa de varios campos de fútbol en el municipio —dice un trajeado, y asiente mirando a la mujer de la Federación de Fútbol.

—Asimismo, ha llegado a nuestro conocimiento que la industria y el comercio locales están preparados para ejercer ciertas... presiones —dice otro trajeado.

—¡Unas presiones bastante desagradables, de hecho! —interviene un tercer trajeado, y planta en la mesa, frente a Britt-Marie, una carpeta de plástico llena de documentos.

—También nos han recordado por correo electrónico y mediante diversas llamadas telefónicas que es año de elecciones —dice el primer trajeado.

—Nos lo han recordado de una forma bastante brusca y persistente, de hecho —añade el segundo trajeado.

Britt-Marie se inclina hacia delante. Los documentos se recogen bajo el título: «Comité oficial por los intereses de la Asociación de Negocios Independientes de Borg». De esos documentos se desprende con claridad que los propietarios de la pizzería de Borg, del supermercado de Borg, del servicio de mensajería de Borg y del taller mecánico de Borg se han reunido en la misma sala durante la noche y han firmado un documento común en el que exigen un campo de fútbol. Además, también han firmado la solicitud los propietarios de las empresas de nueva creación «Despacho de Abogados Familia & Hijos», «Peluquería Cabello y Demás» y «Borg Importación de Buen Vino S. A.». Casualmente, todos con la misma caligrafía. La única firma diferente es la de un hombre llamado Karl, que, según el documento, acaba de abrir una floristería.

Todo lo demás está redactado con la letra de Kent, que está detrás de Britt-Marie, encogido y con las manos en los bolsillos, como si no quisiera tener protagonismo. Ella lo que quiere es subirlo a un pedestal. La mujer trajeada sirve café y asiente, emocionada:

—Lo cierto es que no tenía ni idea de que hubiera en Borg una actividad económica tan floreciente. ¡Es encantador!

Britt-Marie tiene que poner a trabajar a fondo a su sentido común para no levantarse y recorrer la sala con los brazos haciendo el avión, porque está casi segura de que no sería adecuado.

El trajeado primero se aclara la garganta y toma de nuevo la palabra. Dice:

—El asunto es que también nos ha contactado la oficina de empleo de su ciudad.

—Veintiuna veces. Veintiuna veces nos han contactado —señala otro trajeado.

Britt-Marie se vuelve y mira a Kent en busca de orientación, pero él está allí boquiabierto y, al parecer, tan extrañado como ella. Un trajeado cualquiera señala otro documento.

—Ha llegado a nuestro conocimiento que ha estado contratada en el centro cívico de Borg.

—¡Por error! —afirma la mujer trajeada, sonriendo con indulgencia.

El trajeado cualquiera continúa, imperturbable:

—La oficina de empleo de su ciudad nos ha señalado que sería posible cierta flexibilidad en los presupuestos del municipio en lo que respecta a futuras contrataciones precisamente ahora que... en fin, ahora que estamos en año de elecciones.

—Veintiuna veces. Veintiuna veces nos han señalado lo mismo —interviene otro trajeado, presa de la indignación.

Britt-Marie no termina de encontrar su propia lengua entre los dientes. No encuentra palabras. Tartamudea y se aclara la garganta y, finalmente, escupe:

—¿Puedo preguntar qué rayos se supone que significa todo esto?

Todos los trajeados de la sala se lamentan discretamente, como si la respuesta debiera ser evidente. Todos se suben colectivamente la manga de la chaqueta para comprobar si no es ya, por casualidad, la hora del almuerzo. Efectivamente, así es. Reina una gran impaciencia. Uno de los trajeados asume finalmente la responsabilidad de aclararlo todo y mira con expresión cansada a Britt-Marie:

—Significa que el municipio puede presupuestar un nuevo campo de fútbol o presupuestar que conserve usted su trabajo. No podemos permitirnos ambas cosas.

No es razonable que alguien se vea obligada a escoger entre ambas cosas.

Una característica extraña de los pueblos de carretera es que uno puede encontrar tantas razones para dejarlos como excusas para quedarse.

37

—Debo pedirte que trates de comprender que no es justo poner a una persona ante tal elección —dice Britt-Marie.

Al ver que nadie responde, explica:

—No es justo, como comprenderás. Te ruego que intentes no recriminármelo.

Lógicamente, sigue sin recibir respuesta, así que se muerde las mejillas y se ajusta bien la falda.

—Esto está muy cuidado. Lógicamente, no sé si a ti ahora te importan esas cosas, pero espero que sí. Es un cementerio muy limpio y muy cuidado.

Sami no responde, pero ella confía en que la oye cuando dice:

—Quiero que sepas, niño querido, que nunca lamentaré haber venido a Borg.

Es sábado, por la tarde. El día siguiente a que los del ayuntamiento le impusieran una elección injusta y el mismo día que el Liverpool se enfrenta al Aston Villa a mil kilómetros de Borg. Britt-Marie ha ido esta mañana temprano al centro cívico. El lunes irán dos excavadoras a trabajar en el terreno de grava, le prometieron los trajeados del ayuntamiento. Kent los obligó a prometerlo porque, dijo, de lo contrario, no los dejaría ir a almorzar. De modo que prometieron por lo más sagrado que plantarán césped y que habrá dos porterías de verdad, con su red y todo. Líneas blancas pintadas como es debido en los laterales. No fue una elección justa, pero Britt-Marie recuerda cómo es perder a un hermano, recuerda lo perdida que una se siente. Así que decide que esto es lo mejor que puede darle a alguien que se siente igual de perdido. Un campo de fútbol.

Podía escuchar voces a través de la puerta abierta de la pizzería, pero no entró. El centro cívico estaba vacío, pero la puerta del refrigerador se veía entreabierta. Las marcas de dientes de rata que habían roído el listón de goma de la puerta desvelaban lo ocurrido. Había retirado con los dientes el plástico que envolvía el plato y ya no quedaba ni rastro ni de la mantequilla de maní, ni la Nutella. Al salir, la rata había tropezado con el tarro de bicarbonato de Britt-Marie. Había huellas de pisadas en el polvo blanco. Dos pares de pisadas. La rata había tenido allí una cita.

Britt-Marie se quedó un buen rato sentada en uno de los taburetes con una toalla en las rodillas. Luego, se secó la cara y limpió la cocina. Fregó y desinfectó y lo dejó todo perfecto. Le dio una palmadita a la cafetera rota por culpa de una piedra voladora, pasó la palma de la mano por un cuadro con un punto rojo que colgaba a una altura razonablemente baja de la pared y que le revelaba en qué lugar se encontraba. Como si aquella fuera su casa.

El golpe en la puerta no la sorprendió, aunque parezca extraño. La joven de los servicios sociales parada en el umbral le dio la impresión de estar en el lugar indicado. Como si perteneciera allí.

—Hola, Britt-Marie. He visto luz, espero no molestar —dijo la joven.

—Desde luego que no. Sólo he venido a dejar las llaves —informó Britt-Marie en voz baja, sintiéndose como un invitado en casa ajena.

Le dio las llaves del centro cívico, pero la joven no las aceptó. Se limitó a mirar al interior del local con una cálida sonrisa.

—Esto está muy bien. Me he dado cuenta de que significa mucho para Vega y Omar y quería verlo para comprenderlos mejor.

—Lo he ordenado y limpiado todo a fondo para la mudanza —asegura Britt-Marie.

—Le prometo que haré todo lo posible para darles lo mejor —prometió la joven.

Britt-Marie jugueteaba con las llaves en la mano. Trataba de ahogar todo lo que le afloraba desde dentro. Comprobó varias veces que había guardado todas sus cosas en el bolso y que, efectivamente, había apagado las luces del baño y de la cocina. Tomó impulso para decir lo que había querido decir varias veces, pese a que el sentido común luchaba con uñas y dientes por impedírselo:

«¿Serviría de algo que alguien se ofreciera a hacerse cargo de los niños?», quería preguntar. Naturalmente, ella sabía que era ridículo. Claro que lo sabía. Aun así, atinó a abrir la boca y decir:

—¿Sería…? Me gustaría preguntar si… Es ridículo, naturalmente, claro que lo es, pero me gustaría preguntar si, por casualidad, serviría de algo que alguien…

Se encontró con la mirada de los padres de Sapo antes de terminar la frase. Estaban en la puerta. La madre, con las manos sobre la barriga de embarazada; el padre, con la gorra en la mano.

—Hola —dijo la madre.

—¿Eres tú quien se va a llevar a los niños? —quiso saber Karl.

La madre le dio un suave codazo en el costado y se volvió con firmeza hacia la joven de los servicios sociales:

—Me llamo Sonja. Y él es Karl. Somos los padres de Patrik, que juega en el mismo equipo de fútbol que Vega y Omar —dijo la madre.

Claro que es del todo posible que la joven de los servicios sociales tuviera intención de responder algo, pero Karl no le dio ocasión:

—¡Queremos quedarnos con los niños! ¡Queremos que vengan a vivir con nosotros! ¡No puedes llevártelos de Borg!

Sonja miró a Britt-Marie. Vio sus manos, quizá, así que cruzó la sala y la abrazó así, sin avisar. Britt-Marie murmuró algo así como que tenía jabón de fregar en las manos, pero Sonja siguió abrazándola. Algo resonó en la puerta. La joven de los servicios sociales soltó una risita, como si fuera un impulso natural cada vez que abría la boca.

—Lo cierto es que la misma pregunta me han hecho la madre de Ben y el tío de... «Dino»... ¿es ése su nombre?

El ruido procedente de la puerta cesó y lo remató un carraspeo elocuente:

—¡Los niños! Pueden vivir conmigo, ¿sí? Son como... ¿cómo se dice...? Hijos para mí, ¿no?

Alguien parecía dispuesta a pelear por ello con todos los allí presentes. Señaló el campo de fútbol: todavía estaban las camisetas blancas colgando de la valla y habían encendido las velas durante la mañana.

—Hace falta... ¿cómo se llama...? Hace falta un pueblo para educar a un niño, ¿no? ¡Nosotros tenemos un pueblo!

Bank estaba detrás de ella con el perro. Cuando la joven de los servicios sociales la miró, Bank pareció notarlo, así que levantó el bastón enseguida y meneó la cabeza con vehemencia:

—Yo no he venido a adoptar a ningún niño. Lo único que quiero es mi pizza.

Sonja soltó a Britt-Marie, aunque a disgusto, como se suelta un globo cuando se sabe que se irá volando por los aires. Karl apretaba la gorra entre las manos mientras señalaba, autoritario y horrorizado a un tiempo, a la joven de los servicios sociales:

—¡No puedes llevarte de Borg a los niños! ¡No sabemos con quién irán a vivir! ¡Puede tocarles con alguien del Chelsea!

En este punto, Britt-Marie ya había dejado las llaves del centro cívico en la encimera de la cocina y se había acercado adonde se encontraban todos. Si ellos lo advirtieron, y es posible que así fuera, dejaron que se marchara sin decir nada, porque ella les importaba de verdad.

La tarde se hace noche en Borg, rauda e implacablemente, como si el crepúsculo se hubiera llevado la luz diurna igual que quien retira una curita. Britt-Marie está arrodillada con la frente en la lápida de Sami.

—Mi niño querido. Nunca lamentaré haber estado aquí.

Es sábado y el Liverpool juega a mil kilómetros de allí. El lunes llegarán a Borg las excavadoras. Britt-Marie no sabe si es creyente o no, pero piensa que es bueno saber que Dios tiene un plan en Borg. Un plan para Borg.

Tiene manchas de césped en las medias cuando vuelve, sola, por la calle que cruza el pueblo. Las camisetas blancas siguen en la valla y debajo han encendido velas nuevas. El centro cívico se ve ahora iluminado por el resplandor de un televisor. Britt-Marie ve dentro las sombras de las cabezas de los niños. Ahora hay más niños que nunca. Es un club, más que un equipo. Quiere entrar, pero comprende que no es apropiado. Entiende que es mejor así.

En la grava que se extiende entre el centro cívico y la pizzería hay dos camiones viejísimos aparcados con los faros encendidos. Al resplandor de esos faros se mueven unos hombres con barba y gorra. Resoplan y jadean, se empujan y se dan codazos. A Britt-Marie le lleva un rato entender que están jugando al fútbol.

Jugando.

Continúa por la calle. Se queda unos segundos, unos latidos, en la oscuridad, frente a una modesta casa con un modesto jardín. Si una no supiera que aquella casa se encuentra ahí precisamente, pasaría de largo sin darse cuenta siquiera. En ese sentido, la casa tiene mucho en común con su propietario. El carro patrulla no está aparcado delante, no hay luz en las ventanas. Cuando está completamente segura de que Sven no está en casa, Britt-Marie se acerca a la puerta y llama con los nudillos. Porque quiere haberlo hecho, aunque sea una vez.

Luego, se aleja a toda prisa, oculta entre las sombras, y recorre el último tramo hasta la casa de Bank. El cerco de la entrada ya no apesta. El letrero de SE VENDE ha desaparecido del jardín. Cuando Britt-Marie entra en el vestíbulo, huele a huevos fritos, el perro está durmiendo en el suelo y Bank está sentada en su sillón de la sala de estar con la cara tan pegada al televisor que Britt-Marie siente el impulso de advertirle que tenga cuidado, que puede ser malo para la vista. Pero se lo piensa mejor y decide que es mejor no mencionarlo.

—¿Puedo preguntar quiénes están jugando?

—¡El Aston Villa y el Liverpool! El Aston Villa va ganando por 2-0 —responde Bank, emocionada.

—Ja. ¿Entiendo que tú también vas con el Liverpool, como todos los niños?

—¿Estás loca? ¡Yo voy por el Aston Villa! —responde Bank con un bufido.

—¿Y puedo preguntar por qué? —pregunta Britt-Marie, puesto que, después de pensarlo un instante, acaba de caer en la cuenta de que ésta es la primera vez que ve a Bank interesarse por un partido de fútbol en televisión.

Da la impresión de que Bank la considera una pregunta absurda. Piensa unos segundos y responde enfurruñada.

—Porque nadie va con el Aston Villa. —Luego añade—: Y porque sus camisetas son bonitas.

El segundo argumento le parece a Britt-Marie sensiblemente más racional que el primero. Bank levanta la cabeza, baja el volumen del televisor, toma un trago de cerveza y se aclara la garganta.

—Hay comida en la cocina. Por si tienes hambre.

Britt-Marie menea la cabeza y se aferra al bolso con fuerza.

—Kent llegará enseguida. Nos vamos a casa. Él llevará su carro, y yo el mío, pero él irá delante, claro. A mí no me gusta conducir de noche. Así que será mejor que él vaya delante.

Bank enarca las cejas y las vuelve a bajar. Se pone en pie penosamente, maldiciendo al sillón, como si fuera culpa del asiento que las personas envejezcan.

—No es cosa mía y no debería inmiscuirme, Britt-Marie, pero creo que deberías aprender a conducir en la oscuridad.

—Eres muy amable —responde Britt-Marie, mirando al bolso.

Bank y el perro le ayudan a bajar las maletas y el macetero del balcón. Britt-Marie friega y ordena la cocina. Clasifica los cubiertos. Acaricia al perro en la cabeza. Una persona grita en el televisor. Bank se va a toda prisa a la sala de estar, parece furiosa cuando vuelve.

—Ha marcado el Liverpool. Van 2-1 —dice refunfuñando.

Britt-Marie da una última vuelta por la casa. Coloca bien alfombras y cortinas. Cuando vuelve a la cocina, dice:

—Yo no soy una chismosa, Bank, pero no he podido dejar de advertir que el letrero de SE VENDE que había en el jardín ya no está. Así que felicitaciones por la venta de la casa.

Bank se ríe amargamente.

—¿Bromeas? ¿Quién iba a comprar una casa en Borg?

Britt-Marie se ajusta bien la falda.

—Habiendo retirado el cartel, no me parece que fuera una suposición disparatada.

Bank se vuelve hacia el fregadero y trata de hacer como que está ocupada con unos platos, aunque ya están fregados.

—Bueno, es que he pensado quedarme en Borg un tiempo, eso es todo. He pensado ir y hablar con mi viejo. He pensado que, ahora que está muerto, será más fácil. No podrá interrumpirme todo el rato.

Britt-Marie quiere darle una palmadita en el hombro, pero comprende que será mejor dejarlo. Sobre todo, porque Bank tiene el bastón a mano.

Llaman a la puerta, Bank sale al pasillo y sigue hasta el salón sin abrir, puesto que sabe quién es. Britt-Marie echa un último vistazo a la cocina. Pasa los dedos cerca de las paredes, tan cerca como para sentirlas, pero no tanto como para tocarlas. Después de todo, están bastante sucias. No ha tenido tiempo de ocuparse de ellas. Para eso le habría hecho falta quedarse más tiempo en Borg.

Kent sonríe aliviado cuando le abre.

—¿Estás lista para salir? —dice estresado, como si aún temiera que ella pudiera cambiar de idea.

Ella asiente y echa mano al bolso cuando el relator de televisión aúlla de pronto como un poseso. Suena como si le hubieran dado un golpe.

—Pero ¿qué rayos? —exclama Britt-Marie.

—¡Nos vamos! ¡Si no, habrá mucho tráfico! —insiste Kent, pero es demasiado tarde.

Britt-Marie entra en la sala de estar. Bank suelta bufidos y maldiciones contra un joven de camiseta roja que corre y chilla como un loco hasta que se le pone la cara morada.

—2-2. El Liverpool ha marcado el empate —dice entre dientes, dando una patada al sillón, como si tuviera la culpa.

Britt-Marie ya está saliendo por la puerta.

El BMW de Kent está aparcado en la calle, él va tras ella y alarga el brazo para alcanzarla, pero ella se aparta. Por supuesto que es del todo inadecuado, una mujer adulta que corre como si fuera una delincuente huyendo de la justicia. Se detiene jadeando al borde de la acera, con la respiración ardiéndole en la garganta, se vuelve y ve a Kent llorando a lágrima viva.

—¿Qué haces, mi amor? Debemos irnos ya —dice, pero le falla la voz, seguramente porque le ve en la cara exactamente lo que ella está haciendo.

Tiene la falda arrugada, pero no se la alisa. Tiene el pelo casi alborotado, o tan alborotado como puede quedarle el pelo a Britt-Marie. Su sentido común se rinde al fin por completo y le permite levantar la voz y decir:

—¡El Liverpool ha marcado el 2-2! ¡Yo creo que van a ganar!

Kent agacha su gran cabeza y hunde la barbilla en el pecho. Se encoge.

—Tú no puedes ser la madre de esos niños, mi amor. Y, si pudieras, ¿qué pasará después, cuando ya no te necesiten? ¿Qué pasará?

Ella menea la cabeza. Pero con terquedad y rebeldía, no resignada y triste. Como si pensara dar un salto, aunque sólo sea para saltar del borde de una acera.

—No lo sé, Kent. No sé qué pasará después.

Él cierra los ojos y vuelve a parecer un niño en el rellano de una escalera. Le ruega en voz baja:

—Sólo puedo esperar hasta mañana a primera hora, Britt-Marie. Me alojo en casa de los padres de Sapo. Si no llamas a esa puerta mañana, volveré a casa solo.

Trata de decirlo con seguridad, pero sabe perfectamente que ya la ha perdido.

Britt-Marie ya va camino del centro cívico.

Omar y Vega la ven antes de que ella los vea a ellos. Ha pasado de largo cuando escucha cómo la llaman irritados.

—¡Virgen sant …! El Liverpool ha… En fin, lo cierto es que no sé qué ha pasado exactamente, pero tengo la impresión de que le van a ganar a ese… como se llame. ¡Villa algo! —dice Britt-Marie jadeante, tan falta de aliento que se ve obligada a apoyarse con las palmas de las manos en las rodillas, en plena calle, de modo que los vecinos creerán sin duda que ha empezado a tomar drogas.

—¡Lo sabemos! —responde Omar, entusiasmado.

—Ja —jadea Britt-Marie.

—¡Van 2-2, vamos a ganar! ¡Se ha visto en los ojos de Gerrard al marcar el gol que vamos a ganar! —exclama Omar, exaltado.

Britt-Marie levanta la vista y respira tan pesadamente que le da migraña.

—¿Puedo preguntar qué rayos hacen entonces en plena calle?

Vega se para frente a ella con las manos en los bolsillos, negando con la cabeza como si, a esas alturas, considerase que Britt-Marie es más lenta de lo que pensaba.

—Cuando demos vuelta al marcador, queremos verlo contigo.

El Liverpool no llega a dar vuelta al marcador. El partido termina 2-2. No tiene ninguna importancia, y tiene toda la importancia del mundo.

*　*　*

Esa noche, comen beicon y huevos en la cocina de Bank. Vega y Omar y Britt-Marie y Bank y el perro. Cuando Omar pone los codos encima de la mesa, es Vega quien le dice que los quite. Sus miradas se cruzan un instante y el niño obedece sin protestar.

Britt-Marie está en el vestíbulo cuando se ponen los abrigos. Encoge los dedos de los pies dentro de los zapatos y les cepilla las mangas hasta que los niños tienen que sujetarle las manos para que pare.

La joven de los servicios sociales está esperándolos fuera, en el césped.

—No está mal esa chica, no le gusta el fútbol, pero no está mal —le dice Vega a Britt-Marie.

—Nosotros le enseñaremos —asegura Omar.

Britt-Marie se muerde las mejillas y asiente.

—Yo... bueno, la cuestión es que yo... Sólo quería decirles que... que ustedes... que yo nunca... —balbucea.

—Ya lo sabemos —susurra Vega, con la cara hundida en la chaqueta de Britt-Marie.

—No pasa nada —asegura Omar, bajito, junto a su cuello.

Los dos hermanos han llegado ya a la calle cuando el niño se vuelve de pronto. Britt-Marie no se ha movido, como si quisiera conservar en sus retinas la imagen de ambos hasta el último momento. Omar le pregunta:

—¿Qué vas a hacer mañana?

Britt-Marie se agarra las manos frente al estómago. Inspira todo el aire que puede.

—Kent espera que llame a su puerta.

Vega hunde las manos en los bolsillos. Enarca las cejas.

—¿Y Sven?

Britt-Marie vuelve a tomar aire. Lo expulsa. Deja que Borg le rebote en los pulmones.

—Me dijo que, cada vez que llaman a su puerta, espera que sea yo.

Se los ve tan pequeños a la luz de las farolas... Pero Vega se yergue y, con la espalda muy recta, dice:

—Hazme un favor, Britt-Marie.

—Lo que quieras —susurra ella.

—No llames a la puerta de nadie mañana. ¡Súbete al carro y conduce! —le ruega la niña.

*   *   *

Britt-Marie se queda parada, sola en la oscuridad, mucho después de que ellos hayan desaparecido. No dice nada, no promete nada. Sabe que es una promesa que no puede cumplir.

Está en el balcón de la casa de Bank y siente cómo Borg le sopla suavemente en el pelo. No tanto como para estropearle el peinado, sólo lo suficiente como para que note el viento. El repartidor de periódicos pasa por allí mientras aún es de noche. Las mujeres de los andadores salen despacio de la casa de enfrente, camino del buzón. Una de ellas saluda con la mano a Britt-Marie. Ella le devuelve el saludo. No con todo el brazo, naturalmente, sino de forma contenida con la palma de la mano discretamente elevada a la altura de la cadera. Como saluda una persona adulta y sensata. Espera a que las mujeres hayan entrado de nuevo. Luego, baja la escalera y lleva las maletas al carro blanco de puerta azul.

Antes de que amanezca, está llamando a una puerta.

38

Si una persona cierra los ojos lo bastante fuerte y el tiempo suficiente, puede recordar todas las veces que ha hecho una elección en la vida pensando sólo en ella misma. Y tomar conciencia de que, quizá, no ha ocurrido nunca. Si va conduciendo despacio un carro blanco con una puerta azul por una carretera mientras aún está oscuro, baja las ventanillas y respira hondo, puede recordar a todos los hombres de los que se ha enamorado.

Alf. Kent. Sven. Uno que la engañó y la abandonó. Otro que la engañó y al que ella abandonó. Un tercero que es muchas cosas que ella nunca ha tenido, pero quizá ninguna de las que quiere tener. Despacio, muy despacio, puede quitarse la venda de la mano y contemplar la mancha blanca en el dedo anular. Soñar con primeros amores y segundas oportunidades, comparar perdón y enamoramiento. Contar latidos.

Si una persona cierra los ojos, puede recordar todas las elecciones que ha hecho en la vida. Comprender que todas han sido por otra persona.

Es temprano en Borg, pero el alba parece rezagarse. Como si quisiera darle tiempo de alzar la mano. Decidirse.

Saltar.

Llama a la puerta. Ésta se abre. Quiere decir todo lo que lleva dentro, pero no tiene oportunidad. Quiere contar exactamente por qué está aquí y no en cualquier otro lugar, pero la interrumpen. Se decepciona al comprender que la esperaban, al comprender lo predecible que es. Quiere explicar cómo se siente, abrir su pecho y dejar que todo salga por primera vez, pero no le dan la oportunidad.

Al contrario, la sacan con mano firme otra vez a la calle. La acera está llena de bidones de plástico, todos en el suelo de cualquier manera. Como si se hubieran caído de un camión.

—Todos los del equipo hemos reunido dinero. Hemos contado cuántos kilómetros hay —dice el niño.

—Sí, los que sabemos contar —interviene la niña.

—¡Yo sé contar! —grita el niño, enfadado.

—Seguro, más o menos igual de bien que sabes patear un balón. O sea, que cuentas hasta tres —se burla la niña.

Britt-Marie se agacha y toca los bidones. Apestan. Algo le roza los brazos y tarda unos instantes en comprender que son los niños, que le están dando la mano.

—Es gasolina. Hemos calculado. Te durará todo el camino hasta París —le susurra Omar.

—Y todo el camino de vuelta —susurra Vega.

Se quedan allí, diciéndole adiós con la mano a Britt-Marie mientras se sienta al volante. Dicen adiós con todo el cuerpo, como nunca hacen los adultos. La mañana llega a Borg con un sol que parece contenerse y esperar respetuoso en el horizonte, como si quisiera darle de tomar una última decisión, de escogerse a sí misma por primera vez. Cuando la luz del día se extiende por fin sobre los tejados de las casas, un carro blanco con la puerta azul empieza a alejarse de allí.

Puede que se detenga. Puede que llame a una puerta más.

Puede que siga conduciendo.

Lo que está claro es que Britt-Marie tiene gasolina suficiente.

* * *

Es enero en un lugar que es uno entre millones, más que uno entre un millón. Un lugar como todos los demás y un lugar como ningún otro. Dentro de unos meses, a mil kilómetros de aquí, el Liverpool casi ganará la liga inglesa de fútbol. En una de las últimas jornadas, irán ganando contra el Crystal Palace por 3-0, pero, durante ocho increíbles minutos, se dejarán meter tres goles y perderán la liga. Nadie del equipo del Liverpool sabrá nada de Borg, no sabrán siquiera que tal lugar existe, pero nadie que pase ese día por esta carretera con las ventanillas bajas podrá evitar oír lo que sucede.

El Manchester United despedirá a su entrenador y empezará de nuevo. El Tottenham prometerá que la próxima temporada será mejor. En algún lugar perdido, aún quedará quien apoye al Aston Villa.

Ahora es enero, pero a Borg llegará una primavera. Un joven descansará junto a su madre en el cementerio, bajo una manta de bufandas. Dos niños les hablarán, los dos a la vez, de árbitros inútiles y de entradas malísimas. Un balón llegará rodando y un pie le dará una patada, porque éste es un pueblo donde nadie sabe contenerse. Llegará un verano en el que el Liverpool lo perderá todo y llegará un otoño y una nueva temporada en que lo ganarán todo otra vez. En ese sentido, el fútbol es un juego increíble, porque obliga a que la vida siga.

Borg está exactamente donde está. Donde siempre ha estado. Un pueblo del que lo mejor que puede decirse es que está construido junto a una carretera que parte de allí en dos direcciones. Una, a casa; la otra, a París.

Si nos limitamos a cruzar en carro un lugar como Borg, es fácil ver sólo aquello que ha cerrado. Hace falta frenar un poco para ver lo que queda. En Borg, hay personas. Hay ratas y andadores y también invernaderos. Y vallas y camisetas blancas y velas encendidas. Césped recién sembrado e historias de rayos de sol. Hay una floristería que sólo vende flores rojas. Hay una tienda de comestibles y un taller mecánico y una oficina de correos y una pizzería que siempre tiene el televisor puesto cuando hay partido y donde nunca es una vergüenza comprar a crédito. Ya no tienen centro cívico, pero sí hay niños que comen huevos con beicon con su nueva entrenadora y su perro en una casa con balcón, en una sala de estar donde ahora cuelgan en las paredes fotos nuevas. Hoy, hay uno o dos letreros menos de SE VENDE que ayer. Hay hombres con barba y gorra que juegan a la luz de los faros de viejos camiones.

Hay un campo de fútbol. Hay un club de fútbol.

Y, pase lo que pase.

Donde quiera que esté.

Todos sabrán que Britt-Marie estuvo aquí.

Agradecimientos

A Neda. La mayor bendición en la vida es poder compartirla con alguien mucho más listo que uno mismo. Lamento que nunca vayas a sentir esto, porque es lo mejor que hay. *Asheghetam. Sightseeing.*

A Jonas Axelsson, mi editor y agente que nunca ha perdido de vista que sigo siendo un principiante y cuya principal tarea es ayudarme a aprender a escribir mejor.

A Niklas Natt och Dag, que, en todos sus escritos y con todo el respeto que muestra por su oficio, me recuerda a diario que esto es un privilegio.

A Céline Hamilton y Agnes Cavallin de Partners in Stories, donde una gran familia de aptitudes se aloja entre las paredes de una casa relativamente pequeña, utilizando cabeza y corazón a partes iguales para mantener el proyecto en marcha. Nada hubiera funcionado sin ustedes.

A Karin Wahlén de la agencia Kult PR, que me entendió desde el primer día.

A Vanja Vinter, soldado de élite de la gramática y correctora, editora de redacción y crítica imparcial e imprescindible, a pesar de que su cajón de los cubiertos sea un auténtico desastre.

A Nils Olsson, que, con paciencia, sensibilidad y mucho amor, ha dado forma a tres cubiertas maravillosas.

A Andrea Fehlauer, que, con su experiencia y exhaustividad,

intervino en calidad de editora en ciertas partes decisivas del libro, mejorándolo claramente.

A los lectores de mi blog que estuvieron ahí desde el principio. Todo esto es básicamente culpa suya.

A Torsten Wahlund, Anna Maria Käll y Martin Wallström, que han leído mis historias como audiolibros y han dado voz a mis personajes de un modo que yo mismo nunca creí posible. Ahora son más suyos que míos.

A Julie Lærke Løvgren, que ha supervisado la publicación internacional de mis libros.

A Judith Toth, que me hizo llegar hasta aquí.

A Siri Lindgren de Partners in Stories, que se asegura de que mi barco no naufrague cuando Jonás se niega a quedarse quieto a bordo.

A Johan Zillén. El primero en entrar, el último en salir.

A cuantos han estado o están involucrados en mis libros en Forum, Månpocket, Bonnier Audio y Bonnier Rights. En particular, a John Häggblom, sin cuya ayuda yo no estaría aquí.

A Liselott Wennborg , editora de *Cosas que mi hijo necesita saber sobre del mundo*.

A Adam Dahlin, que vio el potencial.

A Sara Lindegren y Stephanie Tärnqvist, que siempre han tenido conmigo mucha más paciencia de la que merezco.

A la editorial Natur och Kultur, que nos ha respaldado. En particular, a Hannah Nilsson y John Augustsson.

A los editores Pocketförlaget y A Nice Noise, que creyeron en esto.

A todos aquellos que han escrito en publicaciones, blogs, Twitter, Facebook e Instagram hablando de mis libros anteriores. En particular a aquellos a quienes no les gustó y que se tomaron el tiempo de explicar por qué de forma objetiva y pedagógica. No puedo prometer que me haya convertido en mejor escritor por ello, pero sus reflexiones me obligaron a pensar. No creo que eso sea algo malo.

A Lennart Nilsson, de Gantofta. El mejor entrenador de fútbol que he tenido.

SOBRE TODO GRACIAS...

...a ti, que me has leído. Gracias por dedicarme tu tiempo.